珍藏版

王安石集

〔宋〕 王安石◎著

东篱子◎解译

全鉴

中国纺织出版社有限公司

国家一级出版社
全国百佳图书出版单位

内 容 提 要

王安石，北宋思想家、政治家、文学家、改革家。在文学上，他具有突出成就，诗词文俱佳。本书是王安石诗、词、文的选集，精选了共一百多首最具代表性的作品，对这些篇章逐一进行了译注、赏析，以及生僻字注音，力求使该书注解清晰，通俗易懂，便于读者在百忙之余轻松地阅读。

图书在版编目（CIP）数据

王安石集全鉴：珍藏版 / （宋）王安石著；东篱子解译. --北京：中国纺织出版社有限公司，2021.1
ISBN 978-7-5180-8129-5

Ⅰ.①王… Ⅱ.①王… ②东… Ⅲ.①中国文学—古典文学—作品集综合集—北宋 Ⅳ.①I214.412

中国版本图书馆CIP数据核字（2020）第211436号

策划编辑：金卓琳　　　　　责任编辑：段子君
责任校对：高　涵　　　　　责任印制：储志伟

中国纺织出版社有限公司出版发行
地址：北京市朝阳区百子湾东里 A407 号楼　邮政编码：100124
销售电话：010—67004422　传真：010—87155801
http://www.c-textilep.com
中国纺织出版社天猫旗舰店
官方微博 http://weibo.com/2119887771
北京华联印刷有限公司印刷　各地新华书店经销
2021 年 1 月第 1 版第 1 次印刷
开本：710×1000　1/16　印张：20
字数：231 千字　定价：68.00 元

凡购本书，如有缺页、倒页、脱页，由本社图书营销中心调换

前言

　　王安石（1021—1086 年），字介甫，号半山。抚州临川（今江西抚州）人。北宋著名思想家、政治家、文学家，唐宋八大家之一。他的文学成就卓著，给后人留下了宝贵的精神财富。

　　王安石出身于中小地主家庭，少年时就心志不凡，立志以平天下为己任。为官之后，曾上万言书，主张改革政治。作为北宋著名的政治家，王安石把自己的一生同宋王朝的命运密切地联系在一起。一生中写了大量的奏议札子，为挽救当时处于积贫积弱境地的宋王朝，倾注了全部的精力。

　　王安石不仅是一个政治家，也是一个文学家。在中国古代历史上，几乎没有一个文学家像王安石那样，与政治的关系如此密切。他主张文学创作必须"有补于世""以适用为本"。他从小接受了传统的儒家思想，立下了远大的志向，因此，他的文学思想也很大程度上表现出政治家的色彩，宗旨在于经世致用，重道崇经。就诗来说，王安石的创作大致可以分为两个阶段，前期创作内容注重社会现实，反映下层人民的痛苦，倾向性十分鲜明，风格直截刻露；到了晚年退出政坛后，心境渐趋平淡，大量的写景诗、咏物诗取代了前期政治诗的位置。在后期创作中，王安石致力于追求诗歌艺术，注重炼意和修辞，含蓄深沉、深婉不迫，以丰神远韵的风格在当时诗坛上自成一家，世称"王荆公体"。就词而言，他的词作虽少，但不因循守旧，在创作方面力求突破与革新。其词风摆脱了传统词的束缚，摒弃了一些旧习，脱离了晚唐五代以来柔情软调的固定轨道，扩大了词的选材范围，提升了词的艺术格调，在宋词发展史上有着承前启后的重要意义。就文而论，他的散文紧贴社会、政治和人生的实际问题，与时事政治有着紧密的关系。如《答司马谏议书》，剖析了司马光反对新政的言词，语言简练、委婉、坚决，明确地表明了自己的政治主张。《读孟尝君传》分析历史事实，驳斥了孟尝君养士的传统观念，畅谈如何才算"得士"的问题。其重要特色在于见解精辟，简洁峻切，论点鲜明，逻辑严密，具有很强的说服力。

本书精心选录了王安石极具代表性的诗、词、文作品，对其每首作品都精心做了译注和赏析，力求做到简明清晰，通俗易懂，以便于读者轻松阅读，从而更好地了解王安石杰出的文学成就。

本书平装本自出版以来广受读者欢迎和喜爱，为满足大家的收藏、馈赠需要，现修订后特以精装形式推出珍藏版，敬请品鉴。

编译者

2020 年 5 月

目录

第一部分 诗

1

第二部分　词

第三部分　文

第一部分　诗

一、近体诗（五言）

梅花

【原文】

墙角数枝梅，凌寒独自开①。

遥知不是雪，为有暗香来②。

【注释】

①凌寒：冒着严寒。

②为（wèi）：因为。暗香：指梅花的幽香。

【译文】

墙角那边有几枝梅花，正独自冒着严寒悄悄地盛开。

远远望去知道那不是雪，因为有梅花的阵阵幽香飘送过来。

【赏析】

王安石的这首五绝语言简洁，朴实。短短二十个字，从梅花的高洁幽香写起，表现了数枝寒梅身居简陋、孤芳自开的品格。作者对梅花的形象没有过多加以描绘，但是诗意却表现出独特的曲折含蓄，很有深致、耐人寻味。这里将梅花在严寒中独自开放与人的孤立无援相比拟，可谓是寄寓深远。

诗的前两句写墙角的梅花不惧严寒，在那里傲然独放着，而"墙角"这个词语突出了数枝梅独守芳华不张扬的品质。用梅花不引人注目、不易为人所知、不被人赏识却又毫不在乎的姿态，表现出作者所处环境恶劣，却依旧坚持自己政治主张的态度。"独自开"再一次突出梅花不畏严寒的品格，既是写梅花的品质，又是反映人品。这首诗的后两句重点放在写梅花的幽香上，"遥知"说明梅花的香气从很远的地方飘过来，这是从嗅觉上着笔。"暗香"指的是梅花的香气沁人心脾，从而赞扬其高贵的品格。

这首诗善于在意境上自出新意，寓意深远，曾一度被后人所效仿。

题齐安壁①

【原文】

日净山如染②，风暄草欲薰③。

梅残数点雪④，麦涨一川云⑤。

【注释】

①齐安：齐安寺，又名净妙寺，在今南京市。

②日净：日光明净。染：晕染。

③暄（xuān）：暖和。薰（xūn）：花草散发出的芳香。

④梅残：残存的梅花。雪：这里比喻洁白的梅花。

⑤涨：形容麦子蓬勃生长的样子。川：平川，平地。

【译文】

明净的阳光映照着远处的山峦，山色翠绿好像是染成的一样，春天的风暖洋洋地吹着，花草散发出醉人的芳香。

梅花树的枝头上还点缀着几朵像雪一样的残花，那一垄垄麦子蓬勃地生长，好像是整个平川涌起了大片云彩一样。

【赏析】

这首小诗描绘了春天的山川风物，展现出春天一派蓬勃生机以及诗人对春天风光的喜爱之情。

在初春时节，阳光明净，映照着远处的山峦，春风送暖，花草散发出醉人的芳香，大自然处处充满了令人赏心悦目的风情。诗的第一句写青山和太阳。晴空万里，日光明净。第二句写草木。给大地带来春色的，除了春日，便是春风。第三句写残梅。暗含了诗人对梅花迎雪傲霜精神的高度赞扬。第四句写麦子在春天的长势良好，并巧用"一川云"这三个字来形容，以"涨"字作呼应，给人一种波涛汹涌的气势，使麦浪的画面更加生动形象。这四句诗都是极目所见，各以最为简练的语言组合出色彩丰富的景物特色，构成一个完整的画面。

这首诗语言准确传神，巧用比喻，工巧别致，使整体画面流动优美。不仅描绘了一幅生动的春天图画，而且使人大有身临其境之感，不知不觉地陶醉在其中。

染云

【原文】

染云为柳叶①，剪水作梨花②。

不是春风巧，何缘有岁华③。

【注释】

①云：这里比喻柳叶的柔嫩。

②水：这里比喻梨花的洁白。

③何缘：缘何，为什么。岁华：一年中美好的时光。

【译文】

柳叶像是用轻柔的云染成的，梨花像是用清澈的水剪出来的。

若不是春风这个能工巧匠，又怎么会有这一年中的美好光景呢。

【赏析】

这首诗是王安石极为精巧的咏物抒情作品之一，其内容颇见巧思，运用了比喻的修辞手法，描写了大自然的神奇，创造出了一年中美好的时光。作者发挥巧妙的联想将柳叶的柔嫩，比喻成用轻柔的云染色而成。又将梨花的洁白清亮，比喻成是用清澈的水剪裁出来的。因为作者欣喜地看到这一切，所以能巧妙写出春天的景色变化，而且还发出了这样的感慨：若不是春风这个能工巧匠，又怎么会有这一年伊始的美好光景呢？

全诗语言凝练，意境唯美，尤其"染""剪"字用得更是精妙，形象而生动地展现出春风给大自然所带来的欣欣向荣的美好景象。

秣陵道中口占二首（选一）①

【原文】

经世才难就②，田园路欲迷③。

殷勤将白发④，下马照青溪⑤。

【注释】

①秣（mò）陵：在今天的江苏省南京市江宁区。口占：指作诗不打草稿，随口吟咏而成。

②经世：治理国家。就：成就。

③田园：家园，指故乡。迷：迷失。

④将：此指抚摸头发。

⑤青溪：溪名，发源于钟山，自西南流入秦淮河。

【译文】

胸怀治理国家的才能，却难以发挥出来，此刻只想归隐家乡，寄情于田园生活却又害怕迷失。

我频频抚摸被风吹乱的白发，从马背上跳下来，来到青溪前照看日渐衰老的容颜。

【赏析】

这首诗是王安石在行路途中随口吟成的，一共两首，这是其一，表达了他临风惆怅的意绪。当时王安石主张变法，在他的新法推行期间，因为触动了很多人的利益，所以一度遭到守旧派强烈反对，而变法派内部也相继出现了权力斗争与矛盾。同时，王安石明显感到皇帝宋神宗已经不像变法初期那样表现出积极的支持态度，很多时候有意回避或者闪烁其词。在这种情况下，王安石感到心灰意冷，于是提出辞官，决定离开政坛，归隐山林，王安石就是在这样的心情下慨叹成诗的。

也正是因为他虽有经世之才，却没能得以顺利施展。所以说，这首诗是长期萦绕在他心中的入仕和出仕矛盾心情的自然流露，同时，也是他感叹变法受阻、无奈之中准备寄情于田园生活的思想感情的流露。这句"殷勤将白发"中的"殷勤"二字写出他频频以手掠发的神态。当时他那种无比自怜的心情可想而知。而"路欲迷"的"迷"字则是这首诗的诗眼，暗寓了一个政治家进退两难之间的艰难抉择，令人禁不住暗暗唏嘘慨叹。整首诗写得真挚婉曲，笔墨凝练，意蕴深沉。

南浦（其二）

【原文】

南浦随花去①，回舟路已迷。

暗香无觅处②，日落画桥西③。

【注释】

①南浦：金陵城南的小河。随花去：随花香而去。

②暗香：幽香。觅（mì）：找，寻求。

③画桥：有彩绘装饰的桥。

【译文】

在金陵城南的小河中，我跟随花香泛舟而去，回来的时候，我已在不知不觉中迷了路。

找不到幽幽的花香是从哪里飘来的，天色渐渐暗了下来，太阳缓缓落到了画桥的西面。

【赏析】

这首诗是王安石晚年寓居金陵时所作，诗中描绘了南浦河周边的景物。作者在南浦水中泛舟，一路循着花香悠然前行观赏，因为沉醉在花香中，所以不知不觉在回来时迷了路。这首诗生动地描绘出作者将自己融于大自然之中的情景，其意境明净空灵，充满了浓郁的诗情画意，将南浦的景物描绘得清新而雅丽。诗中的后两句"暗香无觅处，日落画桥西"更显状物的精妙，虽然没找到花香的源头，但落日、画桥相映成趣的美好，使其意境更加幽远，令人产生无尽的遐想。

孤桐

【原文】

天质自森森①，孤高几百寻②。

凌霄不屈己③，得地本虚心④。

岁老根弥壮⑤，阳骄叶更阴⑥。

明时思解愠⑦，愿斫五弦琴⑧。

【注释】

①天质：天生的性质，自然的本质。森森：形容树叶繁密的样子。

②几：几乎，近于。百寻：极言其高。寻：古代长度单位，八尺为一寻。

③凌霄：犹"凌云"，直上云霄。形容梧桐树长得很高。不屈己：不使自己弯曲。

④得地：得到适宜生长的土壤。虚心：梧桐是一种落叶乔木，木质中空。

⑤岁：年。弥：更加。

⑥骄：指阳光炽烈。阴：通"荫"，指枝叶成荫，很茂盛的样子。

⑦明时：政治清明之时。解愠（yùn）：解除怨怒。愠：恼怒，怨恨。

⑧斫（zhuó）：用刀斧砍。五弦琴：桐木是造琴的上好材料。据《孔子家语》记载：帝舜曾一面弹着五弦琴，一面唱"南风之熏兮，可以解吾民之愠兮"。

【译文】

梧桐树天生的性质就注定它长得枝叶茂密，孤独地岿然屹立，高达近于几百尺。

直上云霄也不使自己弯曲，这得自于适宜生长的土壤，还有本质中空的内心。

梧桐树龄越老，树根越长得粗壮，阳光越炽烈，枝叶就越显得茂盛葱郁。

在政治清明之时也想着解决百姓的疾苦，就像梧桐甘愿被砍伐制成五弦琴，伴随舜帝唱着《南风歌》去除民众的怨恨。

【赏析】

这是一首咏物抒情诗，诗中通过赞美根深叶茂、孤高挺拔的梧桐的一生，采用托物言志的写法，表达了王安石想报效明主的决心和心愿。本诗在结构上采取了由描写和抒情两部分相结合、又相互烘托的手法进行描写，整首诗语言简单明了，意脉清晰。"凌霄不屈己，得地本虚心。岁老根弥壮，阳骄叶更阴。"这是作者对梧桐的描绘，既是写实，也是自况。诗中既充满了正气，也颇具励志意味。尾联巧妙运用舜帝抚琴的历史典故，"愿斫五弦琴"写出了梧桐的心愿，也是在暗喻自己的人生理想。作者由孤桐联想到自己，表现了王安石在政治改革中，虽然遭遇到很大阻力，但仍然要凭借自己的正直和虚心，把新法坚决推行下去，表达了他甘愿冲破一切干扰也要为百姓解除疾苦的无私献身精神。

题舫子①

【原文】

爱此江边好，留连至日斜②。

眠分黄犊草③，坐占白鸥沙④。

【注释】

①舫（fǎng）子：小船。

②留连：留恋，不愿意离开。

③眠（mián）：睡觉。黄犊（dú）：小黄牛。犊：小牛。

④占：占据。

【译文】

喜欢这江边景色的美好，简直使我留连忘返，一直到太阳落山了还不想回家。

有时候跟小黄牛划分一块草地在那里睡觉，有时候闲坐占据了白鸥嬉戏的沙滩。

【赏析】

这首诗描绘了江边景物，生动形象地展现了作者归隐以后的生活场景。整首诗内容简洁，字句虽少，但容量极大，体现了很高的艺术成就。前两句写出了江边景色美好令人流连忘返，后两句描绘岸边小黄牛悠闲吃草，沙洲上白鸥嬉戏飞翔，意在增强江边景色的迷人画面，并且诗中采用两个对偶句形式，更加精练了丰富的内容。"眠分黄犊草，坐占白鸥沙"中

"草"对"沙",都作实字用,更显得短而有力。诗中使用了鲜明的色彩词,刻画出一种忘我的境界。"分"和"占"二字尤为精彩传神,其笔力高妙。字句之外,更富有诗意的情趣。作者根据自己的想象,以及略带童真气的笔调,给读者展现了一幅清新淡雅的图画,同时表达出一种人与自然所构建的和谐之美。

即事①

【原文】

径暖草如积②,山晴花更繁③。

纵横一川水,高下数家村。

静憩鸡鸣午④,荒寻犬吠昏⑤。

归来向人说,疑是武陵源⑥。

【注释】

①即事:用当前事物为题材写的诗。

②径:小路。积:积聚,堆积,形容草丛茂密。

③山晴:山中天气晴朗。

④憩(qì):休息。鸡:一作"鸠"。

⑤荒寻:犹言寻幽。犬吠(quǎn fèi):狗叫声,喻指小的惊扰或者狗叫。昏:黄昏。

⑥武陵源:即陶渊明《桃花源记》中描写的一处世外桃源,其中有"鸡犬相闻"之句。武陵:郡名,郡治在今湖南省常德。

【译文】

幽静的小路上，阳光温暖，茂密的青草就像堆积的一样，山中晴朗，各种各样的花儿开得更加繁茂。

一道清澈的河水从山前曲折无声地流过，顺着山势可见高高低低散落着的几户人家。

在正午安静地休息时，偶尔传来几声鸡鸣，出去访寻幽境佳景的时候，黄昏里还能听到狗叫声。

当我出游归来向别人谈起这件事，他们怀疑我这是到了武陵桃花源。

【赏析】

这首五言律诗描写的是春末或者夏初时分景物，描绘了依山傍水的山村景色以及作者的闲适生活。作者笔下的"径暖草如积，山晴花更繁""静憩鸡鸣午，荒寻犬吠昏"，展现出小径通幽、溪水川流、日暖花繁、狗叫鸡鸣的山村景象，简直就是一幅桃花源图。其中"暖"字与"径"字搭配使用，不仅描绘了山路上阳光融暖的氛围，也揭示了芳草如织的原因所在。如此以物及人的手法，暗寓了仕途生涯生存环

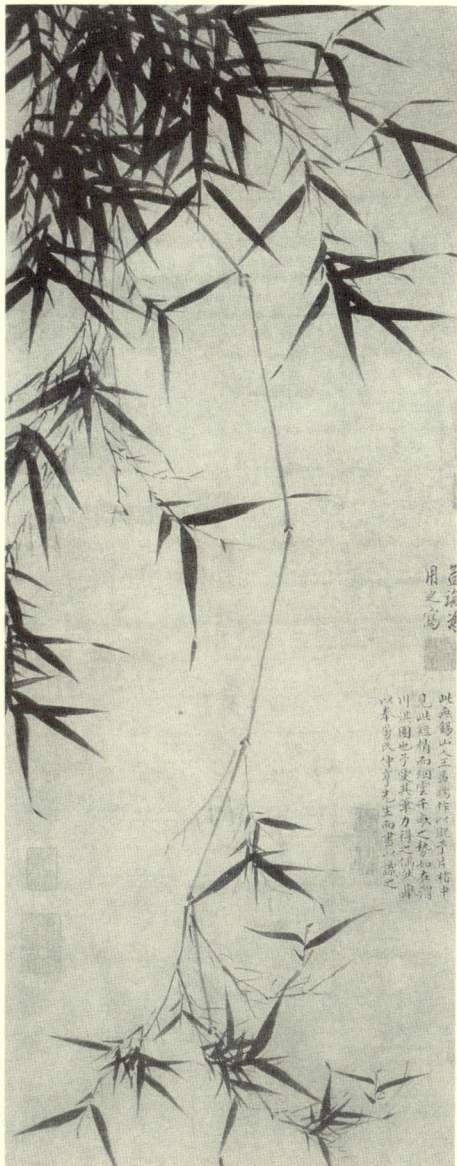

境的重要性。

本诗中注重诗句对仗工整，意境淳朴自然。诸如"静憩鸡鸣午，荒寻犬吠昏"所体现出来的山村形象如幻似画，足以看出诗人的独具匠心。这种运用千锤百炼而又以平淡出之的手法，正是诗家化境之功，同时也可看出作者对桃源生活的向往。整首诗不但语言简洁自然，清新流畅，而且气势连贯，张弛有度。

岁晚

【原文】

月映林塘静，风含笑语凉。

俯窥怜绿净①，小立伫幽香②。

携幼寻新荷③，扶衰上野航④。

延缘久未已⑤，岁晚惜流光⑥。

【注释】

①窥（kuī）：窥视，偷看。怜：爱。绿净：指水色纯净。

②伫（zhù）：站着等待。幽香：指花香。

③荷（dì）：莲子。

④扶衰：支撑着衰老的身体。野航：停泊在郊外水中的船只。

⑤延缘：缓慢移行，徘徊流连。已：止。

⑥岁晚：一年之末，这里指晚秋。流光：流逝的光阴。

【译文】

清幽的树林和池塘被明亮的月光映照着，那凉爽的风中夹杂着笑语欢声。

我俯下身观看青绿明净的池水，又稍稍在菊花飘送的花香中伫立了一会儿。

人们带着小孩子来寻找新鲜的莲子，搀扶着老人到野外去泛舟游玩。

我久久地在那里流连不已，已经到了一年的末尾，那流逝的光阴更加令人珍惜。

【赏析】

这首诗描写了王安石在深秋时节，趁着秋月映照林塘的宁静夜色乘兴闲游，一路赏花观水，以至于在清幽的夜色中流连忘返。作者以时节为题，抒发了在色彩斑斓中突出了珍惜时光的情感。其运笔是极为细密的，中间两联正面描述赏玩过程。"俯窥怜绿净"一句写赏水，"小立伫幽香"一句写深秋赏花。其中"绿净"二字值得玩味。作者描写赏玩的画面就此获得了灵魂的升华，让读者根据自己的理解去想象，去尽情回味。这首诗虽然用笔平实，但其中含蓄不尽，真切地记录了这次赏秋夜游的情景，抒发了作者"岁晚惜流光"的深切之情。

半山春晚即事①

【原文】

春风取花去，酬我以清阴②。

翳翳陂路静③，交交园屋深④。

床敷每小息⑤，杖屦或幽寻⑥。

惟有北山鸟⑦，经过遗好音⑧。

【注释】

①半山：在钟山南，地处江苏省南京市，由南京城东门到钟山，约为一

半路程，故称作"半山"。春晚：即晚春，暮春。

②酬：酬报，报酬，赠答。清阴：树荫繁茂。

③翳翳（yì yì）：隐晦不明，形容树荫茂密的样子。陂（bēi）路：山坡小路。

④交交：形容树枝交错覆盖的样子。深：幽阴深邃。

⑤床：指坐卧的器具。敷（fū）：指铺陈。古人席地而坐。每：每每，常常。

⑥杖屦（jù）：拄杖漫步。屦：鞋子。或：有时。幽寻：即寻幽。

⑦惟有：只有。北山：即钟山。

⑧遗（wèi）：送，这里引申为"留下"之意。好音：美妙的鸟鸣声。

【译文】

晚春的风把花儿吹走了，酬谢给我一片清凉的茂密树荫。

山坡上，寂静的小路树荫掩映，房屋田园被浓密交错的绿荫笼罩，显得幽阴深邃。

我常常在卧室里席地而坐，稍作休息，偶尔也扶杖出去漫步，去探寻一下外面幽静的风景。

此刻，这里万籁无声，只有北山上的小鸟经过时，留下一串串美妙动听的鸟鸣。

【赏析】

这首诗起首两句就很奇妙，似乎以散文句式来作拟人化的描写。"春风取花去，酬我以清阴"，这仅仅十个字，已尤见新奇，描绘出一幅绿肥红瘦的晚春景象。诗中写景时注重动静结合，从而达到了生动传神之妙。在作者笔下没有伤春之情，反而是以积极的人生态度来表达心中情感，展现的是一派欣欣向荣的景象。春风是无法"取"花而去的，但如果没有这个

"取"字，就很难形象生动地表现自然景象的变换之妙；试问春风怎会"酬我以清阴"呢？但若没有这个"酬"字的拟人化描写，就少了几分体现作者此刻恬淡安宁而又欣然自得的怡然情怀。这"取"和"酬"两字的妙用，让作者达观的生活态度、春风的和煦温暖一一跃然纸上，使读者的探幽心理爆棚，大有很想欣然前往一观的冲动。

这首诗主要描写作者晚年退居江宁后的山野生活，对晚春清幽之景的描摹中，进一步表现作者恬淡安宁而又怡然自得的心境。但结句笔锋一转，写出"惟有北山鸟，经过遗好音"，表面上表达了生活的闲适，但似乎只有北山鸟偶尔飞过时留下一串串优美动听的好声音，才能以此慰藉他退居的孤寂，从而隐约流露出诗人此刻胸中无人相知的痛苦和孤独之情。

壬辰寒食①

【原文】

客思似杨柳②，春风千万条。

更倾寒食泪③，欲涨冶城潮④。

巾发雪争出⑤，镜颜朱早凋⑥。

未知轩冕乐⑦，但欲老渔樵⑧。

【注释】

①寒食：节令名，在农历清明前一日或二日。

②客思：游子的思绪。思：思绪，心事。

③倾：流下。

④冶城：故址在今南京市朝天宫附近。

⑤巾：头巾。雪：喻指白发。

⑥颜：容颜。朱：红色，常形容青春的容颜。

⑦轩冕（miǎn）：古代公卿大夫的车乘和冕服，因以指代官位爵禄。

⑧老：终老。渔樵：渔人和樵夫，这里指代隐逸生活。

【译文】

客居他乡，心事重重，就像春风里的杨柳，被春风一吹就牵动千条万条。

尤其是到了清明寒食节，更是有止不住的眼泪涌流，就像冶城外即将上涨的春潮。

头巾下雪白的白发好像要争相挣脱而出，对镜观看自己青春的面容已经过早憔悴衰老。

感受不到做官有什么快乐，我此刻只想在青山绿水间做一个渔父樵夫终老。

【赏析】

这是王安石于皇祐四年（1052年）回江宁祭扫父亲墓期间写下的诗。诗中一方面表达了作者心中对父亲的沉痛哀悼之情，另一方面也是对自己推行新法的处境抒发了沉重慨叹。

本诗中运用了比喻和夸张的修辞手法，笔势清雄，感人至深。作者用"雪"与"朱"两个色彩鲜明的文字，生动形象地描述了自己的头发与容颜因操劳过度而出现的未老先衰的状况。这种悲叹与所要抒发的客居他乡的羁旅之愁、寒食节的思念父亲之哀以及仕途不畅快的情绪融合在一起，使这种对于年华流逝、身心衰老的感叹更为深沉。这首诗表达了作者虽然身居高位，却丝毫没享受到当官本该有的乐趣。本想为了振兴国力而一心想推行新法，却总是遇到重重阻力，甚至呕心沥血、殚精竭虑，以至于才过而立之年就白发早生、苍颜毕现了，怎能不令人由衷感叹这世事沧桑、万事艰难呢？

定林

王安石集
全鉴
珍藏版

【原文】

漱甘凉病齿①，坐旷息烦襟②。

因脱水边屦③，就敷岩上衾④。

但留云对宿，仍值月相寻⑤。

真乐非无寄⑥，悲虫亦好音。

【注释】

①漱甘：即用泉水漱口。甘：指泉水。

②坐旷：坐在空旷的地方。烦襟：烦躁的心情。襟：指胸怀、心怀。

③屦（jù）：古代用麻葛制成的一种鞋。

④就：靠近。敷：铺设。衾（qīn）：被子。

⑤仍：还，又。值：逢着。

⑥无寄：没有着落，无所寄托。

【译文】

我用泉水漱口，使病齿感觉一点清凉，我坐在空旷的地方，使烦躁的心情得以清静。

我顺着泉水边走了一会儿，然后脱掉鞋子，就近在岩石上铺好被褥，躺在上面。

现在只想留下白云伴我同眠，恰好此时遇到明月踏着清辉前来将我找寻。

真正的快乐不是无所寄托，其实，那悲鸣的虫声也同样是悦耳的好声音。

【赏析】

定林即定林寺，位置在钟山南麓宝公塔后面，王安石晚年退居金陵时，常常到这里游玩休息。这首诗就是他游赏后的即兴之作，抒写了诗人物我两忘的游憩之乐和旷达的襟怀。

通篇即兴即事，表面上看似乎只是信笔点染，实则是在淡静闲适之中寓有淡淡惆怅之意。诗的首联抒写身心感受；颔联则通过描写两个细节，"水边脱鞋""岩石上铺被小憩"透露出诗人微妙难言的衷曲和守正自信的品格；颈联运用拟人的手法，将白云、明月人格化，烘托出自己在此美景之中流连忘返的闲适心情；最后尾联突出"真乐"的意趣，抒发了作者旷达乐观的胸怀，使诗情绵长而又极富有理趣，令人回味无穷。

二、近体诗（七言）

书湖阴先生壁二首（其一）①

【原文】

茅檐长扫净无苔②，花木成畦手自栽③。

一水护田将绿绕④，两山排闼送青来⑤。

【注释】

①书：写。湖阴先生：杨骥，字德逢，号湖阴先生，是王安石退居江宁钟山时的邻居和朋友。壁：墙壁。这是一首题壁诗，即题写在湖阴先生家墙壁上的诗。

②茅檐：代指庭院。长：常常。无苔：没有青苔。

③成畦（qí）：成垄成行。畦：经过修整的一块块田地。

④护田：这里指护卫环绕着园田。

⑤排闼（tà）：推开门。排：推。闼：门。

【译文】

杨家的庭院里由于经常有人打扫，干净得没有一点青苔，主人亲手栽种的那些花草树木也都是成垄成排。

那庭院外的一条小溪守护着田园，将一望无垠的绿意环绕，两座青山仿佛是打开的大门，把赏心悦目的翠色迎面送来。

【赏析】

湖阴先生名叫杨德逢，是王安石退居金陵时的邻居，这首诗是王安石晚年退居江宁钟山时，题在杨家墙壁上的。杨德逢性情高洁，隐居不仕，他居住的环境也洁净清幽、纤尘不染，体现了主人高雅的情趣。全诗着力描写杨家内外的景色，将自然景物和具体的生活环境融为一体，体现出高超的艺术技巧。诗中三、四两句"一水护田将绿绕，两山排闼送青来"，采用了拟人手法，赋予山和水以生命情感，既生动又形象，另外"护"字、"绕"字极为高妙，富含人文情怀，令人温暖之意油然而生。同时，通过对偶和用典，既赞美了主人朴实勤劳，又表达了作者退隐闲居生活的恬淡心境，从田园山水风光的自然美好中，以及与同乡邻里的交往之中领略到无穷的生活乐趣。

登飞来峰①

王安石集
全鉴
珍藏版

【原文】

飞来山上千寻塔②，闻说鸡鸣见日升③。

不畏浮云遮望眼④，自缘身在最高层⑤。

【注释】

①飞来峰：一种说法是指在浙江绍兴城外的林山。唐宋时其中有一座应天塔，传说此峰是从琅琊郡东武县飞来的，故名飞来峰；另外一种说法在今浙江省杭州西湖灵隐寺前。

②千寻塔：高高的塔。寻：古时的长度单位，八尺为一寻。

③闻说：听说。

④不畏：不怕，不惧怕。浮云：在山间浮动的云雾。望眼：视线。

⑤自缘：自然是因为。缘：因为。

【译文】

飞来峰顶上有一座高耸入云的塔，听说鸡叫时分可以看见旭日从东方升起。

我不害怕层层的浮云遮住远望的视线，因为我站在塔的最高层，使我视野开阔、胸襟宽广。

【赏析】

王安石登上飞来峰，自己的立足点也因此提高，顿觉视野开阔，胸襟也变得宽广起来，由此抒发了自己不凡的远大抱负。

诗的第一句写"飞来山上千寻塔"，这"千寻塔"并不是塔的名字，而是说明这塔很高。通过这巧妙地虚写塔之高有千寻，引出了登上高塔看到旭日东升的辉煌景象，暗寓了诗人朝气蓬勃、迎着曙光豁然开朗的心情。而且站在这里能够听见鸡的鸣叫，仿佛天下尽在他的视野当中，为后面两句埋下伏笔；后两句"不畏浮云遮望眼，自缘身在最高层"，寓哲理于形象中，气魄非常宏大，意在告诫人们，只要登临到一定的高度，对外物的认识也会随之达到一定的高度，那么就能透过现象的表面看到本质，就不会被事物表面所呈现出来的假象所迷惑，进一步表达了作者高瞻远瞩的胸怀和坚毅无畏的气概。

这两句"不畏浮云遮望眼，自缘身在最高层"具有极强的哲理性，后来常被人们用作座右铭，流传甚广。

贾生①

【原文】

一时谋议略施行②，谁道君王薄贾生③？

爵位自高言尽废④，古来何啻万公卿⑤。

【注释】

①贾生：即贾谊（公元前200—前168年），洛阳（今河南洛阳东）人，十八岁时，因为文章写得好常被郡人所称道。汉文帝时任博士，一年中迁太中大夫。他主张改革政制，颇得汉文帝赏识。后来遭受大臣周勃、灌婴排挤，被贬谪为长沙王太傅，又转梁怀王太傅。梁怀王坠马而死，贾谊深自歉疚，抑郁而亡，时年仅三十三岁。

②略：大致，差不多。

③君王：指汉文帝刘恒（公元前179—前157年在位）。薄：轻视，亏待。

④爵位：官爵和职位。废：弃置，废弃。

⑤何啻（chì）：何止。啻：仅，止。公卿：泛指达官贵人。

【译文】

那个时期，贾谊所提出的更定法令等建议，差不多都能获得汉文帝采纳施行，谁能说汉文帝轻视贾生？

那些官爵和职位自认为很高的人，其言论都被君王废弃了，仔细想想，自古以来，如此命运的何止成千上万的公卿？

【赏析】

贾生，即贾谊，西汉杰出的政论家和文学家。贾谊年轻有为，后来因为受到他人恶意诽谤排挤而遭到贬谪不得重用，从此怀才不遇，最终年纪轻轻就郁郁而死，千古以来一直被人们同情和歌咏。王安石这首诗纵观史实，从一个崭新的角度提出了自己独特的看法，认为贾谊被皇帝重视是万幸的，后来被排

挤倾轧也是不足为奇的，同时也表明了王安石向往为国谋事而不在乎名利与打击的毅然心境。这首诗中采用反诘句，寓答于反问之中，又以贾谊的"谋议略施行"与身居高位的达官贵人"言尽废"相对照，以汉文帝采纳贾谊的"谋议"，和古来君王废弃某些达官贵人的言论相对照，突出贾谊超群的才能以及汉文帝的爱惜贤才之举，烘托出自己因为受到宋神宗的殊遇，可以依托皇帝推行新法的愉悦心情。

乌江亭①

【原文】

百战疲劳壮士哀，中原一败势难回②。

江东子弟今虽在③，肯与君王卷土来④?

【注释】

①乌江亭：故址在今安徽和县乌江镇，是楚霸王项羽兵败自刎之处。

②中原一败：指项羽垓下之败。

③江东：指长江下游芜湖、南京以下的江南地区，是项羽起兵之处。

④肯：愿意。卷土来：指失败之后，整顿以求再起。

【译文】

那些壮士们被上百次的征战累得疲惫不堪，所以士气衰微，中原的垓下之战一败涂地，往日的声势再难挽回。

即使那些江东子弟到今天都还健在，他们是否还愿意跟随楚霸王卷土重来？

【赏析】

乌江亭座落在和州（今安徽和县）东北，相传这里是当年西楚霸王项羽兵败自刎之处。王安石在舒州任满赴京时，途经和州时写下了这首诗。

本诗以史实扣题，直接指出楚霸王到"垓下之围"时已经面临着众叛亲离的境地，这正是他刚愎自用所致。作者又从楚汉战争发展的客观形势，对项羽的部下不可能卷土重来的结局进行理性判断，体现了其咏史诗议论精警、独具慧眼的特点，更显示了他作为政治家的果敢和睿智。最后的反诘问句"肯与君王卷土来？"道出了历史的残酷与人心向背的变幻莫测，彰显了一个政治家眼光的犀利之处，字字珠玑，锋利如剑，可谓是一针见血。

郊行

【原文】

柔桑采尽绿阴稀①，芦箔蚕成密茧肥②。

聊向村家问风俗③，如何勤苦尚凶饥④？

【注释】

①柔桑：指柔嫩的桑叶。

②芦箔（bó）：用芦苇或芦竹编的蚕箔，是一种养蚕的工具。

③聊：姑且，随意。风俗：日常生活的情形，这里指年景、收成。

④凶饥：饥荒。凶：指谷物不收，灾荒。

【译文】

柔嫩的桑叶都被采摘完了，那绿色的树荫越来越稀疏，芦箔上的蚕儿长大了，密密麻麻结满了肥大的茧。

我随意向村民们问问今年的生活与收成，看着他们这样辛苦忙碌，为什么还不能解决温饱而闹饥荒？

【赏析】

王安石漫步郊外，看见野外的桑叶被采尽，农家饲养的蚕结茧肥密，如此"芦箔蚕成密茧肥"本是蚕农大获丰收的喜悦之景，应该是令人欣喜的。但是当他随意问了问农家的生活状况时，结果却让他困惑惊异：原来养蚕人长年辛苦忙碌，生活却一贫如洗，如同遭遇荒年饥岁。所以他写下这首诗，表达了对蚕农的境遇深表同情。末句"如何勤苦尚凶饥？"以反诘作结，含蓄凝练，发人深思。整首诗没有奇特新颖的想象，如同话家常一般平实质朴，关切的问询之中体现了王安石对蚕农的同情以及对统治阶级的不满，同时通过描写蚕农勤劳辛苦还闹饥荒的现实，暗示了当时苛捐杂税猛于虎的社会弊端。

出郊

【原文】

川原一片绿交加^①，深树冥冥不见花^②。

风日有情无处著，初回光景到桑麻^③。

【注释】

①川原：平原，原野。交加：交错。

②冥冥：昏暗。

③回：转。桑麻：桑树和麻；泛指农作物或农事。

【译文】

那原野上生机勃勃，一片片翠绿交相掩映，阳光被密密麻麻的庄稼和树叶挡住，晦暗一片，所以看不到鲜花。

茂密的树叶遮蔽，即使丽日和风充满情意也觉得没有落脚的地方，只好重又把这温暖的阳光转回到繁茂的桑麻上。

【赏析】

这首诗主要描写了农村野外的景物。王安石来到郊外，被丽日和风中的田野景色所吸引陶醉，故而写下这首小诗与大家分享丰收在望的喜悦。其格调酣畅，形象鲜明，色彩强烈而有一定的浓度和深度。他用含蓄的表现手法，暗示了田间桑麻大丰收的到来，描绘出一幅色彩绚丽而又和谐的乡村田间图画。他希望自己的政治改革也能像和风丽日一样，给人民带来丰收的喜悦和希望。这便是"风日有情"之深情所在。此诗充满浪漫主义的气息和激情，而又婉丽含蓄，是一篇艺术手法较高、思想性较强的名篇佳作。

北陂杏花①

【原文】

一陂春水绕花身②，花影妖娆各占春③。

纵被春风吹作雪④，绝胜南陌碾成尘⑤。

【注释】

①陂（bēi）：池塘，这里指水中小洲。

②绕花身：指杏花邻水开放，仿佛被春水环绕一般。

③花：岸上的花。影：花枝在水中的倒影。妖娆（yāo ráo）：娇艳美好，妩媚动人。各占春：指杏花和倒影各占春光。

④纵：即使。吹作雪：杏花颜色亮白，形容风吹落花如同飞雪一般。

⑤绝胜：远远胜过。南陌（mò）：指南面的小路上。

【译文】

杏花临水开放，仿佛被满塘的春水环绕一般，枝头的花和水中的倒影，都是那么妩媚动人，各占一份春光。

北陂的杏花即使被无情的东风吹落化作飘飘飞雪，也胜过那开放在南面小路上的杏花，你看那花落了还免不了被车马碾碎成尘。

【赏析】

这是一首咏杏花的七言绝句，写于王安石贬居江宁之后，体现了他晚年心境的一面。

王安石借物咏怀，从北陂和南陌的杏花开放，直到随风凋落的命运比较中，表明一种心境。诗中的"纵被春风吹作雪，绝胜南陌碾成尘"虽然表面是在描述杏花盛放之后的命运，但实际上是在表明他的政治立场与人生操守。此刻展现在读者面前的，一方面是景物更具立体的美，另一方面也透露出王安石的审美趣味，也就是对这虚静恬淡之美情有独钟。

全诗通过赞扬北陂杏花娇媚飞扬之美，表达了王安石刚强耿介的个性和仍然坚持自己原有的改革信念与立场，以及为坚持理想而献身的精神。

金陵即事

水际柴门一半开①，小桥分路入苍苔②。

背人照影无穷柳，隔屋吹香并是梅③。

【注释】

①水际：水边。柴门：用零碎木条木板或树枝做成的门，旧时也比喻贫苦人家。一半开：半开半掩。

②入苍苔：通向长满青苔的小路。苍：一作"青"。

③并：同。

【译文】

溪水边小院的柴门一半虚掩一半打开，小桥连接分开的小路，直接通向幽碧的青苔。

俯视水面，看见背后有无数棵柳树倒映在水中，隔着屋子还能闻到随风吹送而来的清香，那便是与梅花的芬芳一同飘来。

【赏析】

王安石这首诗是根据眼前所看见的景物即兴而作的。只见"溪流、柴门、小桥、青苔小路、垂柳倒映、梅花暗香飘送"，如此静谧美好的景物好像一幅乡野图画，整体显得特别清幽雅致。其中对句工整，也很新奇。诗人在同一首诗中既咏柳，又赞梅并不常见，他先描写眼中所见的周围景物，又各自显示不同风采。诗中所写的柳，是新叶翠绿、枝条尽舒之柳；梅，为正在盛开之梅。垂柳摇曳，背人照影；梅则隔屋吹香，好似是有意与观赏者保持距离，其实是在借"梅香飘远"来赞美梅花之香，香于内涵之美，从而高度赞扬了梅花的高洁与自我坚守的品格。

木芙蓉

【原文】

水边无数木芙蓉①，露染胭脂色未浓。

政似美人初醉著②，强抬青镜欲妆慵③。

【注释】

①芙蓉：一种落叶小乔木，叶如掌。秋季开花，花为白色或红色。

②政：通"正"。

③强：勉强。欲妆慵（yōng）：想要化妆，却又打不起精神。慵：慵懒的样子。

【译文】

那水边盛开着许许多多的木芙蓉，芙蓉花在秋天露水的滋养下，就像染上一层淡淡的胭脂。

此时的芙蓉花正像刚刚喝醉的美人，强打精神坐在梳妆镜前，抬起玉手想要梳妆却又懒洋洋地不想梳妆。

【赏析】

王安石这首诗的写作特点是婉约清丽，意境幽远。前两句"水边无数木芙蓉，露染胭脂色未浓"是通过对芙蓉花色彩浓淡相宜的赞美，抒发自己心中对花娇水清、美好升平生活的向往。后两句"政似美人初醉著，强抬青镜欲妆慵"是赋予芙蓉花一种人性化的形态，将其"醉美人"一般的柔美展现在读者面前。而这"欲妆慵"所体现的不仅仅是一种人文的慵懒，更有政治上的内在体现。这首诗在结构上，形成了无形而紧扣却又不可拆卸的连环，其中采用朦胧的写法，相互映照，产生了特殊的艺术效果。如此拟人咏物，彰显内在神韵，可谓是一首鬼斧神工之作。

初夏即事

【原文】

石梁茅屋有弯碕①，流水溅溅度两陂②。

晴日暖风生麦气③，绿阴幽草胜花时④。

【注释】

①石梁：石桥。弯碕（qí）：曲折的堤岸。

②溅溅：形容流水声。陂（bēi）：池塘。

③生：指激发，助长。麦气：指麦子成熟时散发出的香气。

④花时：开花的季节，指春天。

【译文】

石桥和茅草屋坐落在曲折的堤岸旁，那哗哗流淌的河水缓缓流入两边的池塘。

那晴朗的天气和暖暖的微风催生了麦子生机勃勃的气息，碧绿的树荫和绿草远胜于百花盛开的时节。

【赏析】

这首七言绝句描绘了初夏的景物。石桥、茅屋、堤岸、流水、风吹麦浪、绿阴幽草，都令作者心旷神怡，感觉这一切比百花吐艳的春天还要美。

本诗中的特点是取景宽泛，一句一幅。诗的首句写静景，次句写动景，第三句将目光转移到风吹麦浪的田间，景物稍虚，却写出温暖和特殊的麦香气。结尾转而写了另一景，那就是视野宽阔的绿阴幽草。整首诗景致唯美，感受独特，于平凡景物之中创造出独到的意境，生动而贴切地表达了作者热爱这个夏天的喜悦心情。

江上

【原文】

江北秋阴一半开①，晚云含雨却低徊②。

青山缭绕疑无路③，忽见千帆隐映来④。

【注释】

①秋阴：秋天阴沉的天色。

②晚云：一作"晓云"。低徊：徘徊。形容云雾在低处萦绕回荡。徊：一作"回"。

③缭绕：回环，旋转。这里是群峰重叠的样子。

④隐映：时隐时现。

【译文】

在大江的北面，秋天阴沉的云幕一半已被秋风吹开，含着雨气的暮云仍在低处萦绕徘徊。

重重叠叠的青山似乎挡住了江水的去路，可是当船转了个弯，忽然又看见江面有千百只帆船时隐时现地向这边驶来。

【赏析】

王安石的这首七言绝句属于即景抒情诗。诗中描写了舟行江上的所见所感，借景抒情，于其中蕴含了较深的哲理意趣，寄寓了作者独特的人生感受和对亲人的思念之情。他在江上行驶途中，只见天色半开，暮云低徊，重重叠叠的青山缭绕在眼前，使前路迷茫不清，无法预测山有几重，走着走着似乎无路可行，当转过一道山弯，忽然视野开阔，浩瀚宽阔的江面之上从远处驶来了无数帆船，从略显灰暗的底色中冲破而出，呈现出一幕视野开阔的画面。接着作者又以幽深的笔调，表现出一种朦胧之美。

纵观全诗，作者对景物描写的同时，也表达出自己对路途遥远、风云变幻的惆怅之情。这样寓情于景，既丰富了诗的主题，又凸显出诗情画意，在这种凝练轻巧的形式中，表达了作者心中恬淡萧散的心绪。

促织①

【原文】

金屏翠幔与秋宜②，得此年年醉不知。

只向贫家促机杼③，几家能有一絇丝④？

【注释】

①促织：蟋蟀的别称，属于蟋蟀科，也叫蛐蛐儿。

②金屏：金色的围屏。翠幔：翠绿色的帐幔。宜：适合。

③机杼（zhù）：织布机，这里指织布。杼：织机上的梭子。

④一絇（qú）：一束。絇：古时鞋头上的装饰，有孔，可以穿系鞋带。

【译文】

金色的围屏、翠绿色的帐幔与秋天的景色最为相宜，蟋蟀在这样的环境下养尊处优，年年岁岁醉生梦死，却不知其来历。

蟋蟀只会对着贫苦的人家鸣叫，催促他们快快起来织布，哪里知道穷苦人家之中能有几户拥有一束丝？

【赏析】

这是一首咏物诗。作者借咏蟋蟀整天鸣叫催促农人劳作的事情，暗中蕴含了对当时社会不公的批判。

蟋蟀鸣叫的声音很像织布机运转的声音，而且经常在夜里鸣叫，仿佛在敦促妇女们辛勤织布，所以也叫促织。作者通过蟋蟀不明就里只对贫苦人家鸣叫之事对其加以斥责，实际上是对那些搜刮百姓财物、醉生梦死而不管民间疾苦的官吏进行有力的讽刺和鞭挞，堪称是一首寓意深刻的咏物佳作。"金屏翠幔"指的是蟋蟀的金丝牢笼，暗喻的是富人们奢靡豪华的生活，也是当时社会上那种搜刮民脂民膏、不管民间疾苦的官僚生活的真实写照。所以说，这首诗具有一定的社会意义。

入塞①

【原文】

荒云凉雨水悠悠②，鞍马东西鼓吹休③。

尚有燕人数行泪④，回身却望塞南流⑤。

【注释】

①入塞：古乐府曲名，写边塞之事。

②荒云凉雨：比喻荒凉之地的凄苦云雨。

③鞍马东西：喻指与契丹使者分手。休：停止。

④燕人：燕地居民。这里指被辽国占据的北方土地的汉族百姓。

⑤塞南：边塞以南，指中原故国。

【译文】

北方边塞地区的天空中下着凄凉的雨，地上的河水呜咽着流向远方，南返的宋朝使臣与契丹使者分手后就要各奔东西，那音乐也停止了演奏。

还有一些前来为宋朝使臣送行的燕地百姓都眼含热泪，回转身远望中原故国却流下伤心的泪水。

【赏析】

这首诗是王安石伴送辽使北归，到涿州返回的途中所写的。

诗中首先描绘了边塞地区的荒凉景象，以此烘托出悲凉凄苦的离别气氛。次句写两朝使者来到边界后将要就此各奔东西的情景，鼓乐手停止了演奏说明送行结束。但实际上并没有结束，你看那"尚有燕人数行泪，回身却望塞南流”，在此，作者将镜头锁定流落燕地的中原百姓，这一特写，犹如异峰突起，翻出又一层新意。作者捕捉到燕地百姓南望故国流下热泪的动人一刻，反映了燕地百姓渴望回归祖国的迫切心情，同时也对北宋朝廷的投降政策进行了有力的讽刺与抨击。

泊船瓜洲①

【原文】

京口瓜洲一水间②，钟山只隔数重山。

春风又绿江南岸③，明月何时照我还？

【注释】

①泊（bó）船：停船。泊：停泊。指船停泊靠岸。

②京口：古城名。故址在江苏省镇江市。瓜洲：镇名，在长江的北岸，扬州的南郊，就是现在扬州市南部长江边，京杭运河分支。一水间：一水之隔。这里的“一水”指长江。

③绿：吹绿。

【译文】

我站在瓜洲渡口向南望去，京口和瓜洲不过一水之遥，从这里到钟山也只隔着几重山峦。

温柔的春风又一次吹绿了江南的两岸，可是天上的明月啊！你什么时候才能照着我回到家乡？

【赏析】

这是一首著名的抒情小诗，是王安石乘船经过瓜洲时所写的。本诗从字面上不难看出其流露着作者对故乡的怀念之情，充满了急欲飞舟渡江回家和亲人团聚的热切愿望。不过，在字里行间也暗示着作者怀有重返政治舞台、推行新政的强烈欲望，也表达了希望早日功成身退、闲居山林的心愿。这首诗不仅情景交融，而且叙事也富有情致。最令人津津乐道的还是在修辞上的锤炼。第三句"春风又绿江南岸"，描绘了江南两岸迷人的春色，寄托了诗人浩瀚的情思。其中"绿"字可以体会到诗人用词的修饰很生动，在这之前王安石也曾多次斟酌推敲这个字，但最后还是把这个字改成了"绿"，这样会使人更容易体悟到春意盎然的江南景色，同时也给人以生机勃勃之感。全诗寓情于景，抒发了作者遥望江南、思念家乡的深切感情。然后又以疑问语气结尾，再一次强调了对故乡的思念之情，使情感更加真挚。

天童山溪上

【原文】

溪水清涟树老苍①，行穿溪树踏春阳②。

溪深树密无人处，唯有幽花度水香③。

【注释】

①清涟（lián）：水清澈而泛着涟漪。涟：涟漪，细小的水波。

②踏春阳：走在春日的阳光下。

③幽花：长在幽隐处的野花。度水香：隔水送来阵阵花香。

【译文】

那清清的溪水泛着涟漪，潺潺流过茂密苍老的丛林，一路穿行，穿过溪边的花树，走进春日的暖阳。

我沿着溪水在这密林中前行，走到了那无人的地方，只看到一丛丛野花独自绽放，风中传来一阵阵清香。

【赏析】

天童山在浙江鄞县。王安石曾在此担任县令，他到任不久曾游览过此山。这首诗主要描写了天童山山深林密、水清花香的秀美景色，溪水、老树、春阳、花香，构成一幅清幽绝尘的天然画卷。作者在此静静地体会那花开刹那的繁华，想象那秋叶微黄的静谧。此刻，充盈的心灵渴望寂静，渴望远离任何喧嚣纷扰。王安石踏进天童山的那一刻，就响应了自然的召唤，回应了禅思的旨趣。置身于清净的大自然之中，当自我与大自然相融合、不分彼此的那一刻，王安石获得了心灵的宁静。

全诗语言简洁质朴，没有刻意雕琢的痕迹，令人一目了然，读之饶有意趣。

别鄞女①

【原文】

行年三十已衰翁②，满眼忧伤只自攻。

今夜扁舟来诀汝③，死生从此各西东④。

【注释】

①鄞（yín）女：是王安石在鄞县为官时，他的夫人在此地所生的女儿，一年后，此幼女就不幸夭折。王安石特地为她写了《鄞女墓志铭》。

②行年：经历的年岁。衰翁：衰老的老翁，老头儿。

③扁（piān）舟：小舟。诀（jué）：长别。汝（rǔ）：你。

④死生：指生与死。西：指鄞县以西的地方。

【译文】

自己年方三十却已经像个衰弱的老翁，眼睛所看到的一切都折磨我的心，使我忧伤不已，却只能自我劝解。

今夜我乘着扁舟来与你诀别，从此以后，我们父女生死有别，只能各分东与西。

【赏析】

《别鄞女》是一首思念故去亲人的七言绝句，诗中描述了作者将要离别女儿的过程、场景，表达了自己无比忧伤的心境，同时透过人间的生离死别，诠释了人生的真谛。

鄞女，是王安石夫人在鄞县生的女儿，只可惜这孩子出生一年后就不幸夭折了。王安石痛失爱女后心情格外忧伤，将女儿埋葬后特地为她写了《鄞女墓志铭》。上面这首诗，就是他在鄞县县令任期满后准备西归前，特意来和夭折入土的爱女辞别时所写的，字里行间充斥

着沉痛之情。但作为朝廷命官，皇命不可违，一切都是身不由己，这一次诀别，不知何时才能再来此地看望亡女，所以也只能是"满眼忧伤只自攻"了。唯愿生者健康，死者在地下长眠安息。

宣州府君丧过金陵①

【原文】

百年难尽此身悲②，眼入春风只涕洟③。

花发鸟啼皆有思，忍寻《常棣》鹡鸰诗④！

【注释】

①府君：旧时对已故者的敬称。这里指的是王安石的兄长王安仁，他曾任职宣州司户。

②百年：一生。也作为死的讳称。

③涕洟（tì yí）：涕泪。涕：眼泪。洟：鼻涕。

④忍：怎么忍心。表示反诘语气。《常棣》（dì）鹡鸰（jí líng）：即《诗经·小雅·常棣》，这是中国古代第一部诗歌总集《诗经》中的一首诗，也是歌唱兄弟亲情的诗。鹡鸰：在《小雅·常棣》中有记载"脊令在原，兄弟急难。"后以"鹡鸰"比喻兄弟。

【译文】

即使是死也难以消除我心中的悲哀，春风吹进了眼睛，只能让我更加痛哭流涕。

花的盛开，鸟的鸣叫，都能引发我的思绪，又怎忍心再查看《常棣》里面表达兄弟情意的诗句？

【赏析】

　　王安石得知长兄王安仁病死，已经葬于江宁（即金陵）时，心中万分悲伤，于是怀着无比沉痛的心情为其兄长写了一篇墓志铭，并作了这首诗。诗中以平易的语言起笔，却是笔笔浸满哀伤，瞬间悲从中来，如泉水奔涌，直接抒发了心中难以抑制的悲哀。所谓"长兄如父"，王安石与兄长之间手足情深，此刻他的心情就可想而知了。诗中结句引用了《诗经》中的典故，抒发王安石丧兄的悲哀之情，表达了他们兄弟之间的深情厚谊。所以说，这首诗溢满了骨肉亲情，读来诚挚感人，令人禁不住也随之潸然泪下。

乌塘①

乌塘渺渺渌平堤②，堤上行人各有携③。

试问春风何处好，辛夷如雪柘冈西④。

【注释】

①乌塘：在王安石母亲家金溪县（今属江西）乌石岗。

②渺渺：水面辽阔的样子。渌（lù）：清澈的水。渌：一作"绿"。

③携：带。

④柘（zhè）冈：在江西金溪县乌石岗西二十里，与临川灵谷山相接，上有王安石读书堂。这里有辛夷树（又名白玉兰，一种落叶乔木，花大，白色）。

【译文】

那乌塘的水面辽阔一望无际，清澈的绿水几乎与堤岸平齐，堤上的行人喜气洋洋地各有所携带，游乐嬉戏在这美好的时节里。

如果要问我什么地方春光最好，那就是玉兰花开如白雪的柘冈以西。

【赏析】

王安石少年时期曾经在乌塘住过，当官以后也常常去那里看望。这是一首即景抒情的小诗，展现出春天里河塘堤岸的一派勃勃生机，看到春游的人们喜气洋洋的热闹场面，勾起了他对故乡的怀念之情，同时也反映出作者悠闲自得的情趣。这首诗活泼轻快，写出了作者对春天的歌颂赞美之情。诗中描写了一塘美丽的春水，不仅暗示乌塘面积大，也使读者恍若看到那塘中渺远迷离的景象。让人透过这水中之绿，自然而然地联想到"千里莺啼绿映红"的迷人景致，况且，这里还多了几分白玉兰的清香。或许正因为这迷人的景致才使那乌塘堤岸上行人如织，各自携带美酒佳肴，扶老携幼，兴高采烈地纷纷而来。

全诗格调淡雅，语言凝练，字里行间无不透露出作者对自然风光、对生活的无比热爱之情。

夜直①

【原文】

金炉香烬漏声残②，翦翦轻风阵阵寒③。

春色恼人眠不得④，月移花影上栏干⑤。

【注释】

①夜直：夜间值班。直：通"值"。

②金炉：铜制香炉。烬（jìn）：完，燃尽。漏声残：指漏壶中的水将要滴完，即天快亮了。漏声：古代用来计时的漏壶中滴水的声响。漏：古代滴水计时的器具。

③翦翦（jiǎn）：形容微风轻拂且略带一点寒意。

④恼人：使人烦恼、撩拨人。

⑤栏干：栏杆。以竹、木等做成的遮拦物。

【译文】

夜深人静，铜炉里的香已经燃尽，滴漏声也快没有了，那微风虽轻却带来了阵阵寒意。

春天的景色总是那样的撩拨人，让人难以入睡，我看见随着月亮的移动，花木的影子悄悄地爬上了栏杆。

【赏析】

熙宁元年（1068 年），王安石在京任翰林学士，按照当时朝廷的制度，翰林学士每夜都要有一人留下轮值，这首诗就是王安石值宿时创作的，这也是他所写的一首政治抒情诗。诗中主要描写了春夜院中、室内所见景色。此刻，面对良宵春色，怎不令人心起相思？但诗人并没有从正面写对亲人的思念，而是通过香尽漏残、月移风寒，写出一缕淡淡的寂寞，如此营造出一种优美温暖的境界，进而表现了诗人的徘徊之久和怀想之深。在写作手法上，用笔细腻而空灵，通过巧妙运用叠词、清浊等调声之法，从而使感情表达得更加含蓄、曲折而深沉，有着余而不尽的艺术效果。

元日

【原文】

爆竹声中一岁除①，春风送暖入屠苏②。

千门万户曈曈日③，总把新桃换旧符④。

【注释】

①一岁除：一年已尽。除：逝去。

②屠苏：指屠苏酒，饮屠苏酒也是古代过年时的一种习俗，大年初一全家共饮这种用屠苏草浸泡的酒，以驱邪避瘟疫，求得长寿。

③曈曈（tóng tóng）：太阳初升时光亮而温暖的样子。

④桃、符：古代一种风俗，农历正月初一时人们用桃木板写上神荼、郁垒两位神灵的名字，悬挂在门旁用来驱邪。

【译文】

在阵阵爆竹声中，旧的一年已经过去，春风把温暖的气息送入屠苏酒中，人们欢乐地畅饮着。

在初升的太阳照耀下，千家万户的人们都忙着把旧的桃符取下来，换上新的桃符。

【赏析】

这首诗用白描手法，写出了元日（农历正月初一）这一天人们喜迎佳节的情景，诗中通过描写新年元日热闹、欢乐和万象更新的动人景象，来寄托自己推行革新的政治思想，表现得含而不露。

诗中以欢快的笔触描写了春节除旧迎新的景象：一片爆竹声送走了旧的一年，人们饮着醇美的屠苏酒感受到了春天的气息，初升的太阳照耀着千家万户，家家门上的桃符都换成了新的。王安石抓住这些具有代表性的节日生活细节：点燃爆竹，饮屠苏酒，换新桃符，充分表现出年节的欢乐气氛，使诗意富有浓厚的生活气息，同时也反映了王安石开始推行新法、实行改革时的欢快心情。

孟子

【原文】

沉魄浮魂不可招①，遗编一读想风标②。

何妨举世嫌迂阔③，故有斯人慰寂寥④。

【注释】

①沉魄浮魂：指逝去的魂魄。魂魄：古时谓人的精神灵气。人死后，魂升于天，魄入于地。不可招：指人死不能复生。招：招魂。

②遗编：指孟子死后由他的学生们依据他的言论学说编撰的《孟子》一书。风标：风度，品格。

③举世：世上所有的人。迂阔：迂腐而不切实际。

④故：固，毕竟。斯人：此人，指孟子。寂寥：寂寞。

【译文】

你逝去的魂魄虽然不能再招回来，但是读一读你留下的遗著，就能想象到你的风度和品格。

我不计较世上的人都嫌我迂腐而不切实际，毕竟有你这样一位伟大的人物在寂静中给我以安慰。

【赏析】

这首怀古诗的开头两句写出了孟子已经去世，但他遗留下来的思想著作不会消失，反而会大放异彩，成为时代的风向标。王安石这种唯有我真正理解孟子思想的行为，在当时运用到推行改革的政治主张上面，显然不被多数权贵理解与支持，造成的打击与困扰可想而知，于是引出下文。

孟子在战国时代为宣扬儒家学说而被人认为"迂腐"，这与王安石在当时推行改革主张也被人认为"迂腐"一样。所以这首诗其实是暗示了王安石要继承孟子的事业，推行其政治主张，实现变法革新的伟大抱负。其高傲的姿态，目的是为政治服务的，故而始终以不屈不挠，奋斗不懈的精神，唱出了心中最深沉的壮歌。

王安石一生为实现自己政治理想而奋斗，写下了很多怀古诗篇，大都寄托了他远大的政治抱负和批判精神。本诗在怀古中抒写他的孤独和执着，让后人看到了他卓越的济世风采。

商鞅①

【原文】

自古驱民在信诚②，一言为重百金轻③。

今人未可非商鞅④，商鞅能令政必行⑤。

【注释】

①商鞅（？—前 338 年）：本卫国公之孙，后入秦辅佐孝公变法，国因此富强。他因功封于商，号为商君，故又称商鞅。孝公死后，商鞅被诬谋

反，遭车裂而亡。

②驱民：驱使、役使百姓。信诚：诚实守信。

③一言为重百金轻：此为引用战国时期商鞅变法时的一个历史典故。战国时期，商鞅在秦孝公的支持下进行变法，新法公布以后，为使人们相信新法一定要执行，商鞅命人在国都南门处立了一根木柱，并承诺谁能搬走就以百金作为酬劳，结果信守承诺果真兑现，新法便得以推行。金：古代计算货币的单位。百金泛指其多。

④今人：指宋朝的顽固派和道学家。非：诋毁，诽谤。

⑤令：使得，做到。政：指政策、法令。必：必定。

【译文】

自古以来，君主统治百姓在于诚实守信，应该做到一言为重、百金为轻、立法严明。

如今的那些顽固派不可任意诋毁商鞅，因为商鞅言而有信能使法令政策坚决施行。

【赏析】

这是一首咏史的七言绝句。诗中一反传统定评，以及当朝那些反对变法的顽固派对商鞅的非议，而是在此对商鞅"能取信于民、坚决镇压复辟势力"的斗争精神作出了高度的评价，肯定了商鞅的历史功绩，同时有力抨击了当朝顽固派的阴谋。特别是"今人未可非商鞅，商鞅能令政必行"这两句直言不讳地表明了王安石的政治立场，针锋相对地回答了顽固派对革新事业的阻挠与咒骂，表明了王安石要继承和发扬商鞅的变法精神，以及坚决推行新法的决心与必胜的信心。

全诗以议论说理为主，引经据典，语言简洁有力，意蕴深广。

壬子偶题①

【原文】

黄尘投老倦匆匆②，故绕盆池种水红③。

落日欹眠何所忆④，江湖秋梦橹声中。

【注释】

①壬子：壬子年，即宋神宗熙宁五年（1072年）。

②黄尘：红尘。比喻世俗、世间。投老：到老，临老。

③盆池：本指埋盆作池，也指池塘小如盆。水红：草名，生于池塘草泽中。

④欹（qī）眠：斜躺着睡眠。欹：通"攲"，倾斜。

【译文】

红尘匆匆而过，我变得越来越老，而且感觉身心疲惫，所以围绕庭院中那个小小盆形池种植水草。

我斜躺在落日的余晖中入眠，总觉得没有什么值得回忆的，在那吱吱呀呀的摇橹声中，我梦见了秋日的江湖。

【赏析】

这首诗约作于熙宁五年（1072年）。王安石在变法过程中遭遇了激烈复杂的宫廷派别争斗，因此他感到身心疲惫，对政治生活也已经厌倦，于是提交辞呈准备告老还乡，但被宋神宗极力挽留而没有如愿以偿，所以这期间他的心里很矛盾，更加向往平静淡然的江湖生活。

这首诗虽然命题为"偶题",但具有一定的刻意必然性。首句写自己年纪已老,而且感到身心疲惫,在此悄然为下文的"有心归梦江湖"埋下了伏笔;次句特写埋盆作池,种花种草,看似漫不经心,却是一种烦恼情绪的排遣;三句设问又似自言自语;末句"江湖秋梦"揭示出作者梦中所向往的地方正是南国江湖。然而,是什么原因致使王安石身在廊庙,却又心在江湖呢?个中缘由尽在不言中,留给读者联系他推行改革的形势去尽情遐想吧。这首诗取材虽小,但颇具典型的社会意义,有以小见大之功,文学价值极高。

送和甫至龙安微雨因寄吴氏女子①

【原文】

荒烟凉雨助人悲,泪染衣巾不自知②。

除却春风沙际绿③,一如看汝过江时④。

【注释】

①和甫:王安石的弟弟王安礼,字和甫。龙安:即龙安津,在江宁城西约二十里处。

②衣巾:衣服和佩巾。一作"衣襟"。

③沙际:指江岸边上。

④汝:你,指吴氏女子。王安石的长女,因古代女子出嫁后从夫姓,故称吴氏女子。她的丈夫当时在汴京为官。

【译文】

野外的云烟、寒凉的细雨更加增添了离人的悲伤,泪水浸湿了衣巾自己都不知道。

　　春风已经吹绿了两岸的青草，此刻除了季节不同，一切都和我当初看着你出嫁过江的时候一样。

【赏析】

　　这首诗名为《送和甫至龙安微雨因寄吴氏女子》，是一首为弟弟饯行兼寄女儿的诗，充分表达了作为一个兄长、一个父亲对两位亲人的深厚感情。

　　元丰五年（1082年），王安石送弟弟王安礼（和甫）赶赴京城，送行来到江岸边不禁触景生情，如此想到了自己嫁到京城吴家的女儿（婚后称吴氏女子），思念之情油然而生，于是写下了这首情真意切、幽远清丽的作品。本诗写得很凄美，同时也非常生动，读来令人有一种身临其境之感。其实对于任何一个人来说，"泪染衣巾不自知"，无论是怎样的送别，那都是因为极度感伤所致。同样的荒烟凉雨，同样的地点，同样

是亲情别离，这样的场面又一次经历，怎不让人泪湿衣巾？在封建社会的传统背景下，很少有父亲对女儿出嫁表现出如此伤感的状态，而王安石将送别时的那份悲伤之情描写得活灵活现，令人看到了身为高官同时又作为一个平凡父亲的真实情感。

送别弟弟兼寄女儿的诗歌，这样的描写方式，可谓是别出心裁，写出了新意，使两种情感叠加呈现，更加真切感人。

谢公墩二首（其一）①

【原文】

我名公字偶然同②，我屋公墩在眼中③。

公去我来墩属我，不应墩姓尚随公。

【注释】

①谢公墩：在南京的半山园，在半山寺（即王安石旧居）后，因东晋名相谢安曾登临此地而得名。

②我名公字：谢安，字"安石"。偶然同：王安石的名与谢安的字相同，所以说"偶然同"。偶然：意想不到的。

③我屋公墩：从王安石的屋子能看到谢公墩，所以说"在眼中"。

【译文】

想不到我的名与谢公的字相同，现在从我的屋子向外看，谢公墩就在我的视线中。

谢公已经去世，如今我来了，这土墩就应该属于我，而不应该让它的姓氏还随谢公。

【赏析】

据史料记载，王安石退居江宁后所居住的地方叫半山园，这里曾经是东晋名相谢安的旧游之地，在半山园以北不远的地方有一个小土堆，后世将那个土堆称为"谢公墩"。王安石由此产生联想，写下了这首极为风趣的小诗。虽然这首诗题名为"谢公墩"，但并不是描写这个土墩的由来与相关故事，而是作者借题发挥，自抒情怀。

王安石的地位与谢安相同，他所做的事业不亚于谢安。在对谢安表达敬意的同时，他也不忘要与谢安一比高下，由此也反映了王安石争强好胜的性格和幽默的一面，让人看到了卸下政治妆容的王安石也很调皮可爱。

棋

【原文】

莫将戏事扰真情①，且可随缘道我赢②。

战罢两奁收黑白③，一枰何处有亏成④？

【注释】

①戏事：游戏的事情。扰：扰乱。

②随缘：听候机缘安排。缘：机缘，机会。

③奁（lián）：小匣子，这里指用来放棋的棋匣。

④枰（píng）：棋盘。亏成：指得失，胜负。

【译文】

下棋只是一种游戏，不要动用真感情，暂且听候机缘安排说出我的输赢。

　　等到下完棋，把黑白棋子分别收起了，整个棋盘上空荡荡的，哪里还有什么输赢胜败？

【赏析】

　　王安石晚年退居江宁以后无事可做，平时就喜欢找人下棋消磨时光。从这开头的两句"莫将戏事扰真情，且可随缘道我赢"就足以看出来，他把下棋只当作一种游戏而已，并不在乎输赢。围棋在许多文人眼里，的确只是一种玩物而已，只要自己高兴，胜负成败都可以不在乎。正如诗中所说的"战罢两奁收黑白，一枰何处有亏成？"，其实下棋不过是自己显示逍遥闲适的方式罢了，在本诗中同样反映了王安石当时随遇而安的心境。所以说，这首七言绝句是因棋有感，其格调清新、兴味盎然。看似寻常，却自有其不寻常之处。全诗围绕下棋展开场面描写，不急不缓之中表达出人生处世的哲理。

杖藜①

【原文】

杖藜随水转东冈②，兴罢还来赴一床③。

尧桀是非时入梦④，固知余习未全忘⑤。

【注释】

①杖藜（lí）：拄着拐杖行走。杖：扶杖，拄着拐杖。藜：一种植物，茎可作手杖。

②东冈：又名白土岗，在钟山。

③兴：游兴。赴一床：指睡觉。

④尧（yáo）：传说中的上古贤君。桀（jié）：夏朝的末代君主，暴君。

⑤余习：积习。指关心时政得失的习惯。

【译文】

我拄着拐杖顺着水流转到东冈，当我游兴尽了的时候，回来躺在床上睡了一觉。

尧帝、夏桀治理国家到底谁对谁错时常在梦中萦绕，由此才知道我关心时政得失的习惯还是没能全部忘掉。

【赏析】

这首诗描写王安石作为一个政治家，曾经宦海风云多年，即使现在已经退隐山林，但仍然对朝政的是非得失十分关心。诗的前两句写白天出去游玩。"杖藜随水转东冈，兴罢还来赴一床。"在此只说明游赏的地点，但没有对所见景物进行描写；后两句转写梦境。"尧桀是非时入梦，固知余习未全忘。"点明了在梦中时常见到尧桀，但这两个帝王正好是完全相反的形象，一个是贤君，一个是有名的暴君。而他们的是非对错作者并不想在此论说，实则是在借古喻今，表达对变法问题一如既往的关注。

回想起昔日在朝中主张变法所经历的一切，此刻的他一定还是感慨万分，对朝中事依旧关切有加。至此，整首诗表现了王安石身在山林，但心在庙堂的爱国主义思想。

木末

【原文】

木末北山烟冉冉①，草根南涧水泠泠②。

缲成白雪桑重绿③，割尽黄云稻正青④。

【注释】

①木末：指树梢。北山：即钟山。冉冉（rǎn）：云烟缓缓浮动的样子。

②南涧：金陵城南的溪涧。泠泠（líng）：形容水声清越。

③缲（sāo）：同"缫"，指缫丝，把蚕茧浸在热水中，抽出蚕丝。

④黄云：比喻成熟的麦子。

【译文】

那北山树梢间云烟缭绕，南涧草根下的奔流水声清越。

蚕农把蚕茧浸在热水中抽出雪白的蚕丝，那些桑树又重新吐绿，刚收割完金黄的麦子，又栽上青青的稻秧。

【赏析】

这首七绝描绘了钟山附近的田野风光。前两句"北山烟冉冉，南涧水泠泠"描绘出北山云烟缭绕，南涧水声清越的自然景色，形象生动，色彩鲜明；后两句"缲成白雪桑重绿，割尽黄云稻正青"，展现出蚕农小心翼翼地将蚕茧浸在热水中，然后轻轻抽出雪白蚕丝的动人场面，那一刻，蚕农的心情一定是喜悦的。转而诗人又将目光落到被蚕吃光叶子的桑树上，幻想着那些桑树又重新吐绿，暗示着生机再现。最后镜头转向远处，田间刚收割完金黄的麦子，又栽上青青的稻秧，到处是一片喜人的景象。

全诗写作手法巧妙，其中"白雪"和"黄云"采用了比喻和借代的修辞方法，另外，对偶工整，语句凝练，显示出王安石炼句的艺术功底非同一般。

南浦（其一）

【原文】

南浦东冈二月时①，物华撩我有新诗②。

含风鸭绿粼粼起③，弄日鹅黄袅袅垂④。

【注释】

①东冈：在金陵城东，一名白土冈。

②物华：美好的景物。撩：引逗，挑动。

③鸭绿：即鸭头绿，深绿色，这里指绿色的水面。粼粼（lín lín）：形容水清澈闪光的样子。

④弄：逗弄，戏弄。鹅黄：即鹅儿黄，嫩黄色，此代指初春的杨柳。袅袅（niǎo niǎo）：细长柔美的样子。

【译文】

南浦、东冈一带在早春二月的时候，美丽风光撩拨我的诗兴，总能写出新诗。

春风吹过碧绿的水面泛起粼粼波光，嫩黄的柳枝在阳光的映照下柔美地随风低垂。

【赏析】

这首雅丽精绝的小诗是王安石晚年居住在金陵时所作，主要描写了早春二月南浦、东冈一带的美丽风光。首两句描写了南浦的春光美景撩动他的诗兴，时常触景生情而新诗频发；后两句"含风鸭绿粼粼起，弄日鹅黄袅袅垂"兼用借代、比喻和拟人的修辞手法，对偶精严，色彩明丽，因而成为传世名句。据说，他常高声吟哦这两句诗，可见他自己也非常喜欢此佳句，堪称状物即景的精妙之作。

雪干

【原文】

雪干云净见遥岑①，南陌芳菲复可寻②。

换得千颦为一笑③，春风吹柳万黄金④。

【注释】

①雪干：雪水因天晴而干。遥岑（cén）：远山。岑：小而高的山。

②南陌：此指南面的田野。陌：田间的小路。芳菲：指芬芳的花草。

③颦（pín）：皱眉。

④万黄金：喻指杨柳。

【译文】

天气晴朗，积雪渐渐消融，远处的高山也依稀可见，在南面田野里，芬芳的花草又可以随处找到了。

无数次的皱眉此刻都换成了笑颜，春风将杨柳吹拂得好似万缕金丝随风飘扬。

【赏析】

这是王安石描写雪后春景的一首七言绝句。

首先"雪干云净见遥岑，南陌芳菲复可寻"描写了积雪消融、阴云散净、晴空万里、芳菲随处可见的景致，说明了迷人的春天又回到了人间，送来了美好景色。在此，作者在潜移默化之中悄然展现了季节变化的特征，并与人们的心理变化巧妙地联系在一起。后两句"换得千颦为一笑，春风吹柳万黄金"，主要写春柳在和风送暖的吹拂之中，千枝万条柔媚可人，在明媚的阳光下随着春风摇荡出金色光泽。这句"换得千鬟为一笑"使用拟人的艺术手法凸显意义深远，一语双关。既显扬了春风之德，又赞美了春柳的善解风情，使迷人的春景更加形象生动，从而将心中对春天的热爱之情表达得淋漓尽致。

北山①

【原文】

北山输绿涨横陂②，直堑回塘滟滟时③。

细数落花因坐久，缓寻芳草得归迟。

【注释】

①北山：即今南京东郊的钟山。

②输绿：输送绿色。陂（bēi）：池塘。

③堑（qiàn）：沟渠。回塘：曲折的池塘。滟滟（yàn yàn）：水满而动荡的样子。

【译文】

北山送来一片盎然绿色，春水悄悄地涨满了池塘，笔直的沟渠和曲折回环的池塘此时都是碧波荡漾。

我在郊外坐了很久，心情悠闲，细细地数着从树上飘落的花瓣，我慢悠悠地边走边寻找芬芳的花草，结果回到家时天色已经很晚。

【赏析】

这是一首即景抒情的七言绝句。

诗中前两句描写了北山的春天景色。春风一吹，北山便悄然送来一片绿意，河塘里春水横溢、碧波荡漾、沟渠向远、水流潺潺泛着粼光，到处呈现出浓郁的春光，表达作者对春天的喜爱之情；后两句描写了自己闲游快意的心情。悠然闲坐、细数落花、寻芳而去、流连晚归，这一系列细节描写表现出心情的闲适，形象生动地展示了一种悠闲淡然的意境，抒发了王安石想远离尘嚣、超然物外的洒脱情怀。

偶书

【原文】

穰侯老擅关中事①，长恐诸侯客子来②。

我亦暮年专一壑③，每逢车马便惊猜④。

【注释】

①穰（ráng）侯：即魏冉，战国时秦国大臣。一生四任秦相，后被秦王罢免，迁到关外封邑，由范雎代相。擅：专断，独揽。关中事：指秦国国政。

②诸侯客子：诸侯的说客。

③专：专断、占据。一壑：指作者晚年的住所。壑：坑谷，深沟。

④惊猜：指担心朝廷中有什么坏消息传来。

【译文】

战国时，秦国大臣穰侯魏冉独断秦国的国政，他常常惧怕各诸侯国的说客来秦国。

我晚年也占据了一小块地方，每逢有车马来，就会担心朝廷中有什么坏消息传来。

【赏析】

元丰八年（1085年）三月，宋神宗驾崩，王安石变法失败，反对新法的司马光等一派旧党上台执政。从此全面废除王安石推行的新法，所以王安石的日子变得备受煎熬，时常担心会有政敌向皇帝进谗言毁谤自己。本诗首两句"穰侯老擅关中事，长恐诸侯客子来"是王安石以战国时期的穰侯自比，似乎颇有自嘲的意味。后两句"我亦暮年专一壑，每逢车马便惊猜"，是王安石当时生活的真实写照。他虽然已经被罢相迁任江宁府，但之后的几年几度更换官职，一直处于不稳定状态，诗中这"便惊猜"恰恰反映了当时在恶劣的政治环境中，他那种苦闷不安的心情。

题张司业诗①

【原文】

苏州司业诗名老②，乐府皆言妙入神③。

看似寻常最奇崛④，成如容易却艰辛。

【注释】

①张司业：张籍（约766—约830年），字文昌，唐代诗人。历任水部员外郎、国子司业等职，故世称张水部或张司业。工于乐府，多为反映当时社会现实之作，和王建齐名，并称"张王乐府"。

②苏州司业：张籍原籍苏州（吴郡），故称。老：历时长久。

③乐府：本始于秦代，后来汉代继续延用下来，多是朝中管理音乐的官署所采集、创作的乐歌，也用以称魏晋至唐代可以入音乐的诗歌和后人仿效乐府古题的作品。这里指张籍所作的新乐府诗。

④奇崛（jué）：奇异特出，独特不凡。

【译文】

苏州张籍的诗作久负盛名、历时长久，他的新乐府诗几乎被所有人称赞是高妙之作、出神入化。

他的诗看起来好像很寻常，实际上却最显奇异特出，写成的作品，看起来好像很容易，其实却饱含艰辛。

【赏析】

这首七言绝句应该算是一首诗评。诗中赞扬了诗人张籍精警凝练而又平易自然的诗风，并且指出张籍取得的文学盛名是辛苦创造的结果。诗的前两句"苏州司业诗名老，乐府皆言妙入神"，首先介绍了张籍官称、籍贯与诗名，并高度评价了张籍的诗；后两句"看似寻常最奇崛，成如容易却艰辛"，是在谈论诗歌创作中所体现出来的"寻常"与"奇崛"、"容易"与"艰辛"的辩证关系，这也是对诗歌创作经验的总结，同时也在告诫人们一个不争的道理：一些看似"寻常"的东西，也不要鄙薄轻视，很多"奇崛"就隐藏在看似平常的外表之中。

葛溪驿①

缺月昏昏漏未央②，一灯明灭照秋床③。

病身最觉风露早④，归梦不知山水长。

坐感岁时歌慷慨⑤，起看天地色凄凉。

鸣蝉更乱行人耳⑥，正抱疏桐叶半黄。

【注释】

①葛溪驿（yì）：在今江西省弋阳县南。驿：古时供来往官员或者送公文的人暂住和换马的处所。

②缺月：残月。漏：漏壶，古代计时器。未央：未尽。

③明灭：忽明忽暗。

④最觉：最早感觉。

⑤岁时：时节，这里指秋天。慷慨：情绪激昂。

⑥行人：此为诗人自指。

【译文】

一弯残月挂在夜空，月色朦胧，漏声滴答还没有滴完，秋夜寂寥，一盏忽明忽暗的油灯照着我的卧床。

生病的人最先感觉到风霜早来的寒凉，在梦中回归故乡，不知道与家乡相隔千山万水的道路有多长。

我披衣而坐感叹岁月沧桑，禁不住情绪激昂放声歌唱，站起身看天地之间颜色昏暗，只觉得一片孤寂凄凉。

凄切的蝉鸣声声传入耳中，使我的心情更加烦乱，你看它正紧抱着萧疏的梧桐叶，却不知那叶子已经是半黄。

【赏析】

这首七言律诗是王安石从临川赴钱塘途中，夜宿驿站时所作。诗中抒写了他的旅愁乡思，以敏锐的身心感受驱遣眼前景物，达到了情景合一的境界，使意境更为深远。

首联借残月、滴漏、昏暗的灯光暗写他心烦意乱；颔联直写身体衰病、羁旅之困、怀乡之愁，从而点明"乱"的部分原因；颈联转写忧国之思，以天地凄凉的色彩加以烘托，使烦乱的心情更加推进一层；尾联用衬托手法，借疏桐蝉鸣将他的烦乱渲染到极致。作者选择缺月、孤灯、风露、鸣蝉、疏桐等衰残的景象构成凄凉的秋景和孤寂的旅况，衬托出一位抱病的行人羁旅独苦的处境和心情，以及强烈的忧国思家的思想感情。

奉酬永叔见赠①

【原文】

欲传道义心犹在，强学文章力已穷②。

他日若能窥孟子③，终身何敢望韩公④。

抠衣最出诸生后⑤，倒屣常倾广座中⑥。

只恐虚名因此得，嘉篇为赆岂宜蒙⑦。

【注释】

①永叔：欧阳修，字永叔，号醉翁，晚号六一居士，庐陵人（今江西吉

安人），北宋著名文学家。

②强学：勤勉地学习。穷：穷尽。形容达到了极点。

③他日：将来；来日，将来的某一天或某一时期。孟子：名轲，字子舆，战国中期思想家、教育家，是儒家学派的代表人物，被认为是孔子学说的继承人。

④韩公：韩愈，字退之，唐代著名的思想家、文学家。

⑤抠（kōu）衣：提起衣服前襟，这是古人迎趋时的动作，表示恭敬。诸生：指弟子。

⑥倒屣（xǐ）：急于出迎，错把鞋倒穿。屣：鞋。倒屣尝倾广座中：这里化用《三国志·王粲传》的典故：蔡邕听说王粲在门外求见，没有来得及穿好鞋子就出去迎接他。

⑦嘉篇：美好诗篇、文章。贶（kuàng）：赠、赐。蒙：受。

【译文】

我想要传扬孔孟道义的雄心还在，但勤勉学习写文章却感到力不从心。

将来如果能窥探到孟子道义的精髓所在，就心满意足了，我终生又怎敢奢望在写作方面超过韩公？

我跟随在您的诸位学生后面恭敬地前来拜访您，您匆忙出门来迎接，以至于错把鞋子都穿反。

能得到您高度重视与褒奖，我惶恐不安，只怕以后因此而浪得虚名，您赠给我的诗篇及崇高评价，我又岂敢坦然承当。

【赏析】

王安石所作的这首七言律诗，写于嘉祐元年（1056 年），是为酬答欧阳修之前赠给他的《赠王介甫》诗而作。欧阳修在那首赠诗中曾表达了对王安石的赞赏之情，在这首答诗中，王安石同样对欧阳修表达了钦佩之情，并表示今后依旧以孟轲和韩愈为榜样，弘扬儒家之道、研学韩愈文章。以王安石的才华，可以说这句"强学文章力已穷"是自谦之词，同时也暗示了他更注重传播孟子道义的壮志；三、四句"他日若能窥孟子，终身何敢望韩公"表达了王安石求学不止的理想和追求；诗的后四句写出了王安石对欧阳修的尊敬，以及欧阳修爱惜人才奖掖后辈之举让王安石感到受宠若惊，于是暗下决心一定要继续努力，不然只怕自己徒有虚名，唯恐辜负前辈的重望，甚至不敢心安理得地接受欧阳修的赠诗。

全篇紧紧围绕欧阳修的赠诗，抒发了自己的志趣，表达了作者心中对欧阳修的酬谢之情。

思王逢源三首（其一）

【原文】

蓬蒿今日想纷披①，冢上秋风又一吹②。

妙质不为平世得③，微言唯有故人知④。

庐山南堕当书案⑤，湓水东来入酒卮⑥。

陈迹可怜随手尽⑦，欲欢无复似当时。

【注释】

①蓬蒿：此指墓地上的野草。纷披：散乱的样子。

②冢（zhǒng）：坟墓。

③妙质：这里是用《庄子》中匠石"运斤成风"的典故，这里的"质"指箭靶，用以比喻投机的知己。因而"妙质不为平世得"是说世人不能像匠石深知郢人那样理解王逢源。平世：旧指清平之世，这里指当世。

④微言：指精辟深刻的言论。引据《汉书·艺文志》中"仲尼没而微言绝"。言外之意，王安石才是一个理解王令的人。

⑤庐山：在江西九江南部。

⑥湓（pén）水：又称湓浦、湓江。即今江西九江市西龙开河。源出江西瑞昌清湓山，向东流经九江城下。酒卮（jiǔ zhī）：古代盛酒的器皿。

⑦陈迹：旧事。随手：随着，紧接着。

【译文】

我想，那些纷乱的野草，今日已长满你坟墓的周围，萧瑟的秋风又一度在你的坟茔上悲伤地吹。

想当年，世人不能像匠石深知郢人那样理解你并被当世所任用，你精微的言论只有我这样的知心老友才理解认同。

那庐山仿佛从南天而降，正好对着我们的书案，湓水滔滔东来，犹如佳酿流入我们的酒杯。

可惜所有的陈年往事，都随着你的离世而烟消云散，我们将不会再有昔日那样的欢聚。

【赏析】

　　王令，字逢源，是北宋一位才华横溢的诗人，可惜英年早逝。嘉祐五年（1060年）秋，也就是在王令死后，王安石在极度伤心的状态下写了这首诗怀念他。开篇两句以哀景衬哀情，以"蓬蒿今日想纷披，冢上秋风又一吹"奠定了全诗的基调。其中一个"想"字，既表示悼念，又说明自己在远方，不能亲自去墓前祭祀，只能以诗代祭，表达了作者悲伤怅望和无比思念之情；接下来的"妙质不为平世得，微言唯有故人知"是对王令才华的肯定，也是对他生前不能被当世所任用而感到惋惜。既是对他怀才不遇、知音者稀的感慨，也包含着王安石对自身遭遇的感喟；接下来"庐山南堕当书案，湓水东来入酒卮"虚实结合，采用了对偶、比拟、夸张的艺术手法，再现了他们曾经一起谈古论今、开怀畅饮的豪情逸兴，同时也是对好友亡灵的告慰；结尾从回忆中回到现实，表达了自己对痛失好友之悲终是无法释怀。

　　这首诗之所以成为王安石的名作之一，就在于短短八句中，有写景，有议论，有回忆，有感叹，并且运用了想象、使事、对比等手段注入了真挚的情意。无论是对故友的深切思念，还是对人生知己难遇的怅恨，或是对天不怜才的悲愤，都是出于肺腑的至情。这正说明王安石不仅是一个铁腕宰相，同时又是一个富于感情的诗人。后世有人将此诗作为王安石七律的压卷之作，是不无道理的。

三、古体诗

河北民

【原文】

河北民①，生近二边长苦辛②。

家家养子学耕织，输与官家事夷狄③。

今年大旱千里赤④，州县仍催给河役⑤。

老小相携来就南⑥，南人丰年自无食。

悲愁白日天地昏⑦，路旁过者无颜色⑧。

汝生不及贞观中⑨，斗粟数钱无兵戎⑩！

【注释】

①河北：指黄河以北的地方。

②二边：指北宋与契丹、西夏接壤的地区。长：长期。

③输与：送给，这里指缴税纳赋。官家：指朝廷。事：供奉。夷狄：中国古代东部、北部的两个少数民族，后用作泛称。这里指契丹和西夏。

④千里赤：赤地千里，寸草不生。赤：空无所有。

⑤州县：指地方官府。给：应承，负担。河役：治理黄河的工役。

⑥就南：到南方就食谋生。南：指黄河以南。

⑦悲愁：悲痛愁苦。

⑧无颜色：指愁容惨淡，面色苍白。

⑨不及：没赶上。贞观：唐太宗李世民的年号。

⑩斗粟数钱：历史记载唐贞观年间，农作物连年丰收，一斗米价仅三四文钱。兵戎：指战争。

【译文】

河北边境的百姓，生活在与辽国和西夏接壤的地方，日子过得非常辛苦艰难。

家家户户艰难地抚养子女，让他们从小就学习耕织，只可惜收获的粮食和织品要交给朝廷作为赋税，同时还要供奉夷狄人吃穿。

今年是大旱之年，灾荒绵延千里而寸草不生，致使农家空无所有，但州县官吏仍然催缴赋税、甚至抓壮丁做苦役去充当。

那些男女老少只好相互搀扶向黄河以南逃荒，河南虽然丰收，但老百姓自家也缺粮断餐。

边民的悲痛愁苦如同大白天遇到阴云遮空、天昏地暗，在路旁经过的行人个个都是神情黯然，面色苍白。

可叹你们没赶上出生在贞观年间，那时候一斗稻谷只需要几文钱，而且还没有战乱！

【赏析】

自从宋、辽签订"澶渊之盟"以后，宋朝每年向辽国和西夏"赠送"大量的岁币，以求苟安。这沉重的负担首先落在了边境老百姓身上，使百姓苦不堪言。诗中首先写"河北民，生近二边长苦辛。家家养子学耕织，输与官家事夷狄"，说明百姓每天都辛苦劳作，过着男耕女织的生活，但因为朝廷软弱，边境人民却要将自己辛苦劳动所得全部拱手上缴，即使遇到天灾之年也不能幸免，简直是无法生存。所以说，这是一首反映社会现实的诗作，着重描写了北方灾民扶老携幼逃荒到南方的凄惨景象，形象地抨击了朝廷对内重敛、对外屈辱的腐败政策，也表达了王安石主张富国强兵的愿望。

全诗布局精当，言简意赅，字字句句饱含血泪，同时透露出作者内心无比的沉痛与对百姓的同情。诗中采取转折递进、层层深入、对比等表现手法形成文势跌宕之美，大有杜诗的"顿挫"之妙。

明妃曲·明妃初出汉宫时

【原文】

明妃初出汉宫时①，泪湿春风鬓脚垂②。

低徊顾影无颜色③，尚得君王不自持④。

归来却怪丹青手⑤，入眼平生几曾有。

意态由来画不成⑥，当时枉杀毛延寿。

一去心知更不归，可怜着尽汉宫衣⑦。

寄声欲问塞南事⑧，只有年年鸿雁飞。

家人万里传消息，好在毡城莫相忆⑨。

君不见咫尺长门闭阿娇⑩，人生失意无南北。

【注释】

①明妃：指王昭君，她是汉元帝宫女，容貌美丽，品行正直。

②春风：比喻王昭君面容之美。

③低徊：徘徊不前的意思。

④不自持：不能控制自己的感情。

⑤归来：回来。

⑥意态：神情姿态。

⑦汉宫衣：指昭君仍然全身穿着汉服，表达了她对汉朝的眷恋之情，明知不能回来了，也不换掉汉服。

⑧塞南：指汉王朝。

⑨毡城：在这里指匈奴王宫。因游牧民族以毡为帐篷。

⑩咫（zhǐ）尺：极言其近。

【译文】

当王昭君刚刚起程离别汉宫的时候，泪水打湿她娇美的脸庞，鬓角的长发微微低垂。

她面容惨淡地看看自己的影子，徘徊不前，而此时的凄楚之美还是让君王的感情难以克制。

送亲回来后，君王却责怪画师毛延寿。在他眼中，像王昭君这样美貌的人平生实在是没有见过。

但是神情姿态向来是不能描摹逼真的，当时把毛延寿杀掉实在是太冤枉。

王昭君心里明白，这一去就再也不能回来，可怜她全身还是穿着汉朝的裙衣。

从今后，遥寄相思想要询问故乡的事，也只能年复一年双眼望着大雁飞来飞去。

终于，家人在万里之遥传来了消息，让昭君好好安心在匈奴的毡房，不要将家乡想念追忆。

难道你没看见汉代阿娇失宠被关闭在长门宫里，虽然与皇上近在咫尺却难相见，所以说，人生如果失意是没有天南和地北之分的。

【赏析】

昭君出塞，是历代文人常用来抒发情怀的题材。王安石也是借事抒情，用王昭君的经历表现出自己在政坛上没有知音的苦恼。王安石把自己的情感融入其中，破旧立新、突破传统的世俗观念、一反前人旧说，含蓄地指责了封建统治者刚愎、愚昧，以及对人才的埋没和扼杀。

这首诗前半部只写昭君的美，但不是从形象上写，而是从故事手法入笔。昭君出宫门，泪湿鬓角，虽然自顾"无颜色"，但汉元帝见了，竟然被她楚楚可怜的凄美迷住了而不能自持。原来昭君的美不在于容貌，而在于气质，即"意态"。然而画师却没能将昭君的美表现出来，所以引出了"意态由来画不成，当时枉杀毛延寿"的历史悲剧。无论是事出有因，还是昭君太美而画师无法描摹，均已成为千古绝唱。

诗的后半部写昭君人在塞外，但心里仍然关心祖国的情形。她想知道家乡事，期盼鸿雁传书的样子可想而知，但盼来盼去只盼来了"万里家人传消息，好在毡城莫相忆"。这是家人在无奈中对她的安慰。结尾的"君不见，咫尺长门闭阿娇，人生失意无南北"是点睛之笔，表明了诗的主题，从而抒发了作者的人生感慨，通过昭君"不改汉服"来表现她爱乡爱国的深厚感情，也暗寓了王安石自己心中对皇帝的忠诚，以及赤诚的爱国主义情怀。

兼并

【原文】

三代子百姓①，公私无异财。

人主擅操柄②，如天持斗魁③。

赋予皆自我，兼并乃奸回④。

奸回法有诛⑤，势亦无自来。

后世始倒持，黔首遂难裁⑥。

秦王不知此，更筑怀清台。

礼义日已偷⑦，圣经久堙埃⑧。

法尚有存者，欲言时所咍⑨。

俗吏不知方，掊克乃为材⑩。

俗儒不知变，兼并可无摧⑪。

利孔至百出⑫，小人私阖开⑬。

有司与之争⑭，民愈可怜哉。

【注释】

①三代：指夏、商、周三个朝代。子：用作动词，意思是像对子女般爱护。

②人主：君主。擅：独揽，专断。操：操持，掌握。柄：权柄。

③斗魁（kuí）：北斗七星的前四颗曰斗魁，后三颗星曰斗柄。不同季节和不同时刻，北斗七星出现的方位也不同，看起来像在围绕着北极星转动。

④赋予：征收和给予，指国家财政收支。兼并：指用武力侵吞别国的领土或别人的产业。后世多指豪门贵族掠夺贫民土地财产。

⑤奸回：奸恶邪僻；也指奸恶邪僻的人或事。诛（zhū）：杀戮，惩罚。

⑥倒持：比喻把大权交给别人，自己反受其害。黔（qián）首：战国及秦代时对老百姓的称呼。裁：节制，管理。

⑦偷：犹浇薄。即社会风气浮薄。此处是败坏、沦丧之意。

⑧圣经：圣人的经典，这里指讲求礼义的儒家经典。堙（yīn）埃：埋没在尘埃里。堙：埋没。

⑨咍（hāi）：讥笑，嗤笑。

⑩掊（póu）克：聚敛贪狠。

⑪摧：摧毁，挫败。

⑫利孔：指生财的门路。

⑬小人：指奸诈之人。阖（hé）开：关闭和开启。这里指对财利的操纵。

⑭有司：指主管官吏。

【译文】

夏、商、周三个朝代的君主把百姓当子女看待，公家和私人都没有非分的资财。

君主独揽大权，就像上天掌握着众星的运行一样。

征收和给予的大权都由君主掌握，侵吞他人财物被看作是奸恶邪僻的行为。

奸恶邪僻的人要受到法律制裁，邪恶的势力也就很难存在。

三代以后的帝王开始将权柄反交给下人把持，从而使兼并之势盛行，老百姓也就难以管理。

秦始皇不懂得这个道理，甚至还大兴土木修筑了怀清台。

礼义一天天已经沦丧，圣人的经典也被长久地埋没在尘埃里。

三代抑制兼并的办法虽然还有所遗留，但谁要想说起它便会遭到讥笑和责怪。

那些鄙俗的官吏不知道治国的方法，只把横征暴敛看作是自己的才干。

那些迂腐的儒生不知道事情变化的严重性，认为兼并的现象可以不必制止。

生财之道到了层出不穷的地步，奸诈的小人便趁机私自操纵开合事态。

官吏和奸诈的小人之间不停地争夺财富权利，那么百姓的处境就更加可怜悲哀。

【赏析】

这首诗约作于皇祐五年（1053 年），王安石当时任舒州通判。他认识到日趋严重的土地兼并现象给百姓带来的祸害，所以提出了抑制兼并的主张。这首诗直接以议论的形式如同抽丝剥茧一般，层层剖析兼并的危害。首先指出"三代子百姓，公私无异财。人主擅操柄，如天持斗魁"。从历史过渡到如今，目光犀利而深邃；语言质朴无华，简洁透彻，同时在一连串带着强烈谴责意味的诗句中，王安石把那些顽固派和兼并他人财物之徒揭示出来，将他们不顾国家命运、不管人民疾苦的丑陋邪恶用心批驳得体无完肤，表现了王安石对这股腐朽势力的憎恶和蔑视，体现了他不与世俗同流合污的斗争精神和坚定变革图强的进步思想。

秃山

【原文】

吏役沧海上①，瞻山一停舟。

怪此秃谁使，乡人语其由。

一狙山上鸣②，一狙从之游。

相匹乃生子，子众孙还稠。

山中草木盛，根实始易求③。

攀挽上极高，屈曲亦穷幽。

众狙各丰肥，山乃尽侵牟④。

攘争取一饱，岂暇议藏收⑤？

大狙尚自苦，小狙亦已愁。

稍稍受咋啮⑥，一毛不得留。

狙虽巧过人，不善操锄耰⑦。

所嗜在果谷⑧，得之常以偷⑨。

嗟此海山中⑩，四顾无所投。

生生未云已⑪，岁晚将安谋？

【注释】

①吏役：因公外出。沧海：大海。

②狙（jū）：古书上说的一种大猴子。

③根实：植物的根和果实。始：起先。

④侵牟（móu）：侵夺。

⑤攘（rǎng）争：争夺。暇（xiá）：空闲，没有事的时候。

⑥稍稍：渐渐。咋啮（zé niè）：啃嚼。

⑦锄耰（yōu）：锄和耰，均为农具名。泛指农具。

⑧嗜（shì）：特别爱好。

⑨偷：苟且。只顾眼前，得过且过的意思。

⑩嗟（jiē）：表叹息之意。

⑪生生：意思是繁殖不息。云：语气助词，无实义。已：止。

【译文】

我因公出行的船只航行在大海上，看见海中有座小山就暂时抛锚停舟。

我很奇怪是什么人把这座山弄得如此光秃秃的，本地的百姓说出了其中的缘由。

原来曾经有一只雄猴在山上鸣叫，另一只雌猴听到后，便过来跟随它一起嬉游。

两只猴子相互交合生下了孩子，它们的子孙后代从此就越来越多而稠密。

起初山中的草木非常茂盛，吃的根本就不用发愁。

它们互相拉扯着登上最高的山顶，有时也曲折婉转地到山林深幽之处去寻找食物。

这些猴子们个个吃得膘肥体壮，整座山却被侵夺摧残得残败不堪。

它们你争我抢只顾求一饱，哪有闲暇时间去商议如何收藏保留食物？

那些大猴子还在独自伤心难过，小猴子们也已经开始暗自发愁。

那座山的草木渐渐被猴子们啃嚼得精光，变得寸草不留。

那些猴子虽然机巧过人，却不会像人一样手持农具耕田播种与秋收。

它们喜欢吃的是果实谷类，得到这些食物常常是只顾眼前、依靠不劳而获去索求。

可叹这座山处在茫茫大海之中，环顾四周都是海水，猴子们无处可去。

猴子们一代代繁殖下去没有止境，如此一年又一年，真不知道秋冬季节将怎么去谋划生活？

【赏析】

这是王安石创作的一首寓言诗，主要描写的是在海上有一座光秃秃的孤山，在这山上住着一大群猴子，但这些猴子只知道漫山遍野去寻找现成的食物。它们为了自己吃饱，不惜你争我夺地摧残那些植物，却没有收藏与播种的智慧和本领，反而是不断繁衍生息的猴子越来越多，以致于本该枝繁叶茂的季节，可这山上植物却被践踏吃光。因此，诗人见此情景不禁对它们秋冬季节的生活将没有着落而感到伤悲。

纵观当时的社会背景，这首诗也是在暗暗讽喻那些大小官吏像猴子一样，不从事生产、不关心国家的积累储备，各自图谋私利，巧取豪夺，坐吃山空，最终使国家成为一座"空山"。从思想上来说，本诗能引起人们在多方面的警

戒，同时也表达了作者对国家前途的忧虑。

桃源行①

【原文】

望夷宫中鹿为马②，秦人半死长城下③。

避时不独商山翁④，亦有桃源种桃者。

此来种桃经几春，采花食实枝为薪⑤。

儿孙生长与世隔，虽有父子无君臣。

渔郎漾舟迷远近⑥，花间相见惊相问⑦。

世上那知古有秦，山中岂料今为晋⑧。

闻道长安吹战尘⑨，春风回首一沾巾。

重华一去宁复得⑩，天下纷纷经几秦?

【注释】

①行（xíng）：古代诗歌的一种体裁，又称"歌行体"。

②望夷宫：秦国宫名。秦相赵高在此杀秦二世胡亥。鹿为马：据历史记载，赵高想作乱，但唯恐群臣不听从，于是让人牵来一只鹿并指鹿为马，凡是说这是鹿的人都被杀死。后世便以"指鹿为马"比喻有意颠倒黑白，混淆是非。这里用来代指秦国政治的黑暗。

③长城：秦始皇统一中国后，为了防御匈奴南侵，于是修筑长城。这里用来指代秦国繁重的劳役。

④避时：逃避乱世。商山翁：指秦末汉初，为了避秦乱而隐居于商山（在今陕西商县东南）的四位老人，他们都有八十多岁，眉毛胡须皓白，时

称"商山四皓"。

⑤薪（xīn）：柴火。

⑥漾舟：泛舟。

⑦花间相见惊相问：与前一句"渔郎漾舟迷远近"均化用《桃花源记》中桃源中人"见渔人，乃大惊。问所从来"等语句。

⑧"世上那知古有秦"二句：出于《桃花源记》中"见渔人，乃大惊，问所从来""乃不知有汉，无论魏晋"诸语的缩写。那知：哪知。那：古通"哪"。

⑨长安：西汉的首都，这里泛指中原故国。吹战尘：指发生战乱。

⑩重华：即舜帝，名重华，他是传说中上古时代的贤君。宁：岂。

【译文】

在秦国望夷宫中有指鹿为马的人，大多数秦人因为赋劳役而累死在长城脚下。

那些逃避当时战乱的人不仅仅有"商山四皓"，也有躲在桃花源里种桃的人。

他们逃到那里种桃树，也不知道度过了多少春秋，年复一年采花吃果把桃枝当作柴火烧。

他们的子孙后代在这里过着与世隔绝的生活，他们心中只有父子观念而不分君与臣。

渔人泛舟不知这里路途的长短而迷失在桃花源，在桃花深处与桃源人相遇，彼此惊讶地相互询问。

桃源中人与这世外隔绝，哪知古时曾有秦朝，身在山中又怎能预料当时已经是晋代。

可是桃源人听说长安城里又发生了战乱，春风中回首往事，还是禁不住悲泪长流沾湿了佩巾。

舜帝已经死去，又岂能再让他得以生还，看天下纷纷扰扰，不知已经过多少如同倾覆暴秦的战乱。

【赏析】

晋代陶渊明曾写过《桃花源记》，其中描写了一个和平悠闲、与世无争的世外桃源生活场景。王安石所写的这首古诗便是利用这个题材加以发挥，凭借自己的想象，思古抚今、一挥而就，反映了历来与人民生活息息相关的社会现实。诗中主要从议论入手，并适当引用历史典故，着眼于历史的兴亡，展示出当下一个真实存在的人间世界。诗中既表达了对乱世的不满，又道出了对那种"虽有父子无君臣"的淳朴平等社会的向往，反映出王安石秉承的"致君尧舜"的理想，充分体现了一个政治家的诗文特点。

作者善于巧妙翻新陶诗佳句，强调其深刻的内涵，同时点明了桃花源的来历，桃源与世隔绝、自由平等的社会生活等特点。其中"渔郎漾舟迷远近"四句概括了《桃花源记》故事的主要内容，以及渔人与桃源人的交流和惊叹之语，耐人寻味。最后四句，作者借桃源人之口对天下战乱不息、朝代替换不止而发出无奈的感慨。至此全篇结束，却意犹未尽。

杜甫画像

【原文】

吾观少陵诗①，谓与元气侔②。

力能排天斡九地③，壮颜毅色不可求。

浩荡八极中④，生物岂不稠。

丑妍巨细千万殊，竟莫见以何雕锼⑤。

惜哉命之穷，颠倒不见收⑥。

青衫老更斥，饿走半九州。

瘦妻僵前子仆后，攘攘盗贼森戈矛⑦。

吟哦当此时，不废朝廷忧。

常愿天子圣，大臣各伊周。

宁令吾庐独破受冻死，不忍四海赤子寒飕飗⑧。

伤屯悼屈止一身⑨，嗟时之人我所羞！

所以见公像，再拜涕泗流⑩。

推公之心古亦少，愿起公死从之游。

【注释】

①少陵：杜甫曾居长安城南少陵附近，故自称"少陵野老"，世称"杜少陵"。

②元气：指天地未分前的混一之气。这种混一之气，清而轻者上升为天，浊而重者下沉为地。古人认为这是世界物质本原。侔（móu）：相

等，齐。

③排天：开拓天宇。斡（wò）九地：旋转大地。斡：旋转。

④八极：八方最边远的地方，指整个世界。

⑤雕镂（diāo sōu）：刻镂，雕刻。

⑥颠倒：指困顿潦倒。收：接纳，这里指被朝廷任用。

⑦攘攘（rǎng rǎng）：纷乱拥挤的样子。森：密集的样子。戈矛：戈和矛。泛指兵器。

⑧不忍四海赤子寒飕飗（sōu liú）：飕飗：寒气、寒风，亦指风雨声。

⑨屯（zhūn）：艰难困顿，不顺利。悼（dào）屈：为怀才不遇者感伤。悼：悼念，悲伤。

⑩涕泗（tì sì）：泪涕。涕：眼泪。泗：鼻涕。

【译文】

我看杜少陵的诗，可以说是与世间物质本原相通，具有浑然正气。

他的诗有开拓天宇、旋转大地的力量，那雄壮的面貌和坚毅的神情都是我难以企及的。

在这广阔浩渺的世界中，自然就会生有多种多样的生物。

有美丑、大小，而且千差万别，竟然看不出是怎样被创造万物之手雕镂、刻画出来的。

杜甫具有这样的才华，可惜命运多舛到了极致，他一生穷困潦倒，又得不到朝廷的重用。

他年近半百只担任了一个小官，可是后来还是免不了被贬谪流徙，忍饥挨饿漂泊了半个九州。

他的妻子瘦弱，后来他的幼子饿死，一家人在战乱年代还常常遭受盗贼兵祸的威胁。

这样的环境下，杜甫依然不忘记忧思国家社稷安危，他用诗歌揭露战争的残酷，去吟咏民间疾苦。

他的心愿是希望皇上能成为像尧舜那样圣明的君主，大臣都能像商朝的伊尹和周朝的周公旦一样贤能。

他一个人住在破旧的屋子里，宁愿让他受冻而死，也不忍心看着天下人在寒风冷雨中颠沛流离。

现在的人只为个人困境悲叹，伤感自己怀才不遇，我真为他们感到羞愧。

所以当我看到杜甫的画像时，想起了他高洁的品质和才华，再一次泪流满面地躬身祭拜。

只是如今推想杜公的思想和胸怀，自古以来很少见，我真希望他能起死回生，然后追随在他的身边一同畅游。

【赏析】

这是一首颂扬人物生平的七言古诗。诗中五言与七言交错而发，铿锵有力，气势磅礴，抑扬顿挫之间使人心潮澎湃，情感一触即发。

皇祐四年（1052年）王安石在任舒州通判期间，辑录了一部唐代大诗人杜甫的诗集，并写有《老杜诗后集序》，足见其对杜甫推崇备至。在这首古诗中，王安石传神地刻画了杜甫的精神风貌，真切地表现了他的心中所感。诗中先是从杜甫的诗歌写起，赞美他的诗歌气势非凡，有天地浑然之气，而且"力能排天斡九地"，其"壮颜毅色不可求"，足以"天地造化万物，或丑或美，大小巨细，千姿万态的化育之功"，显然这是在比喻杜甫不同凡响的才华；再写杜甫仕途的悲惨遭遇，以及本来就家庭贫苦却又遭受丧子之痛的境况，默默寄予了深深的同情；最后赞美杜甫的高尚人格，表达了对杜甫的钦佩之情。

全诗对杜诗和杜甫爱国忧民的精神境界、推己及人的人道情怀给予了崇高的评价，并且给予高度热情的赞扬，这首诗也因此成为历代题咏杜甫画像诗中的名作。

后元丰行①

【原文】

歌元丰，十日五日一雨风②。

麦行千里不见土，连山没云皆种黍③。

水秧绵绵复多稌④，龙骨长干挂梁梠⑤。

鲥鱼出网蔽洲渚，荻笋肥甘胜牛乳。

百钱可得酒斗许⑥，虽非社日长闻鼓⑦。

吴儿踏歌女起舞，但道快乐无所苦⑧。

老翁垂水西南流⑨，杨柳中间杙小舟⑩。

乘兴敧眠过白下⑪，逢人欢笑得无愁。

【注释】

①元丰：宋神宗赵顼（xū）的年号（1078—1085 年）。行：歌行，古诗的一种体裁。

②十日五日一雨风：古人形容气候和美，风调雨顺叫"五日一风，十日一雨"。

③没云：蔽天的意思。黍（shǔ）：在古代也曾是主要的粮食作物，是一种黏米。

④绵绵：绵延无边的样子。稌（tú）：糯稻。

⑤梁梠（lǔ）：屋梁和屋檐。

⑥斗许：一斗左右。许：表示大约数。这句意思是因为丰收年，所以美酒价格很低。

⑦社日：古代春秋两季祭祀社神之日。长：常。

⑧踏歌：用脚踏着拍子唱歌。但道：只说。无所苦：没有苦恼。

⑨堑（qiàn）水：开挖水道。

⑩杙（yì）：古时一种树，此指小木桩。这里作动词用，指把小舟系在木桩上。

⑪欹（qī）眠：斜躺着睡眠。白下：即白下城，北宋时为金陵的别称。故址在今南京市。

【译文】

我歌唱风调雨顺的元丰年，十天下一场小雨，五天吹一次和风。

那一行行的麦垄覆盖了田野，方圆千里都看不见泥土，漫山遍野都种上了黍，仿佛与云彩相连，遮蔽了天空。

水田里还种了很多糯稻，青青的稻秧绵延无边，由于风调雨顺，水车被闲置，长杆就挂在屋梁上。

从水中拖出渔网，网上来的鲋鱼盖满了沙洲，沙滩旁的芦笋肥嫩甘美，味道胜过鲜美的牛乳。

花费百十个小钱就能沽到一斗左右的美酒，虽然不是祭祀社神的日子，但也常常能听到锣鼓喧天。

吴地的小伙子打着拍子唱起歌，少女们翩翩起舞，只听见他们唱出了快乐，看不到有所愁苦。

老翁乘着小船顺着开挖的护城河向西南漂流，然后悠闲地把小船系在杨柳荫中的杙木桩上。

此刻乘兴斜躺在小舟里似睡非睡，悠然漂过白下城，见到的人都是欢声笑语，收获的是无忧无愁。

【赏析】

在宋神宗元丰初年连年丰收，农村生活大有改善。王安石目睹这一切心中欢喜，同时也写了很多作品加以赞颂，这首七言古诗就是其中较为著名的一首。结合当时的社会背景，可以说这首诗既是对北宋变法改革后的颂歌，也是王安石政治理想的一种表露。

此诗的开头两句描写了陆地上的麦田、山野，歌颂了元丰年间风调雨顺的喜人气象；接下来描写了水田稻秧、沙洲鲥鱼、滩涂芦笋，到处是收获的景象，歌颂了元丰年间五谷丰登、物产丰美的盛况；最后八句为第三部分，通过描写美酒不贵、锣鼓喧天、少男少女踏歌跳舞、老翁悠然出游等场面，反映了元丰年间人民的幸福生活。这首诗虽然没有明写王安石变法的效果，但眼前所呈现出来的民风和谐、人民安乐的社会情态，对王安石推行新法所带来的效果不失是一个形象而有力的证明，使此诗具有深刻的认识价值和一定的社会意义。

两山间①

【原文】

自予营北渚②，数至两山间③。

临路爱山好，出山愁路难。

山花如水净，山鸟与云闲。

我欲抛山去，山仍劝我还。

只应身后冢④，亦是眼中山。

且复依山住，归鞍未可攀⑤。

【注释】

①两山间：钟山的两座山峰之间。

②营：经营，建造。北渚（zhǔ）：北面的水涯。

③数：屡次，频繁。

④只应：就应该。冢（zhǒng）：坟墓。

⑤归鞍：指骑着回城的坐骑。

【译文】

自从我在临近北面的水涯边建造了钟山半山园，曾有好几次到钟山的两座山峰之间游玩。

临行前总是喜爱那山间"曲径通幽"的美好，等到出山回家时却因为曲折的山路而发愁犯难。

那里的山花像用清水洗过一样明净鲜艳，山中的鸟儿和天上白云一样悠闲。

我想要抛开大山而去，大山却劝我赶快回来。

想来我身后的坟墓，就应该是眼前这座山了。

不如就暂且依着两山之间住下吧，这样就可以不用再费力攀登马鞍骑马回城。

【赏析】

这首诗是王安石退居江宁以后所写。王安石在去钟山的半路上修建了一个居住的地方，起名叫"半山园"。几十年的政治生涯，在争争斗斗之中度过，王安石也有些厌倦了，此刻退居到乡野，也算是实现了投老山林的心愿。卸掉推行新法的政治担子，他感觉到了生活简单淳朴而美好的样子，所以他深深地爱着大自然，时常徜徉其间，甚至到了物我两忘的境界。其中"临路爱山好，出山愁路难"，这两句既是写实，又是深有寓意。通过临行前与回归后两种情态的对比，表达了王安石对山林田野生活的喜爱以及对仕途生

涯沉浮不定的忧虑。这首诗连用了九个"山"字，形成了独特的行文特色，使主题内容表现得更加形象生动，达到了人与山浑然融为一体的艺术效果。

题西太一宫壁（其一）①

【原文】

柳叶鸣蜩绿暗②，荷花落日红酣③。

三十六陂春水④，白头想见江南。

【注释】

①西太一宫：道教庙宇，宋仁宗天圣年间所建。在汴京（今河南开封）西南八角镇。

②鸣蜩（tiáo）：蝉的一种，也叫"秋蝉"。身体黑色，有一寸多长，翅色赭褐，鸣器小而成卵圆形，秋天临近日落时常常长鸣不已。

③酣（hān）：浓郁，浓透。

④三十六陂（bēi）：池塘名，在汴京附近。陂：池塘。因为江南扬州附近也有三十六陂，故诗中末句说"想见江南"。春水：一作"流水"。

【译文】

柳叶和秋蝉都呈现出暗绿的颜色，荷花在落日霞光的映照下显得更加红艳。

看着三十六陂的春水荡漾，这令已经白发的我很想再去看看江南。

【赏析】

熙宁元年（1068年），王安石出游西太一宫时，写下了这首题壁诗。

诗的前两句写柳暗蝉鸣、荷花映日。此处主要从视觉和听觉着笔，体

现了那些鸣蝉隐身于浓密的绿荫之中，不见其形，只闻其声的神秘感，以
及荷花在霞光映照下的美艳绝伦。这里将荷花拟人化，令人情不自禁联想
到美人喝醉了酒后的娇柔之美；后两句由眼前的水上景色联想到自己的故
乡，艺术手法上大有回环往复之妙，含蓄地表达了抚今追昔、思念亲人的
真挚情感。全诗的情境由真入幻，语意简明含蓄，既有意境之美，也有绵
长蕴味，令人如临其境，难以忘怀。

葛蕴作《巫山高》爱其飘逸因亦作两篇（选一）①

【原文】

巫山高，偃薄江水之滔滔②。

水于天下实至险，山亦起伏为波涛。

其巅冥冥不可见，崖岸斗绝悲猿猱③。

赤枫青栎生满谷④，山鬼白日樵人遭⑤。

窈窕阳台彼神女⑥，朝朝暮暮能云雨。

以云为衣月为褚⑦，乘光服暗无留阻⑧。

昆仑曾城道可取⑨，方丈蓬莱多伴侣⑩。

块独守此嗟何求⑪，况乃低徊梦中语⑫。

【注释】

①葛蕴：北宋诗人，书法家。《巫山高》：汉乐府诗名。

②偃薄：犹卧俯，迫临。

③斗绝：即陡绝。猿猱（náo）：即猿猴。

④赤枫青栎（lì）：指枫树和栎树。

⑤山鬼：山中的鬼怪。樵人遭：被樵夫遇见。

⑥窈窕（yǎo tiǎo）：美好的样子。神女：传说中的巫山女神。

⑦褚（zhǔ）：借指丝绵衣服。

⑧乘光服暗：不分白昼和黑夜。无留阻：指来去自由。

⑨昆仑曾城：传说中的神仙住地。

⑩方丈蓬莱：指传说中的两座仙山。据《山海经》记载：海上有三座仙山，蓬莱、瀛洲、方丈，这三座山是人间仙境，山上有长生不老药。

⑪块独：孤独之意。嗟（jiē）：表叹息。

⑫况乃：恍若，好像；况且；而且。

【译文】

巫山高耸，迫临着滔滔不绝的江水。

水势在这里确实是到了惊险的地步，山的形状也变得起伏不断，似乎成了波涛一样。

山巅高耸入云，隐隐约约看不清楚，山崖陡绝，猿猴因无法攀援而悲伤。

枫树和栎树长满山谷，山中的鬼怪白天也出来，听说曾经被砍柴的樵夫遇见过。

巫山神女出没的地方，旦为朝云，暮能行雨。

巫山神女用轻云和朗月作为自己的丝绵衣裳，不分昼夜，来去自由。

巫山神女可以去昆仑山和曾城遨游，也可以和方丈、蓬莱的众位神仙为伴。

可叹的是决定独守在巫山没有什么可企求的，更何况只能在梦中徘徊低语、寄托自己的情感。

【赏析】

王安石写的这首古体诗属于杂言诗，是看到诗人兼书法家葛蕴写了一首《巫山高》以后，被其诗中的飘逸洒脱所触动，感觉非常喜欢，于是也就此写了两首诗，这是其中一首。

前部分以"巫山高，偃薄江水之滔滔"展开画面，极言巫山之高、巫山之陡绝、山下江水之气势横绝，随后又描写了巫山的高峻凶险和深山密林之中诡异的景物，引出下文；后半部分引用巫山神女的美丽传说，渲染了巫山的神秘色彩，其中"昆仑曾城道可取，方丈蓬莱多伴侣。块独守此嗟何求，况乃低徊梦中语"这段话，着力描绘了巫山女神，为她能够在此独守寂寞大加赞赏，同时也暗喻了自己坚持不变的政治立场。全诗以想象之笔拓开主旨，随之又以现实比况，语言奇诡，风格飘逸，体现了王安石以文为诗的大手笔。

第二部分　词

桂枝香·金陵怀古

【原文】

登临送目，正故国晚秋①，天气初肃②。千里澄江似练，翠峰如簇③。归帆去棹残阳里，背西风，酒旗斜矗④。彩舟云淡，星河鹭起⑤，画图难足。

念往昔，繁华竞逐，叹门外楼头⑥，悲恨相续⑦。千古凭高，对此漫嗟荣辱⑧。六朝旧事随流水，但寒烟衰草凝绿。至今商女⑨，时时犹唱，《后庭》遗曲⑩。

【注释】

①送目：望远。故国：即故都，旧时的都城。金陵为六朝古都，故称故国。

②初肃：天气刚开始萧肃。肃：萎缩，肃杀。

③澄江：清澈的长江。练：白色的绢。如簇：这里指群峰好像丛聚在一起。簇：丛聚。

④归帆去棹（zhào）：一作"征帆"，指往来的船只。棹：划船的一种工具，形似桨，也可引申为船。斜矗：高高地斜插。矗：直立。

⑤星河：天河，这里指秦淮河。鹭（lù）：白鹭，一种水鸟。

⑥繁华竞逐：形容（六朝的达官贵人）争着过奢靡荒淫的生活。竞逐：竞相仿效追逐。门：指朱雀门。楼：指南朝陈后主时期的结绮阁。

⑦悲恨相续：指六朝亡国的悲恨，接连不断。

⑧漫嗟荣辱：空叹历朝兴衰。荣：兴盛。辱：灭亡。

⑨商女：古指酒楼茶坊的歌女。

⑩《后庭》遗曲：指歌曲《玉树后庭花》，相传此曲为陈后主所作，其辞哀怨绮靡，后人将它看成亡国之音。

【译文】

　　我登上城楼极目远望，现在故都金陵正是深秋时节，天气刚刚变得萧瑟清凉。那千里清江澄澈，宛如一条白色的长绢，青翠的山峰好像是箭簇耸立在前方。一只只归航的帆船在夕阳中往来穿梭，迎着西风吹起的地方，高高斜插在房前的酒旗迎风飘扬。画船如同在淡云中浮游，那白鹭也好像是在天河里起舞鸣唱，妙笔丹青也难描摹这壮美的风光。

　　遥想当年，故都金陵是何等繁华昌盛，达官贵族争相追逐奢华的生活，可叹那朱雀门外结绮楼阁只知燕舞莺歌，却不知六朝君主亡国的悲恨接连不断。自古多少人在此登高怀古，无不对历代荣辱喟叹感伤。六朝旧事早已随流水消逝，剩下的只有寒烟惨淡、绿草衰黄。直到今天，那些商女们还时时地把《后庭花》遗曲吟唱。

【赏析】

　　王安石在出知江宁府期间，看到六朝古都的现状，再回想其曾经的繁华，使他触景生情写下了很多咏史吊古之作。作为一个拥有远大抱负的改革家、思想家、政治家，王安石的目光始终着眼于国家的发展形态。这首词通过对金陵（今江苏南京）景物的赞美，剥离出自己心中对于六朝衰亡的历史教训的充分认识，发出了历史兴亡的感喟，寄托了他对当时朝政的担忧和对国家政治兴衰的关心，同时也暗中表达了他对北宋社会现实的不满，透露出居安思危的忧患意识。

　　此词立意不凡，结构严密，辞语精练，感慨悲壮，而且引用历史典故贴切自然，充分显示出他立足之高、胸襟之广，高瞻远瞩的政治情怀，表现出一个清醒的政治家的真知灼见。据记载，当时有多位文人写了《桂枝香》，只有王安石这首词匠心独运，卓尔不群，被推为上乘佳作，流传甚广。

浪淘沙令·伊吕两衰翁

【原文】

伊吕两衰翁①，历遍穷通②。一为钓叟一耕佣③。若使当时身不遇，老了英雄。

汤武偶相逢④，风虎云龙⑤。兴王只在笑谈中⑥。直至如今千载后，谁与争功⑦！

【注释】

①伊吕：指伊尹与吕尚。旧时他们二人并称为贤相。衰翁：指老人。

②穷通：处境困窘或者顺利显达的处境。通：处境顺利。

③钓叟（sǒu）：钓鱼的老翁，指吕尚。耕佣：为人佣耕，指伊尹。

④汤武：商汤和周武王。汤：商汤王，是商朝的创建者。武：周武王姬发，是周朝建立者。

⑤风虎云龙：《易经》中有"云从龙，风从虎"，这里将云风喻贤臣，龙虎喻贤君，意为明君与贤臣合作有如云从龙、风从虎，可建邦兴国。

⑥兴王：兴国之王，即开创基业的国君。这里指辅佐兴王。

⑦争：争论，比较。

【译文】

伊尹和吕尚是两个衰老的老翁，他们经历了困窘也经历了顺利通达。

原本他俩当中一个是钓鱼翁，一个是耕夫佣工。假如这两位英雄没有遇到英明的君主，最终也只能是老死在山野之中。

商汤和周武王偶然与他们相逢，从此明君与贤臣合作有如风从虎、云从龙。伊尹和吕尚在谈笑之间完成了辅助兴王安邦的大业。直到几千年后的今天，又有谁能与他们相比这名垂青史的丰功！

【赏析】

这是一首咏史抒怀之作，通过巧妙的语言布局，称赞了明君善于纳贤的美德，暗中为当今皇上敲响警钟，令人回味无穷。

本词中首先歌咏了伊尹和吕尚"历遍穷通"的人生遭际。在王安石看来，如果伊尹和吕尚"当时身不遇"，那么他们依旧还是"一为钓叟一耕佣"。这也说明了发现人才的重要性。现实生活中，往往就是这样一个偶然发现，就能成就一个人才的一生，使其能够大放光芒；接下来赞颂了伊尹和吕尚辅佐明君建立了丰功伟绩。结句说明伊、吕不仅

功盖当世，甚至经历几千年后的今天，也没有人能够与之匹敌。

全词通篇叙史论史，实则以史托今。在歌颂伊、吕的不朽功业的背后，也在叹息君臣相遇之难，从而抒发了此刻王安石得到宋神宗的知遇，在政治上大展宏图、春风得意的豪迈情怀。而伊、吕遭遇贤君并大展宏图的史实无疑是一股巨大的精神力量，增强了王安石坚持推行变法的决心和勇气。

南乡子·自古帝王州

【原文】

自古帝王州①，郁郁葱葱佳气浮。四百年来成一梦②，堪愁。晋代衣冠成古丘③！

绕水恣行游④，上尽层城更上楼。往事悠悠君莫问⑤，回头。槛外长江空自流⑥。

【注释】

①帝王州：指金陵（今江苏省南京市）。历史上曾有东晋、南北朝的宋、齐、梁、陈、五代的南唐等朝代在此建都，故称为"帝王州"。

②四百年：指东吴、东晋、宋、齐、梁、陈六个建都金陵的王朝，共三百六十七年，四百年是约数。

③冠：古代士以上的穿戴，衣冠连称，是古代土以上的服装，后引申为世族、绅士。古丘：坟墓。

④恣（zì）行游：尽情地绕着江边闲行游赏。恣：任意地、自由自在地。

⑤悠悠：长久遥远的样子。君：你。莫：不要。

⑥槛：栏杆。

【译文】

金陵城自古以来便是帝王之州，这里的花木郁郁葱葱王气旺盛，帝王总是希望美好的气象存在。如今四百年的繁荣变成了旧梦。沧桑巨变的历史让人感到悲愁，那些晋代的世家大族如今也都已入了坟墓作古！

我沿着水流边尽情地漫步赏游，登上层层台阶的尽头，再登上高高的城楼。往事悠悠而去，你不要问我在想些什么。回头远望，你看那栏杆外的长江浩浩荡荡，正徒然独自奔流。

【赏析】

这首词是金陵怀古之作，王安石以极其精练的笔墨，高度概括了曾经发生在金陵的历史风云，表达了强烈的国家兴亡之感。其中对史事的慨叹，也正含蓄地表达了他对时局的看法。

词中上片以赞叹古都金陵的辉煌开篇，透过六朝四百年的风烟，抒发怀古之情；下片漫步游览，登楼远望，所见所感之中，流露出一种迷惘的失落情绪，表达了对世事沧桑的无奈与怅惘。全词情感充沛，韵调悲怆，使人不难感受到他对宋代历史命运的关切和担忧。

王安石以诗文大家著称，相比之下，词作不多，但风格高峻。王安石善于以诗入词，在词的创作上也借鉴了诗的某些方法，由此可见，王安石的词在宋词发展史上也占据着一席之地。

千秋岁引·别馆寒砧

【原文】

别馆寒砧①，孤城画角②。一派秋声入寥廓③。东归燕从海上去，南来雁向沙头落。楚台风④，庾楼月⑤，宛如昨。

无奈被些名利缚，无奈被他情担阁⑥。可惜风流总闲却⑦。当初漫留华表语⑧，而今误我秦楼约⑨。梦阑时⑩，酒醒后，思量着。

【注释】

①寒砧（zhēn）：捣衣石，这里指捣衣声。古时秋至制寒衣须捣，故古人写到寒砧、砧声，多与思家怀人相联系在一起。

②画角：古代常用于军中警昏晓，振士气，肃军容的管乐器。

③寥廓（liáo kuò）：空阔，此处指天空。

④楚台风：楚襄王兰台上的风。宋玉《风赋》中说，楚王游于兰台，有风飒至，王乃披襟以当之曰："快哉此风，寡人所与庶人共者邪！"这里借用此典。

⑤庾（yǔ）楼月：庾亮南楼上的月。据《世说新语》中载，晋庾亮在武昌时，中秋夜与诸佐吏殷浩之徒共上南楼赏月。这里借用此典。

⑥担阁：即"耽搁"，拖延，延误。

⑦闲却：抛弃，忘却。

⑧华表语：此处引用《续搜神记》所载的一段有关丁令威的故事为典。

⑨秦楼约：指与佳人的约会。此处引用《列仙传》所载秦穆公之女弄玉

吹箫的故事。

⑩梦阑（lán）：梦醒。阑：残，尽。

【译文】

秋夜里，石砧上的捣衣声传入客馆，与孤城上画角的悲凉之声相互应和着。空阔的天地间回荡着一片肃杀秋声。那向东归去的燕子从海上飞走，南来的大雁从空中飞落，在沙滩上栖息。这里有楚王携宋玉游兰台时的惬意凉风，有庾亮与殷浩辈在南楼吟咏戏谑时的大好月色，一切仿佛与当年一样。

无可奈何被那些微不足道的名利羁缚，无奈被那难以割舍的感情所耽搁。可惜那些风流韵事总是被闲置忘却。当初贸然许下功成身退时，要去寻仙访道而悠然度日的诺言，到如今却如同错过了与佳人的秦楼之约。当深夜梦断时分，酒醉清醒之后，我才细细地思量这一切。

【赏析】

这首词约作于王安石晚年退居金陵之后。当时他对政治充满厌倦之情，而对没有羁绊的"无官一身轻"的生活充满了留恋和向往，这首词正是当时他追求闲适生活的心态流露。

此词上片写了秋景，首先从听觉上入笔描绘秋声，意致清迥，并巧用"楚台风""庾楼月"的典故，在很自然的景物描写中流露出淡淡的怀古伤今的愁绪；下片即景抒怀，说出了被名利所束缚、被难以割舍的他情所耽搁的无奈，并引用"华表语""秦楼约"的历史典故，使情感更真切感人。王安石在此以秋日之景为由头，述说了自己晚年时对世事人生的些许感慨。

菩萨蛮·数家茅屋闲临水

【原文】

数间茅屋闲临水①，轻衫短帽垂杨里②。今日是何朝，看予度石桥。

梢梢新月偃③，午醉醒来晚。何物最关情④，黄鹂一两声。

【注释】

①闲：悠闲，闲适。

②轻衫短帽：指便装衣帽。

③梢梢：树梢。新月：指农历月初时形状如钩的月亮。偃（yǎn）：息卧。

④关情：使人动情。关：牵动，动心。

【译文】

那几间茅草屋悠闲地临着水面，我穿戴便装衣帽在那垂杨柳荫中漫步闲游。不知今天是什么日子，且看我跨过石桥。

我中午喝酒醉倒昏睡，醒来的时候已经是夜晚，只见一弯新月正在树梢上仰卧休息。若问什么东西最影响人的情绪，正是那密林深处传来的黄鹂鸣叫一两声。

【赏析】

这是王安石所写的一首集句词，就是集前人或他人的诗句为词，据说这种形式始于王安石，不过都是文学家们的一时兴起之作，偶尔为之，流传并不多见。

　　王安石晚年退居金陵，在北山的半山腰修筑草堂居住，引来溪水成渠，并在溪流之上叠石成桥，栽花种草，不问世事，好不惬意，这首词就是记录了他当时的闲居生活。上片"数间茅屋闲临水，轻衫短帽垂杨里"开篇，表明了自己目前的生活环境与身份，以及对花事依旧、人事已非的感慨；下片王安石自问自答，显示自己孤介傲岸、超凡脱俗的品格，而此刻一个"闲"字，恰恰表现了王安石远离仕宦喧嚣的闲情逸趣。

渔家傲·灯火已收正月半

【原文】

　　灯火已收正月半^①，山南山北花撩乱。闻说涝亭新水漫^②，骑款段^③，穿云入坞寻游伴^④。

　　却拂僧床褰素幔^⑤，千岩万壑春风满。一弄松声悲急管^⑥，吹梦断，西看窗日犹嫌短。

【注释】

①灯火：元宵节彩灯。

②涝（jiàn）亭：在钟山西麓，王安石晚年常到这里游玩。新水：春水。

③款段：本指马行迟缓，此处指王安石骑驴缓行。因据《东轩笔录》卷十二记载，王安石在江宁，"筑第于白门外七里，去蒋山亦七里，平日乘一驴，从数僮游诸山寺……"

④穿云入坞（wù）：深入到云雾缭绕的山坞中去探奇览胜。坞：四面高中间低的小凹地。

⑤褰（qiān）：提起，撩起，揭起。幔（màn）：窗帘。

⑥一弄：意思是奏曲一次，此出自《李供奉弹箜篌歌》。

【译文】

在正月十五元宵节的时候，钟山的山南山北绿草如茵、山花烂漫，让人流连忘返。我听说钟山西麓的涝亭刚刚经历一场春雨，河水漫漫，我骑着小毛驴缓缓前行，到云雾缭绕的山坞中去探奇览胜、寻找云游的伙伴。

游兴已尽，回到定林寺，我轻拂僧床，撩起素色纱幔铺好被褥，此刻窗外千山万岭充满春风，我在这和煦温暖的春风中进入梦乡。不知睡了多久，突然一阵悲切的松涛之声响起，吹断了睡梦，看看窗外已经是日落西山，只嫌这时光太短。

【赏析】

这是王安石晚年的作品，也是他退居江宁之后的一个生活剪影。王安石离开政治舞台以后，追求淡然闲适的田野生活，他修建了半山园居所，而且经常去山林溪壑间登览游赏，也常到附近的定林寺静修、读书、著述来打发时光。

这首诗就是在一次游玩归来下榻定林寺所写。上片先写元宵节之后一派春意盎然的景色，然后写了入春雨后骑驴寻幽之趣，表现出心闲意静，恬然自若的神情；下片写游兴已尽回归山寺，然后悠然地僧斋昼寝，只可惜悲切的松涛之声惊扰了美梦，抬眼看向窗外，只见日落西山，不免慨叹美好的时光太过短暂。全篇即事写景，以白描手法勾勒，物象清幽，令人一目了然。

渔家傲·平岸小桥千嶂抱

【原文】

平岸小桥千嶂抱①，柔蓝一水萦花草②。茅屋数间窗窈窕③。尘不到，时时自有春风扫。

午枕觉来闻语鸟，欹眠似听朝鸡早④。忽忆故人今总老。贪梦好，茫然忘了邯郸道⑤。

【注释】

①千嶂（zhàng）：千峰。嶂：高险的山，如屏障的山峰。

②柔蓝：柔和的蓝色，多形容水。萦（yíng）：萦绕。

③窈窕（yǎo tiǎo）：幽深的样子。

④欹眠：斜着身子睡觉。

⑤邯郸（hán dān）道：比喻虚幻之路，也比喻求取功名的道路，亦指仕途。

【译文】

小桥被层层山峰环抱，一条青碧的河水萦绕着繁花绿草。几间茅草房静立在幽深秀美的竹林中。四周一尘不染，因为时常有和煦的春风吹过，如同殷勤来打扫。

午睡中醒来，听到婉转悦耳的鸟鸣，我斜倚着枕头，如梦似幻中仿佛听到了上早朝时的鸡叫。忽然回想起那些故人，可如今他们也都已经衰老。我还是喜欢梦中的美好，也越来越贪恋闲适的田园生活，茫然中忘记了求取功名的邯郸道。

　　王安石晚年被罢相隐居金陵十年之久，这期间他看穿了宦海沉浮，也看透了俗世浮华，越来越喜欢徜徉于山水之间，心境也渐渐平淡下来，也少了愤世嫉俗的笔触，同时创作了很多描写水光山色的景物词。此词就是其中之一。

　　这首山水词所表现的是一种恬静的山水田园之美，反映出王安石退出政治舞台后的生活情趣和淡然心情，充满了对大自然无限向往的豁然情怀。在这首词中，王安石不仅与山水相通，也和花鸟共悦。似乎只有退居后，才真正幡然醒悟，遂将邯郸道之梦忘却而陶醉于山水之乐中。全词以景起，以情结，而情与景之间相融相通，同存共生，凸显意境怡然之美。

伤春怨·雨打江南树

【原文】

　　雨打江南树①，一夜花开无数。绿叶渐成阴②，下有游人归路。

　　与君相逢处，不道春将暮③。把酒祝东风④，且莫恁⑤、匆匆去。

【注释】

　　①打：拍打。

　　②阴：树荫。

　　③不道：不堪，无奈，不料。

　　④祝：祝祷。

　　⑤且：暂且，姑且。恁（nèn）：这么，那么，如此。

【译文】

　　春雨拍打着江南的树木，一夜之间催开无数花朵。花期过后，绿叶繁茂，逐渐形成巨大的荫凉，树下有来往的游人踏出一条归家的小路。

　　我和你相逢的地方，无奈即将是暮春时节。花事已残，我端起酒杯向东风祝祷，请你暂且不要让春天、就这么匆匆离去。

【赏析】

　　这是王安石晚年的作品，表达了他不愿让春色归去的惜春恋春之情。

　　上片主要写春景。首先出场的是调皮的春雨，只见它不住地敲打花树，接下来便有了"一夜花开无数"，"绿叶渐成阴"的美丽景色；下片抒情。回想起与好朋友曾经相逢的地方，心中自然欢喜，但可惜的是赶上暮春时节百花凋残，不免有些失望，甚至有了点点忧伤，所以借"把酒祝东风，且莫恁、匆匆去"，抒发了惜春之情以及留春之意。全词寥寥数语，便将伤春和送别的主题巧妙地结合起来，在惜春的同时

又巧妙地表现了自己对离人的挽留之情。

谒金门·春又老

【原文】

春又老①，南陌酒香梅小②。遍地落花浑不扫，梦回情意悄③。

红笺寄与添烦恼④，细写相思多少。醉后几行书字小⑤，泪痕都揾了⑥。

【注释】

①老：迟暮。

②南陌（mò）：城南的道路，行人聚集之处，也是离别之所。

③梦回：从梦中醒来。

④红笺（jiān）：一种精美的笺纸。一般常借指情书。

⑤几行书：指书信。

⑥揾（wèn）：浸没，洇掉；擦拭。

【译文】

又到了暮春时节，南陌的酒飘着醇香，树上的梅花却已变得瘦弱稀少。满地的落花也浑然无心去打扫，此时的我刚从梦中醒来，还在悄悄回味绵绵的情意。

写信给你反而是徒增烦恼，一字一句细细写，不知凝聚了我的相思有多少。醉酒以后给你写信，字也越写越小，脸上的泪痕不干，眼泪将字迹都浸没了。

【赏析】

这是王安石所写的一首闺情词。本词以闺中女子为抒情主体，以闺情幽怨为基本内容。上片侧重写暮春景象：酒香、瘦梅、落花满地，又以"酒正香"与"梅花瘦小"形成对比，衬托暮春哀景，为下文抒情的情感做铺垫。下片抒情。以"红笺寄与添烦恼，细写相思多少"表达闺中人相思的烦恼，又以"醉后书字小，泪水洇湿字迹"表达了相思之苦，其情之深令人为之动容。

浣溪沙·百亩中庭半是苔

【原文】

百亩中庭半是苔①，门前白道水萦回②。爱闲能有几人来？

小院回廊春寂寂，山桃溪杏两三栽③。为谁零落为谁开？

【注释】

①百亩：是大概数，形容庭园极大。半是苔：一半长满了青苔。

②白道：洁白的小道。萦（yíng）回：回旋环绕，环绕迂回。

③山桃溪杏：山中的桃，溪畔的杏。暗喻身处山水之中。

【译文】

百亩之大的庭园里有一半长满了青苔，门前洁白的小路曲曲折折，清清的溪流环绕迂回。在这令人喜爱的悠闲之地平时能有几人过来？

院子里和回廊在这春天里寂静无声，那山坡上和溪水边三三两两地栽着几棵桃树和杏树。在这寂寞的地方你们究竟为谁凋谢，又是为谁而盛开？

【赏析】

这是王安石晚年创作的一首词。上片写庭园广大，但闲置过多而长满青苔。虽然风景优美，但很少有人来。不是道路不通，而是像他这样"爱闲"之人太少，从而突出了退居生活的寂静冷清，隐约表达出他晚年生活中有"人走茶凉"的寂寞之情。下片从内而外，纵目山野。以山上的桃花和溪边的杏树来比喻自己，字里行间流露出一种隐居山林后的寂寞和淡淡的哀愁。这既是对它们生长在寂寞环境中的深沉慨叹，同时也寄托了自己内心的惆怅与无奈。

全词构思精巧，意境醇厚，犹如一件精致小巧的艺术品，引人注目又含蓄有味。

清平乐·云垂平野

【原文】

云垂平野。掩映竹篱茅舍①。阒寂幽居实潇洒②。是处绿娇红冶③。

丈夫运用堂堂④。且莫五角六张⑤。若有一卮芳酒⑥，逍遥自在无妨⑦。

【注释】

①茅舍：是用茅草搭建的房屋。

②阒（qù）寂：幽静，寂静。幽居：幽隐的居所。多指隐士的住所。潇洒：形容不拘谨、无拘无束的样子，或形容景物凄清、幽雅等。

③冶：艳冶，妖冶。

④运用：运思用计。堂堂：光明正大。

⑤五角六张：形容七颠八倒。也比喻事情不顺利。角、张：本为星宿名。

⑥若有：如果有。卮（zhī）：古代一种酒器。

⑦无妨：意思是没有妨碍，无拘无束。

【译文】

空阔的田野云雾低垂。隐约可见几间竹篱环绕的茅草屋。在这清幽寂静的环境中生活真是幽雅自在，无所拘束。这里到处是花红柳绿、娇艳妖冶相映成趣。

大丈夫运思用计一定要光明正大。做事情千万不要七颠八倒。如果有一坛芳香四溢的美酒，那将会更加逍遥自在，安闲自得。

【赏析】

这首词描写的是王安石晚年时期的隐逸生活。本词的上片写幽居处所的景物，只见原野空旷、云雾低垂、竹篱茅舍相映成趣。在这样优雅的环境中生活是大多数人所渴望和向往的，王安石大半生都在政治旋涡中劈风斩浪，似乎很久没有如此放松了。面对湖水清澈、杨柳依依，他似乎忘记了朝堂中那些尔虞我诈、你争我夺的生活。下片描写幽居人的生活观念与志趣。这里的"丈夫运用堂堂，且莫五角六张"是对世人的警示，同时也是王安石人格的自我表白。他针砭时弊，主张变法，但实施过程中并不是十分顺利。有人和他同甘共苦，也有人落井下石，更是时常被人非议，但他从未退缩和屈服。而如今想来，一切都早已化作浮云、一笑而过。所以此刻他慷慨激昂地说出了"若有一厄芳酒，逍遥自在无妨"。这两句表面看似乐观豪爽，而实际在背后潜藏着无尽的辛酸与世态炎凉。这一切，恐怕只有他这样大起大落之人才能体会个中滋味。

全词上景下情，情景交融，慨叹顿挫，志寓其中。

渔家傲·隔岸桃花红未半

【原文】

隔岸桃花红未半①。枝头已有蜂儿乱。

惆怅武陵人不管②。清梦断。亭亭伫立春宵短③。

【注释】

①未半：大概意思是还没过半。

②惆怅（chóu chàng）：意思是因失意或失望而伤感、懊恼，用来表达人们心里的情绪。武陵人：指陶渊明《桃花源记》的武陵渔人。

③伫（zhù）立：长时间地站立，没有动作。短：短暂。

【译文】

河对岸的桃花还没红透一半。桃花的枝头上已经有蜜蜂飞来飞去在忙乱。

令人惆怅的是，武陵渔人也无法管住这些蜜蜂。清梦被无端搅断。亭亭玉立的桃树也只能叹息春夜的短暂。

【赏析】

这是王安石借景抒情的词作之一，主要描写了初春的景物，同时借物咏怀，营造了一个政治家特有的情致世界。

这首词上片写景，描写的是"隔岸桃花"，虽然还没到完全盛开绽放红艳之时，但花香已经招来了无数蜜蜂在枝头乱舞。下片抒情。王安石看着河对岸的桃花渐浓，芳香引来蜜蜂在枝头飞舞，情不自禁想起了桃花源的典故，进而说明了虽然春天一派花红柳绿，但是也会引起游人的惆怅之情。王安石在这样美好的环境里应该很悠闲自在，但他偏偏笔锋一转，却写惆怅。眼前的蜜蜂纷乱，搅了桃花的清梦，然而即使是武陵渔人在世，也管不了这些蜜蜂。而那些亭亭伫立的桃树也只能叹息春夜的短暂了。至此，词人虽是写桃花，实则是暗中表达了自己心中对现实的无奈，以及对时光流逝的无尽慨叹。

　　王安石是一位很有思想见解的政治家，在他的作品中鲜有矫揉造作，多为反映其远大抱负和傲岸风骨的风格。他的词风含蓄深沉、深婉不迫，在北宋词坛自成一家，深受推崇。

雨霖铃·孜孜矻矻

【原文】

孜孜矻矻①，向无明里②，强作窠窟③。浮名浮利何济④，堪留恋处，轮回仓猝⑤。幸有明空妙觉，可弹指超出⑥。缘底事、抛了全潮，认一浮沤作瀛渤⑦。

本源自性天真佛⑧，只些些、妄想中埋没⑨。贪他眼花阳艳，谁信道⑩、本来无物。一旦茫然⑪，终被阎罗老子相屈⑫。便纵有、千种机筹⑬，怎免伊唐突⑭。

【注释】

①孜孜（zī zī）：勤勉；不懈怠。矻矻（kū kū）：勤劳不懈的样子。

②明：目标，意志所趋。

③强作：尽力而做，勉力而做。出自《孔丛子·执节》。窠窟（kē kū）：动物栖身之所。亦喻指事业。

④济：对困苦的人给予帮助。

⑤堪：能，可以，足以。仓猝（cù）：亦作"仓卒"，意思是匆忙急迫。

⑥弹指：捻弹手指作声。佛家多用来比喻时间短暂。

⑦浮沤（ōu）：水面上的泡沫。因其易生易灭，常比喻变化无常的世事和短暂的生命。瀛（yíng）渤：指渤海。

⑧本源：根本。指事物的最重要方面。自性：佛教语。指诸法各自具有的不变不灭之性。

⑨妄想：佛教语。狂妄地打算；不能实现的想法，不切实际的梦想。

⑩谁信道：意为谁料到、没有料到。

⑪一旦：不确定的时间词，表将来有一天。有"万一""突然"等预设意味。

⑫阎罗：亦称"阎王""阎王爷"，是中国古代神话传说中阴曹地府中的冥王，是掌管人间地狱众生灵寿命生死的半神半鬼之王。

⑬机筹：计谋；计策。

⑭唐突：指横冲直撞、突如其来等状态。

【译文】

勤勤恳恳地劳作而不懈怠，但一向没有明确的目标和志向，只是勉强自己去做事业。感觉功名利禄都是过眼云烟，对于身处困境的人没有什么帮助，哪能有值得留恋的地方，只觉得时光在轮回中匆匆消逝。幸亏有明理静心的佛学，可以使我在短时间内能在精神上把他人超越。到底经历过怎样的事情，才能像现在这样抛却潮水般汹涌澎湃的情绪，认清人这一生就像那渤海上的泡沫般瞬间消散。

无论怎样沧海桑田、世事变迁，事物的根本是不会改变的。只有那些极其微不足道的、藏在心中不切实际的梦想才会被埋没。贪恋他人眼中的荣华富贵、光鲜亮艳，谁又会料到、这世间本来就无物。人一旦心中茫然没有归处，最终向生死命运屈服、容易被功名利禄所诱惑。所以纵使有千种计策在心头，也难以避免那些突如其来的变故。

【赏析】

雨霖铃，又名"雨淋铃""雨淋铃慢"，原为唐教坊曲名。以柳永《雨霖铃·寒蝉凄切》为正体。宋人喜欢借旧曲之名另倚新声，也多用此词牌抒写离情别恨。

　　王安石这首词善于运用佛语，批评了那些迷失自我、贪图名利的人们，同时也是借此自勉。王安石晚年远离政治舞台，生活逐步趋于平静，所以常到附近的定林寺参禅静修、读书练字、著述为文，喜欢以佛语入词阐明所感悟的禅理，以此来打发闲居山野的时光。但作为一个积极入世的政治家，在这种闲居的处境下，他又怎能不有所慨叹呢？

　　所以说，这首词不仅言简意赅，而且明理至深，独具匠心。上片阐述人这一生为事业拼搏，有时不知所以然，直到参悟明理静心的佛学，才真正在精神上超越他人、提升自我。作者行文谨慎，迂缓沉滞。下片呈奔放之势，又适可而止调势归于收敛，使人情不自禁联想到当时的社会现实，细细品味，又感到十分符合客观实际。

第三部分　文

游褒禅山记

【原文】

褒禅山亦谓之华山①，唐浮图慧褒始舍于其址②，而卒葬之③，以故其后名之曰"褒禅"。今所谓"慧空禅院"者，褒之庐冢也④。距其院东五里，所谓华山洞者，以其乃华山之阳名之也。距洞百余步，有碑仆道⑤，其文漫灭⑥，独其为文犹可识⑦，曰"花山"。今言"华"如"华实"之"华"者，盖音谬也⑧。

【注释】

①褒（bāo）禅山：在今安徽含山县北。

②浮图：梵（fàn）语（古印度语）音译词，也写作"浮屠"或"佛图"，本意是佛，也指僧人。慧褒：唐代高僧。舍：名词活用作动词，建舍定居。址：地基，基部，这里指山脚。

③卒：死后。之：代词，指褒禅山麓。

④庐冢（zhǒng）：古时为了表示孝敬父母或尊敬师长，在他们死后服丧期间，为守护坟墓而盖的屋舍，也称"庐墓"。这里指慧褒弟子在慧褒墓旁盖的屋舍。冢：坟墓。

⑤仆道："仆（于）道"的省略，指向前倾倒在路上。仆：向前倾倒。

⑥文：碑文。漫灭：指因风化剥落而模糊不清。

⑦独：唯独，只有。其：指代石碑。文：文字，这里指石碑上残存的文字。犹：还，仍然。

⑧盖：大概，也许。谬（miù）：错误的。

【译文】

褒禅山也被称为华山，唐代和尚慧褒曾经在这里筑室居住过，他死后又被埋葬在那里，因为这个缘故，后人就称这座山为"褒禅山"。现在人们所说的"慧空禅院"，就是慧褒和尚的墓舍。距离那禅院东边五里，被人们称作华山洞的地方，是因为它在华山的南面才这么命名的。距离山洞一百多步，有一座石碑向前倾倒在路旁，上面的文字已经被风化剥落而模糊不清了，只有从碑文残留的个别文字中还可以辨认"花山"的字样。如今念"华"为"华实"的"华"，也许是因为文字曾经相同而产生读音错误了。

【原文】

其下平旷，有泉侧出①，而记游者甚众，所谓前洞也。由山以上五六里，有穴窈然②，入之甚寒。问其深，则其好游者不能穷也③，谓之后洞。余与四人拥火以入，入之愈深，其进愈难，而其见愈奇。有怠而欲出者④，曰："不出，火且尽。"遂与之俱出。盖予所至，比好游者尚不能十一，然视其左右，来而记之者已少。盖其又深，则其至又加少矣。方是时，予之力尚足以入，火尚足以明也。既其出，则或咎其欲出者⑤，而予亦悔其随之⑥，而不得极夫游之乐也⑦。

【注释】

①侧出：从旁边流出。

②穴：洞穴。窈（yǎo）然：幽深的样子。

③穷：尽，穷尽。

④怠（dài）：懒惰，懈怠，这里指懒于前进。

127

⑤或：有人。咎（jiù）：责怪。其：那，那些。

⑥予：我。悔：后悔。

⑦而：连词，表结果，以致，以至于。不得：不能。极：尽，这里是尽兴的意思。夫：这，那。此为指示代词。

【译文】

山下面那个山洞平坦而空阔，还有一股山泉从旁边汩汩地流出来，而到这里游览并在洞壁上题字留念的人很多，这就是人们所说的前洞了。从山路向上走了五六里，有个洞穴很幽深的样子，刚走进去便感到特别寒冷。若是询问它的深度，就是那些喜欢游玩的人也都没能走到洞的尽头，这就是人们所说的后洞。我和其他四个人举着火把走进去，进入山洞越深，向前行走就越感到艰难，然而所见到的景象却是越来越奇妙了。有个兴致懈怠而想退出的伙伴说："再不出去，火把就快要熄灭了。"于是大家只好都跟他退了出来。这次我们走进去的深度，相比起那些喜欢游历探险的人来说，大概还不到十分之一的路程，然而看看左右的洞壁，能走到这个地方而题记的人已经很少了。估计在那洞内更深的地方，能走到那里的游人就更少之又少了。当我们从洞里退出来的时候，我的体力还足够继续前进，火把也能够继续照明。等我们出洞以后，就有人责怪那个主张退出的人，而我也后悔跟他一起出来了，以至于没能尽享这次游洞的乐趣。

【原文】

于是予有叹焉：古人之观于天地、山川、草木、虫鱼、鸟兽，往往有得，以其求思之深而无不在也。夫夷以近①，则游者众；险以远，则至者少。而世之奇伟瑰怪②，非常之观③，常在于险远，而人之所罕至焉。故非有志者不能至也。有志矣，不随以止也，然力不足者，亦不能至也。有志与力，而又不随以怠，至于幽暗昏惑④，而无物以相之，亦不能至也。然力足以至焉，于人为可讥，而在己为有悔。尽吾志也而不能至者，可以无悔矣，其孰能讥之乎？此予之所得也。

余于仆碑，又以悲夫古书之不存，后世之谬其传而莫能名者，何可胜道也哉！此所以学者不可以不深思而慎取之也。

四人者：庐陵萧君圭君玉，长乐王回深父，余弟安国平父、安上纯父⑤。

至和元年七月某日⑥，临川王某记。

【注释】

①夷：平坦。以：连词，相当于"而且"。

②瑰怪：瑰丽奇异。

③非常之观：不寻常的景观。观：可供游赏的景观。

④幽暗昏惑：指幽深不明，使人迷惑的地方。

⑤安国平父、安上纯父：王安国，字平甫。王安上，字纯甫。父（fǔ）：通"甫"，古代在男子名字后加的美称。

⑥至和元年：公元 1054 年。

【译文】

对于这件事我禁不住有所感慨：古人观察天地、山川、草木、虫鱼、鸟兽，往往都会有所心得，因为他们探求、思考问题无不深邃而且广泛。而那种平坦而又较近的地方，那么前来游玩的人就会很多；那种危险而又遥远的地方，那么前来游玩的人就会很少。但是世上奇特雄伟、瑰丽奇异，以及那些非同寻常的景观，常常都是在那艰险僻远，而又很少有人能抵达的地方。所以，没有意志的人是不能抵达的；虽然有了坚强的意志，也不能因为盲从别人而停下来。但是，倘若体力不足，也是不能到达的；有了意志与体力，也不盲从别人以致有所懈怠，到了那幽深昏暗而使人感到迷惑的地方，却没有东西来帮助辨路，也是不能到达的。然而，原本自身能力足以达到目标却未能达到，被别人嘲笑是理所当然的，在自己说来也是有所悔恨的；尽了自己的主观努力而未能达到，就可以无怨无悔了，这样一来，谁还能嘲笑他呢？这就是我这次游山所获得的切身体会了。

对于那块倒地的石碑，我还要感叹古代所刻写的文献不能存留完整的弊病，也许后世之人会以讹传讹而不能弄清具体真相的事情，哪里能说得完呢？这也是求学的人不可不深入思考而谨慎地采用资料的道理。

同游的四个人分别是：庐陵人萧君圭，字君玉；长乐人王回，字深甫；我的弟弟王安国，字平甫；王安上，字纯甫。

至和元年七月某日，临川人王安石记。

【赏析】

这是一篇以游记形式说理的文章，作者通过记述与其他四人一同游览褒禅山华山洞的所见所闻，说明了为人处事和治学不能半途而废，更不能道听途说、以讹传讹，而是必须探本求源，深思慎取的道理。这些观点同时也反映了王安石的改革精神和治学态度。

本文不同于一般的游记，不重在对山川风物的描绘，而是重在因事说理，以说理为目的，而记游的内容只是说理的材料和依据。全文围绕两个问题，分为两大部分进行论述描写。前半部分记游山水，后半部分论述道理。在写作手法上采用了记叙和议论相结合的形式，而且融合得紧密且自然，前后呼应。全文谋篇布局恰到好处，文字裁剪得详略得当。其中阐述的诸多思想，不仅在当时难能可贵，在当今社会也具有极其深远的现实意义。

本文中如"夫夷以近，则游者众；险以远，则至者少""世之奇伟、瑰怪、非常之观，常在于险远，而人之所罕至焉""尽吾志也而不能至者，可以无悔矣"等句子，虽然平实，但寓意深刻，后世流传为言简而意丰的警世佳句。

读孟尝君传

【原文】

世皆称孟尝君能得士①，士以故归之②，而卒赖其力以脱于虎豹之秦③。嗟乎④！孟尝君特鸡鸣狗盗之雄耳⑤，岂足以言得士？不然，擅齐之强⑥，得一士焉⑦，宜可以南面而制秦⑧，尚何取鸡鸣狗盗之力哉？夫鸡鸣狗盗之出其门，此士之所以不至也。

【注释】

①孟尝君：姓田名文，战国时齐国公子（贵族），战国四公子之一，封于薛地（今山东省滕县东南）。以广招宾客，食客三千闻名。

②以故：因为这个缘故。之：他，指孟尝君。

③卒：终于。脱：逃脱。

④嗟乎：感叹词。

⑤特：只，不过。鸡鸣狗盗：孟尝君曾在秦国为秦昭王所囚困，有被杀的危险。他的食客中有个能装狗偷盗的人，就在夜里装成狗混入秦宫，偷得狐白裘，用来贿赂昭王宠妃，孟尝君才得以被放走。可是他逃至函谷关时，正值半夜，城门紧闭，按规定要鸡鸣以后才能开关放人出去，而追兵眼看就到。于是他的食客中正好有一个会学鸡叫的人就假装鸡叫，结果群鸡相应，终于及时骗开城门，逃回齐国。后来成为孟尝君能得到贤士的

美谈。

⑥擅（shàn）：独揽，据有。

⑦焉：语气词，表示停顿。

⑧宜：应该。

【译文】

世上的人都说孟尝君善于招贤纳士，那些贤士也因为这个缘故来投奔他，而孟尝君最终依靠那些贤士的力量，从像虎豹一样凶残的秦国逃脱出来。唉！孟尝君也只不过是一群鸡鸣狗盗之徒的首领而已，哪里能够说得上是得到了贤士？如果不是这样，孟尝君完全可以据有齐国强大的国力，然后得到一个真正有才华的贤士，齐国就可以从南面称霸而使秦国俯首称臣，还用得着借助鸡鸣狗盗之徒的力量吗？鸡鸣狗盗之徒出入在他的门庭，这也是使真正的贤士之所以不归附在他门下的原因。

【赏析】

这是一篇被历代广为传诵的驳论性文章。孟尝君是战国时期齐国的公子，拥有一定的实力，一向以广纳人才被时人所称道，司马迁曾在《史记》中记载了孟尝君的事迹。王安石读了《史记·孟尝君列传》后写了这篇谋篇布局严谨自然、遣词造句也极其简练的论说文。在本文中，王安石一反"孟尝君能得士"的传统说法，点明了"鸡鸣狗盗之出其门，此士之所以不至也"的原因所在，也暗示出鸡鸣狗盗之徒并不能作为国家栋梁之"士"，不过是一些蒙混一时的雕虫小技而已，而真正的"士"必须具有经邦济世、深谋远虑的雄才大略，而那些"鸡鸣狗盗"之徒是根本配不上这个称号的。王安石此文的用意在于借题发挥，提出招揽人才应从政治大局着眼的见解，这也是他推行新法的一项主张。全文篇幅虽短，但无一句闲语，剖析透彻，言之有理，可谓文笔雄健，被历代文论家誉为"文短气长"的典范。

另外，汉语成语"鸡鸣狗盗"就出自本文，其寓意可谓深刻。

同学一首别子固

【原文】

江之南有贤人焉①，字子固②，非今所谓贤人者，予慕而友之。淮之南有贤人焉，字正之③，非今所谓贤人者，予慕而友之。二贤人者，足未尝相过也，口未尝相语也，辞币未尝相接也④。其师若友⑤，岂尽同哉？予考其言行，其不相似者，何其少也！曰："学圣人而已矣。"学圣人，则其师若友，必学圣人者。圣人之言行，岂有二哉？其相似也适然。

予在淮南，为正之道子固，正之不予疑也；还江南，为子固道正之，子固亦以为然。予又知所谓贤人者，既相似又相信不疑也。

子固作《怀友》一首遗予，其大略欲相扳^⑥，以至乎中庸而后已。正之盖亦尝云尔。夫安驱徐行，辚中庸之庭，而造于其室^⑦，舍二贤人者而谁哉？予昔非敢自必其有至也，亦愿从事于左右焉尔，辅而进之，其可也。

噫！官有守，私有系，会合不可以常也。作《同学》一首别子固以相警，且相慰云。

【注释】

①江：指长江。贤人：道德高尚的人。焉：语气助词。

②子固：即曾巩，江西南丰人，宋代著名思想家，唐宋八大家之一。

③正之：即孙侔，为文奇古，终身不仕。

④辞：言辞，指书信。币：相互赠送的礼物。

⑤若：与，和。

⑥扳（pān）：通"攀"，援引，挽引。

⑦辚（lìn）：车轮辗过，践踏。

【译文】

在长江之南有一位贤人，字子固，他不是现在通常所说的那种贤人，我仰慕并和他成为了朋友。淮南也有一位贤人，字正之，他也不是现在一般人所说的那种贤人，我仰慕他也和他成为了朋友。这两位贤人，他们都不曾互相往来，也不曾互相交谈过，更没有互相赠送过礼物。他们的老师和朋友，难道都是相同的吗？我考察过他们的言行，他们之间的不同之处竟然是多么少啊！应该说：这是他们学习圣人的结果罢了。学习圣人，那么他们的老师或者朋友，也必定是学习圣人的人。圣人的言行，难道会有不同的两样吗？所以他们相似就是当然的了。

我在淮南的时候，向正之说起子固，正之并不怀疑我的话。我回到江南的时候，向子固说起正之，子固也很相信我所说的话是对的。于是我又知道了被人们认为是贤人的人，他们的言行既相似，又互相信任而不猜疑。

子固写了一篇《怀友》赠给我，文章大意是要相互援引，以期最终达到中庸之道的境界之后才罢休。正之也经常这样说。像这样驾着车子稳步前进，通过中庸的门庭而进入内室的，除了这两位贤人还能有谁呢？我从前不敢肯定自己能够达到中庸之道的境界，但也愿意跟随他们的左右尽力去做这件事，在他们的帮助下朝着这个方向前进，大概就能够达到目的了。

唉，当官的人各有自己的职守岗位，而且由于每个人都有自己的琐事牵挂，我们之间不能经常相聚，所以作这篇《同学一首别子固》，以此来互相勉励，并且互相慰藉。

【赏析】

庆历年间，曾巩在赴京参加进士考试时，和同时在京应试的王安石结识，并成为好朋友。以后，他们仍然保持密切的联系。曾巩，字子固，是宋代著名的散文家。曾巩曾撰写《怀友》一文赠王安石，随后王安石便撰写此文作答。这篇文章在构思上有一个显著特点，虽然篇题为"别子固"，但行文中并不是只从曾子固与自己的关系着笔，而是同时引出另一位德才与曾巩神合的孙正之作映衬。说明他们虽然从未谋面，但彼此并不排斥，反而相信王安石所说的加以赞赏。为什么会是这样呢？作者给出了富有哲理的答案："学圣人而已矣。学圣人，则其师若友，必学圣人者。圣人之言行，岂有二哉？其相似也适然。"这样一来，体现"同学"的主题就显得较为新颖独特了，也更加令人信服不已了。最后作者说明了回赠本文的意图，是为了互相慰勉，一起继续锲而不舍地追求圣贤之道。

本文不拘泥常规，巧妙地将自己的看法融入其中，感情真挚，言简意赅，读之令人回味无穷。

泰州海陵县主簿许君墓志铭

【原文】

君讳平，字秉之，姓许氏。余尝谱其世家，所谓今泰州海陵县主簿者也①。君既与兄元相友爱称天下，而自少卓荦不羁②，善辩说，与其兄俱以智略为当世大人所器。

宝元时，朝廷开方略之选③，以招天下异能之士，而陕西大帅范文正公④、郑文肃公争以君所为书以荐，于是得召试，为太庙斋郎⑤，已而选泰州海陵县主簿。贵人多荐君有大才⑥，可试以事，不宜弃之州县。君亦尝慨然自许，欲有所为。然终不得一用其智能以卒。噫！其可哀也已。

【注释】

①海陵：今江苏省泰州市。主簿：辅佐县令，主管簿籍文书。

②卓荦（zhuó luò）不羁：形容卓越超群，不甘受拘束。出自《世说新语·任诞》。

③宝元：宋仁宗年号（1038—1040年）。方略：指治国用兵的方法与谋略。

④范文正公：即范仲淹，字希文，曾做过陕西路的大帅。谥号"文正"，世称范文正公。

⑤太庙：天子的祖庙。斋郎：办理祭祀事务的小吏。

⑥贵人：指在朝廷中有一定地位的显贵之人。

【译文】

先生名平，字秉之，姓许。我曾编写过他的世代家谱，他就是家谱上所记载的担任泰州海陵县主簿的人。许君和他的兄长许元因为互相友爱而著称于天下，而且他从少年时就卓越超群，不甘受人拘束，又擅长辩论，所以与他的兄长许元都凭借雄才大略而被当世的王公贵族所器重。

宋仁宗宝元（1038—1040年）年间，朝廷广开言路进行治国方针策略方面的大选，以此来招纳天下具有特异才能的人才，当时陕西大帅范仲淹、郑文肃公争相写信说明许君所做过的事并加以推荐，因此，许君获得了征召进京应试的机会，结果被任命为太庙斋郎，不久以后，又被选派做泰州海陵县主簿。朝廷中显贵的人大多都荐举许君有雄才大略，应该任用他做重要的事以便历练他，不应该把他放置在州、县做一般官吏。许君也曾经意气风发，慷慨激昂地表现自己的才能，也想有一番作为。但终究没能有一次展示自己才智的机会就亡故了。唉！他也真是够令人哀伤的了。

137

【原文】

士固有离世异俗，独行其意，骂讥、笑侮、困辱而不悔^①，彼皆无众人之求而有所待于后世者也，其龃龉固宜^②。若夫智谋功名之士，窥时俯仰以赴势物之会，而辄不遇者^③，乃亦不可胜数。辩足以移万物，而穷于用说之时；谋足以夺三军，而辱于右武之国，此又何说哉？嗟乎！彼有所待而不悔者，其知之矣。

君年五十九，以嘉祐某年某月某甲子葬真州之扬子县甘露乡某所之原。夫人李氏。子男瑰，不仕^④；璋，真州司户参军；琦，太庙斋郎；琳，进士。女子五人，已嫁者二人，进士周奉先、泰州泰兴县令陶舜元。

铭曰：有拔而起之^⑤，莫挤而止之。呜呼许君！而已于斯，谁或使之^⑥？

【注释】

①困辱：陷于困窘和被侮辱之中。

②龃龉（jǔ yǔ）：这里指政治意见不合，互相抵触。

③辄（zhé）：总是，还。

④不仕（shì）：不出来做官。

⑤起：使……起。

⑥使：造成，促使。之：他。

【译文】

读书人当中本来就有那种远离尘世、与世俗不合，一味按照自己的意图独特行事的人，即使受到讽刺谩骂、嘲笑侮辱、陷于困窘和被羞辱之中也都不后悔，他们都没有一般人那种对名利的营求之心，而是对后世有所期望，因此他们对政治意见不合也是应该理解的。像那些富有机智谋略、追求功名利禄的读书人，企图利用时世的变化，去营求权势和获取物利的机会，却往往总是不能得志的人，也是数不胜数的。然而，才辩足以改变一切事物，却在重用游说的年代遭受贫穷困厄；智谋足以夺取三军的统帅，却在崇尚武力的国家遭到辱没，这种情况又怎么解释呢？唉！那些对后世有所期待、遭受困厄却不后悔的人，大概知道其中的原因吧！

许君死时五十九岁，在仁宗嘉祐（1056—1063年）期间的某年某月某日葬于真州扬子县甘露乡某地的荒原上。夫人姓李。长子名瑰，没有出来做官；次子名璋，任真州司户参军；三子名琦，任太庙斋郎；四子名琳，中了进士。五个女儿，已经出嫁的有两个，一个嫁给进士周奉先，另一个嫁给泰州泰兴县令陶舜元。

墓碑上的铭文是：有人提拔而任用他，没有谁排挤他而死。唉！但是许君却死于小小的海陵县主簿的官位上，是什么人造成他如此命运呢？

【赏析】

这是王安石为已经去世的泰州海陵县主簿许平所撰写的墓志铭。文中由许平具有雄辩之才展开议论，暗中感慨趋时之士未必能得重用的现实，从而赞扬了君子应贵于自守，不应遭遇困顿而悔恨的可贵精神。

许平是一个终身不得志的普通小官吏。他的命运是幸运的也是不幸的。幸运的是能够得到当朝多位显贵之人推荐而做官，而且在那种明争暗斗的宦海之中没有遭人嫉妒排挤而结束仕途；可是他的结局却又极其不幸。他空有雄辩之才，也曾意气风发，然而奋斗一生却仅仅停留在县主簿这样的低职位之上。这样与才干匹配极不合理的现象，又是谁造成的呢？此处自然不必多言，结合当时的社会形态，答案早已隐于其中，留下更多的反思给当朝的统治者与后世之人吧！

全文议论较多，以议论代叙事，情调慷慨悲凉，笔调深沉含蓄，与其他墓志铭以叙事为主的写法大有不同，因此成为王安石所写墓志铭的一个显著特点，同时也因此成为后世文学研究的佳作之一。

伤仲永①

【原文】

金溪民方仲永，世隶耕②。仲永生五年，未尝识书具，忽啼求之。父异焉③，借旁近与之④，即书诗四句，并自为其名。其诗以养父母、收族为意⑤，传一乡秀才观之。自是，指物作诗立就，其文理皆有可观者。邑人奇之⑥，稍稍宾客其父，或以钱币乞之。父利其然也，日扳仲永环谒于邑人⑦，不使学⑧。

【注释】

①伤：哀伤，叹息。

②金溪：今在江西金溪县。隶：旧时地位低下而被奴役的人。

③异：对……感到诧异。焉：语气词，并兼有指示代词的作用。

④旁近：这里指邻居。

⑤养：奉养，赡养。收族：团结宗族，和同一宗族的人搞好关系。意：主旨，诗意。

⑥邑（yì）人：指同乡人。

⑦扳（pān）：通"攀"，牵，引，领。环谒（yè）：四处拜访。

⑧使：让，令，叫。

【译文】

金溪平民中有个叫方仲永的人，他家世世代代以耕田为生。方仲永五岁那年，他还不认识笔、墨、纸、砚等书写工具，忽然有一天，方仲永哭着索要这些东西。他的父亲对此感到很诧异，就向邻居借来那些东西递给他，方仲永当即写下了四句诗，并亲自题上自己的名字。他的诗以赡养父母、团结宗族乡亲的思想内容作为主旨，很快被全乡的秀才传阅并欣赏。此后，只要有人指定事物让他作诗，方仲永都能立刻完成，而且诗的文采和内容都很值得欣赏。同一乡里的人们把他看作奇才，渐渐地，人们都以宾客之礼对待他的父亲，也有的人给他父亲钱财用于求取方仲永的诗。他的父亲认为这样有利可图，就每天领着方仲永四处拜访乡里的人，不让他学习。

【原文】

余闻之也久。明道中①，从先人还家，于舅家见之，十二三矣。令作诗，不能称前时之闻②。又七年，还自扬州，复到舅家问焉，曰："泯然众人矣③。"

王子曰④："仲永之通悟，受之天也。其受之于天也，贤于材人远矣⑤。卒之为众人⑥，则其受于人者不至也⑦。彼其受之天也⑧，如此其贤也，不受之人，且为众人；今夫不受之天，固众人，又不受之人，得为众人而已邪⑨？"

【注释】

①余：我。闻：听说。明道：宋仁宗赵祯年号（1032—1033 年）。

②前时之闻：指以前听说的名声。

③泯（mǐn）然众人矣：此处指他的才华被沉埋消失，完全如同常人了。泯然：消失，指原有的特点完全消失了。众人：普通人，平常人。

④王子：王安石的自称。

⑤材：同"才"，才能。

⑥卒：最后。

⑦于：被。不至：没有达到要求。至：达到。

⑧彼其：他。

⑨已：停止。邪：表示反问，相当于"呢""吗"。

【译文】

我听说这件事已经很久了。宋仁宗明道年间，我跟随父亲回到家乡，曾在舅舅家中见过方仲永，那时他已经十二三岁了。我叫他作诗，他写出来的诗已经不能和以前所听说的名声相符合了。又过了七年，我从扬州回到家乡，再次到舅舅家，问起方仲永的情况，舅舅回答说："他的特异之处已经完全消失了，变得和普通人没有什么区别了。"

依我说："方仲永的通达聪慧，是上天赋予的。他能得到上天的赋予，比起那些后天有才能的人要优越得多。他最终成为一个普通人，那是因为他没有受到后天教育所应该达到的高度。他能得到先天的天赋，这是多么美好的事情，而他没有受到后天的教育培养，姑且沦为一般的人；那么现在那些原本就没有得到天赋的人，本来就一般的人，如果又不接受后天的教育培养，难道这一生只满足于做一个普通人就止步不前了吗？"

【赏析】

方仲永原本是一个"神童"，可以说是无师自通，因为他五岁就能作诗，而且得到全乡的秀才赞赏并传阅。可是，由于他父亲见有利可图就带他四处炫耀并以此去赚钱，致使方仲永由于缺乏后天的学习教育，逐渐变成了一个平庸的人。王安石在这篇文章里讲述了"神童"方仲永跌落"神坛"的故事，从而告诫人们决不可单纯依靠天资而终止学习新知识，必须注重后天的教育和学习才能将天赋发扬光大，同时还强调了后天教育和学习对于成才的重要性，表现了王安石早期的唯物主义思想。

本篇文章寓理于事，因事言理，采用了叙事和议论相结合的艺术手法，使文章言简而意深，足见王安石的散文在青年时期就已经达到了较高的水平。

答司马谏议书①

【原文】

某启②：昨日蒙教③，窃以为与君实游处相好之日久④，而议事每不合，所操之术多异故也⑤。虽欲强聒⑥，终必不蒙见察，故略上报，不复一一自辨。重念蒙君实视遇厚，于反复不宜卤莽⑦，故今具道所以⑧，冀君实或见恕也。

①司马谏议：即司马光（1019—1086年），字君实，陕州夏县（今属山西）人，当时任右谏议大夫（负责向皇帝提意见的官）。他是北宋著名史学家，编撰有《资治通鉴》。神宗用王安石推行新法，他竭力反对。元丰八年（1085年），哲宗即位，高太皇太后听政，召他主国政。次年为相，便废除新法，死后被追封为"温国公"。

②某：作者自称。启：写信说明事情。

③蒙教：承蒙指教。这里指接到来信。

④窃：私，私自。君实：司马光的字。古人写信称对方的字以示尊敬。

⑤所操之术：每个人所持的政治主张。操：持。术：方法，这里指政治主张。

⑥强聒（guō）：硬在耳边强作解说。聒：语声嘈杂。

⑦反复：指书信往来。卤莽：也作"鲁莽"。冒失；粗疏，简慢无礼。

⑧具道所以：详细说明这样做（指推行新法）的原因。具：详尽。

【译文】

安石敬启：昨日承蒙您来信指教，我私下觉得与您相互友好交往的时间已经很长了，但是，在讨论国事方面时常会有意见分歧，这大概是我们所采取的政治主张和处理方法不同的缘故吧。虽然我很想在您面前强作解释，但最终还是怕不被您谅解，所以只是很简略地给您写这封回信，不再逐一替自己辩解了。后来又想到承蒙您一向的看重和厚待，在书信往来上不宜简慢无礼，所以，今天我详细说明一下这样做的原委，希望您看到后或许能谅解我了。

【原文】

盖儒者所争①，尤在于名实②，名实已明，而天下之理得矣。今君实所以见教者，以为侵官、生事、征利、拒谏，以致天下怨谤也③。某则以为受命于人主④，议法度而修之于朝廷，以授之于有司，不为侵官；举先王之政，以兴利除弊，不为生事；为天下理财，不为征利；辟邪说，难壬人⑤，不为拒谏；至于怨谤之多，则固前知其如此也⑥。人习于苟且非一日，士大夫多以不恤国事、同俗自媚于众为善⑦，上乃欲变此，而某不量敌之众寡，欲出力助上以抗之，则众何为而不汹汹然⑧？

【注释】

①盖：用于句首的发语词。儒者：这里泛指一些士大夫。

②名实：名义和实际。

③怨谤（bàng）：怨恨，指责。

④人主：皇帝。这里指宋神宗赵顼（xū）。

⑤辟邪说：驳斥错误的言论。辟：驳斥，排除。难（nàn）：责难，反驳。壬（rén）人：佞人，指巧辩谄媚之人。

⑥固：本来。

⑦恤（xù）：关心。同俗自媚于众：指附和世俗的见解，向众人献媚讨好。

⑧汹汹然：形容吵闹、叫嚷的样子。

【译文】

大概士大夫所争论的，特别注重于名义和实际情况是否相符的问题。如果名义和实际的关系一经明确，那么天下的是非之理也就清晰明白了。如今您来指教我的，无非是认为我推行新法的时候，侵夺了其他官吏的官权与利益、惹事生非制造事端、聚敛钱财与民争利、拒绝接受他人的规劝，因此招致天下人的怨恨和指责。而我则认为，遵从皇上的旨意，在朝堂上公开讨论和修订法令制度，再把它们交给有关部门的官吏去执行，这不是侵犯官权；效法先王的英明政治，以此来兴办好事、革除有害的陋习，这不是制造事端扰乱民心；替国家管理财政收支，这不是强行取利；驳斥各方出现的错误言论，责难巧辩奸谗的小人，这并不是拒绝接受他人的劝谏。至于因此招来众多的怨恨和指责，我本来就预料到会出现这样的情况。人们习惯于苟且偷安，这已经不是一天两天的事了，士大夫们大多把不为国事忧虑、随声附和世俗见解、向众人献媚讨好当作美德，于是皇上就想改变这种状况，而我并不去考虑反对的人是多是少，愿意竭力协助皇上去对抗他们，那么这些人怎么会不气势汹汹地吵闹呢？

【原文】

盘庚之迁①，胥怨者民也②，非特朝廷士大夫而已。盘庚不为怨者故改其度，度义而后动③，是而不见可悔故也。

如君实责我以在位久，未能助上大有为，以膏泽斯民④，则某知罪矣；如曰今日当一切不事事，守前所为而已，则非某之所敢知。无由会晤，不任区区向往之至⑤。

【注释】

①盘庚（gēng）之迁：指盘庚迁殷。盘庚是商朝中期的一个君主。商朝原来建都在黄河以北的奄（今山东曲阜），那里常有水灾。为了摆脱政治上的困境和自然灾害，盘庚即位后，决定迁都到殷（今河南安阳西北）。这一决定曾遭到全国上下的怨恨反对。后来，盘庚发表文告说服了他们，完成了迁都计划。事见《尚书·盘庚》。

②胥（xū）怨：全都抱怨。胥：全部。

③度（duó）义：考虑是否合理。

④膏（gāo）泽：施加恩惠，这里用作动词。

⑤不任：不胜。区区：小，这里指自己，是自谦词。向往：仰慕。

【译文】

盘庚迁都殷地的时候，遭到了所有百姓的怨恨和反对，而不仅仅是朝廷里的士大夫出面制止。盘庚并没有因为有人怨恨反对就改变他原来的计划，这是因为迁都之事经过周密考虑是否合理后才决定行动的，这是他认为做得对所以就看不到有什么值得后悔的缘故。

如果您责备我在位执政太久，没能协助皇上大有作为，没对百姓普遍施加恩惠，那么我承认这是我的过错；如果说现在让我什么事情都不用去做，只去遵守前人陈旧的做法就算了，那就不是我能有勇气知道的后果了。没有机会与您见面详谈，小小的我实在是对您不胜仰慕。

【赏析】

宋神宗熙宁二年（1069年）王安石被任命为参知政事，开始实行变法。由于新法限制了豪强、贵族的一些特权，加上在执行新法时出现一些弊病，引起了以司马光为首的反对派的猛烈攻击。身为右谏议大夫的司马光连续三次给王安石写信，要求他废除新法，企图阻挠改革。王安石在回信中驳斥了司马光对新法的歪曲和诽谤，同时对司马光加给他的"侵官、生事、征利、拒谏"等罪名逐一作了反驳，并批评了士大夫们默守陈规的错误做法，表明自己坚持变法的决心。

全文立论的论点清晰，指出"儒者所争，尤在于名实；名实已明，而天下之理得矣"。从而说明变法是正确的，而司马光的攻击诽谤则名实不符，同时揭露出他们保守、腐朽的本质。这篇谏议书笔力精锐，且极富说服力，语气委婉而严正。既不伤害私人的友谊，也不向反对的意见妥协。

作者进行反驳时的逻辑推理运用了反驳、引导、对比、启发、类推等方法，层层推进而成，不愧是古代驳斥性政论文的典范之作。

上人书

【原文】

尝谓文者①，礼教治政云尔②。其书诸策而传之人③，大体归然而已④。而曰"言之不文，行之不远"云者，徒谓辞之不可以已也，非圣人作文之本意也⑤。

自孔子之死久⑥，韩子作，望圣人于百千年中⑦，卓然也。独子厚名与韩并，子厚非韩比也，然其文卒配韩以传，亦豪杰可畏者也。韩子尝语人文矣⑧，曰云云，子厚亦曰云云。疑二子者，徒语人以其辞耳⑨，作文之本意，不如是其已也。

孟子曰："君子欲其自得之也。自得之，则居之安；居之安，则资之深；资之深，则取诸左右逢其原⑩。"孟子之云尔，非直施于文而已，然亦可托以为作文之本意。

【注释】

①尝：曾经。

②礼教治政：教化与政治。

③书诸策：记录在史册之上。传之人：史册又流传于人。

④归然：归结，归宿。已：止，这里是不要的意思。

⑤圣人：指孔子（前551—前478年）。作：兴起，出现。

⑥孔子之死久：指孔子死后到唐宋时代这段时间已经很久。

⑦望：本指仰望、追慕。这里指继承。

⑧语人文：告诉他人作文之法。语：告诉。韩愈之《答李翊书》《答崔立之书》，皆论述过作文之道。所谓"文以载道""文从字顺"，都见于此。

⑨其辞：指韩、柳谈如何锤炼言词的方法。

⑩"孟子曰"以下几句：内容见于《孟子·离娄下》。原：同"源"。

【译文】

我曾说过，文章无非是宣传礼教和政治罢了。那些写在书本上并传授给他人的，大致都属于这些范围。至于古书上所说的"如果语言没有达到一定的文采，流传就不会久远"的观点，只是在说文辞的使用是不可以休止的，但这并不是圣人关于写文章的本来意见。

自从孔子死后过了很久，韩愈的作品出现了，世人仰望圣人千百年后，韩愈继承了圣人的道统，可谓卓尔不凡了。当时只有柳宗元和韩愈齐名，而柳宗元的文章并不足以和韩愈相比，然而他的文章最终能与韩愈相媲美并流传，也称得上是

一位值得敬畏的文豪了。韩愈曾对别人讲过作文章的问题，说要如此这般，柳宗元也说过要如此这般。我怀疑他们两人只是给人讲了语言表现方面的问题，而写作文章的本来意图，不是像他们所说的那样就足够了。

孟子说："君子想要深造应该有自己的心得。有了自己的心得，就能稳当牢固地去研学；稳当牢固地去研学，也就能积累深厚的智慧能力；有了深厚的智慧能力就能运用自由、左右逢源了。"孟子所说的这些言辞，不仅直接适用于写文章，同时也可借用来说明写文章的本意。

【原文】

且所谓文者，务为有补于世而已矣；所谓辞者，犹器之有刻镂绘画也①。诚使巧且华，不必适用；诚使适用，亦不必巧且华。要之，以适用为本，以刻镂绘画为之容而已②。不适用，非所以为器也。不为之容，其亦若是乎？否也。然容亦未可已也③，勿先之，其可也。

某学文久，数挟此说以自治④。始欲书之策而传之人，其试于事者，则有待矣。其为是非耶？未能自定也。执事，正人也⑤，不阿其所好者⑥。书杂文十篇献左右⑦，愿赐之教，使之是非有定焉。

【注释】

①器：器皿。刻镂：刻画，镂空。

②容：容貌，这里指文章的外在形式。

③未可已：不可以废弃。

④数挟：常常抱持。挟：持，拿，怀着。自治：自己约束自己。

⑤执事：此指所呈书的对象。故人不便直呼对方姓名，而用"执事"表示尊崇。下文的"左右"，用法和含义相同。

⑥阿：阿谀，奉承。

⑦杂文：指书、序、原、说一类文章。

【译文】

而且我认为写文章，应该务必做到对社会有益才行；所谓的修辞润色，就好像器具上有雕刻绘画一样。如果确实精巧而华丽，不一定就适用；如果确实适用，也不一定就精巧华丽。总之，要以适用为根本，依靠雕刻绘画作为它的外表修饰罢了。不适用，就不符合制造器物的本意了。不修饰它的外表，难道就不符合制造器物的本意了吗？不是这样的。然而，外表修饰也是不可以不要的，只是不要把它放在首要地位就可以了。

我学写文章的时间已经很久了，时常拿这种观点来指导自己研究学问之事。现在才开始想把自修心得写出来传给别人，至于拿文章用到实际事业中去，那就需要等待时间去考证了。这些观点是对还是错呢？我自己还不能确定。您是一位正直的人，不是阿谀曲从别人所好的人。我现在呈上自己所书写的杂文十篇左右，希望您能不吝赐教，使我对于观点的对错能够有确定的认识。

【赏析】

这是王安石写给别人的一封信，信中具体论述了作文章的本意与修辞之间的关系。其中文是指作文的本意；辞则指对文章的修辞润色，也就是表现形式。实际上，也就是写文章时注重的内容与形式之间的关系。文中把文和辞分开来讲，王安石的本意在于明道，而所谓"道"，就是可以施之于实用的经世之学，应当以合用为主，也就是"务为有补于世"。既然文以实用为主，因此在内容和形式的关系上，他明确指出必须重视所写内容的主旨。他认为古文学家虽然夸谈文以明道，但其真实的心得，则是在文而不在道。本文的论述比较全面，表明王安石在文章写作方面具有比较系统的文学观。

本文在写作上也很有特色，运用了比喻的修辞手法，形象地说明了文与辞之间的关系，使读者能够一目了然，读后便能深明其意。

伍子胥庙记

【原文】

予观子胥出死亡逋窜之中①，以客寄之一身，卒以说吴，折不测之楚，仇执耻雪，名震天下，岂不壮哉②！

及其危疑之际，能自慷慨不顾万死，毕谏于所事，此其志与夫自恕以偷一时之利者异也。孔子论古之士大夫，若管夷吾、臧武仲之属③，苟志于善而有补于当世者，咸不废也④。然则子胥之义又曷可少耶⑤？

【注释】

①子胥：即伍子胥（前559—前484年），名员（一作芸），字子胥，楚国人（今湖北省监利县黄歇口镇），春秋末期吴国大夫、军事家。以封于申，也称申胥。

②岂不：难道不……？怎能不……？

③臧武仲（zàng wǔ zhòng）：即臧孙纥（hé），又称臧孙、臧纥，谥"武"，臧文仲之孙，臧宣叔之子。鲁国大夫，封邑在防（今山东费县东北）。

④咸：全，都。

⑤曷（hé）：怎么。

【译文】

依我看，伍子胥能从亡命天涯的流亡生活中变得风光起来，他凭借一个客居他国的客卿身份，最终说服了吴国，使其一举击败了庞大的、不可一世的楚国，并且抓住了自己的仇人而报仇雪恨，从此，这件事情使普天下人都为之震撼，难道这不是雄壮而令人敬仰的功业吗！

正当吴国危机四伏的时候，伍子胥能够慷慨地、不顾个人安危地全力冒死直谏吴王，阐述国家所面临的问题，这种深明大义的做法比起那种贪图一时享乐、苟且偷安的人来说，的确是天壤之别啊。孔子曾点评古代的士大夫们，像管夷吾、臧武仲这样的人，只是暂时想着对天下有所帮助的人，全都不被罢黜。可是，像伍子胥这样的千秋高义的人，又怎么能够少得了呢？

【原文】

康定二年，予过所谓胥山者，周行庙庭①，叹吴亡千有余年。事之兴坏废革者不可胜数，独子胥之祠不徙不绝，何其盛也！岂独神之事吴之所兴，盖亦子胥之节有以动后世，而爱尤在于吴也。后九年，乐安蒋公为杭使，其州人力而新之②，余与为铭也。

烈烈子胥，发节穷逋③。遂为册巨，奋不图躯。谏合谋行，隆隆之吴。厥废不遂，邑都俄墟。以智死昏，忠则有余。胥山之巅，殿屋渠渠。千载之祠，如祠之初。孰作新之，民劝而趋。维忠肆怀，维孝肆孚。我铭祠庭，示后不诬。

【注释】

①行：环绕而行。

②新：翻新。

③逋（bū）：本意为逃亡，也引申指逃亡在外的人。

【译文】

康定二年，我从人们所说的胥山经过，来到庙堂前徘徊很久，围绕着伍子胥的庙堂走了一圈又一圈，禁不住慨叹万分：吴国已经烟消云散差不多有千年之久了。从那时候起到现在，历朝历代的兴亡变革数不胜数，各种亭台殿阁的兴建、废黜也已变化万千，然而，只有伍子胥的庙宇没被迁移也没消失，反而是多么兴盛啊！这种祭祀的兴盛，难道仅仅是因为他当初凭借一己之力，将吴国推向了鼎盛的高峰吗？应该也是伍子胥的气节能够因此惊动后世而闻名于天下，而在吴地，这种影响更加深远、更受民间的爱戴。在这以后的九年，乐安的蒋公出任杭州的长官，应杭州的百姓合力请求，把伍子胥的庙宇翻新了一遍，我为此作了这篇铭文来记述这件盛事。

高大威武的伍子胥，节操高尚，身为吴臣，奋不顾身。吴王听其谏言行事，吴国就强大。反之，吴都即化为废墟。虽然他为昏君而死，有些愚忠，有所不值。但是伍子胥祠在高山顶峰，高大巍峨。名扬千载，而且千年香火如初兴盛不断。若问是谁能让祠庙历久弥新，是人民的爱戴他的形势所趋。只有忠义方可释怀，唯有孝道使人信服。我辈当以祠庭铭记千古，昭示后人不弃不诬。

【赏析】

本文是王安石为伍子胥庙写的一篇铭记，赞扬了伍子胥善于高瞻远瞩的政治眼光，具有奋不顾身的英雄气节，并且剖析了经过历朝历代的兴亡变革，却唯独伍子胥庙不但没被迁移，也没消失，反而香火兴盛、祭祀不绝，从而更加证实了一个人的英名之所以能够永世不衰的魅力所在。

伍子胥是何许人呢？原来他本是春秋末期的吴国大夫，是一个军事家、谋略家。据司马迁的《史记》上记载：伍子胥最终被吴王赐死在吴国。

相传伍子胥的父亲、兄长都因受费无极谗害，最终被楚平王所杀，所以伍子胥不得不逃到吴国，后来帮助吴王筑城练兵，发愤图强，终于击败楚国为父兄报仇雪恨。吴王起初对他很器重，但后来吴王听信太宰的谗言，对于伍子胥多次劝谏如何防御国家的忠言良策，吴王不但不听，反而听信伍子胥阴谋倚托齐国反吴之说，竟然不彻查清楚就派人送一把宝剑给伍子胥，令其自杀。伍子胥死后九年，吴国被越国勾践所灭。这不能不说是一个沉痛的历史教训！令人读之顿生无尽的反思，很有社会意义。

送孙正之序①

【原文】

时然而然②，众人也；己然而然③，君子也。己然而然，非私己也④，圣人之道在焉尔⑤。

夫君子有穷苦颠跌，不肯一失诎己以从时者⑥，不以时胜道也。故其得志于君，则变时而之道若反手然⑦，彼其术素修而志素定也。时乎杨、墨，己不然者，孟轲氏而已。时乎释、老，己不然者，韩愈氏而已。如孟、韩者，可谓术修而志素定也，不以时胜道也。惜也不得志于君，使真儒之效不白于当世，然其于众人也卓矣。呜呼！予观今之世，圆冠峨如⑧，大裾襜如⑨，坐而尧言，起而舜趋⑩，不以孟、韩之心为心者，果异众人乎？

【注释】

①孙正之：孙侔，字正之，一字少述。吴兴（今浙江湖州）人。早年丧

父，事母至孝。多次被人推荐，曾授校书郎扬州州学教授。序：临别赠言。

②时然而然：时尚如此，我即如此之意。

③己然而然：自己认为这样正确，就这样去做。

④私己：自以为是，偏爱自己。私：偏爱。

⑤圣人之道：儒家的政治主张和道德伦理观念。焉尔：于此而已。

⑥诎（qū）：屈服。从：顺从，追随，改变自己立场。

⑦变时：改变时俗潮流。之：往、到。

⑧冠：帽子。峨如：高高竖起的样子。

⑨裙：古代下裳，男女同用，与今专指妇女的裙子。此处指官僚贵族所穿的衣服。襜（chān）如：衣着整齐貌。襜：遮至膝前的短衣。

⑩舜：虞舜，有虞氏之君。传说中的五帝之一，后禅位于禹。趋：小步而行，表示恭敬。

【译文】

当时流行什么，我就跟着流行什么，这种人是普通人；自己认为这样正确，就这样坚持去做，这种人是君子。坚持自己的见解，并不是自以为是，偏爱自己，而是因为圣人之道在其中而已。

那些君子在穷困苦难、颠沛流离的时候，也不肯改变自己立场而随波逐流，不因时俗如此而伤害原则。所以，当他被君王重用的时候，可以轻而易举地改变时俗而使它符合圣人之道。倘若从反面看这个问题，那是因为他的学术素有修养，他的志向也早已确定了。时下流行杨朱、墨子的学说，有人认为这些学说不对，便只去信奉孟子学说就知足了；时下流行佛家及老、庄学说，也有人认为这些学说不对，便只去信奉韩愈学说就知足了。像那些信奉孟子、韩愈学说的人，可以算得上学术修养深而且志向坚定了，他们不因为时尚的流向而放弃自己信奉的真理。只可惜不被君主信任，使那些真正的儒家学说不能在当世盛行，但是相对于普通人来说他们已经很杰出了。唉！我看现在的世道，戴着高高的儒家帽子，穿着宽大的学者服装，坐下来就谈论尧的语录，站起来却模仿舜的动作，不以孟子、韩愈学说为根本，这和普通人又有什么区别呢？

【原文】

予官于扬①，得友曰孙正之。正之行古之道，又善为古文，予知其能以孟、韩之心为心而不已者也。夫越人之望燕②，为绝域也③。北辕而首之④，苟不已⑤，无不至。孟、韩之道去吾党⑥，岂若越人之望燕哉？以正之之不已，而不至焉，予未之信也。一日得志于吾君，而真儒之效不白于当世，予亦未之信也。

正之之兄官于温⑦，奉其亲以行，将从之，先为言以处予⑧。予欲默，安得而默也？庆历二年闰九月十一日，送之，云尔⑨。

【注释】

①予：我。扬：扬州（今属江苏），当时为淮南路的治所。

②越：春秋战国时越国，地域在今浙江绍兴一带。后也称此地为越。燕：周代分封的诸侯国，其地在今河北北部和辽宁西端，后称此地为燕。

③绝域：极边远的地域。

④辕（yuán）：驾车用在前方的直木或曲木。这里指驾车。首：首途，启行。

⑤苟（gǒu）：假如。已：停止。

⑥去：离开，距离。吾党：我辈。

⑦温：温州，治所在永嘉（今浙江温州）。

⑧处予：安慰我。处：犹安。这里指临别相赠安慰的话语。

⑨云尔：语气助词，表限制。意思是如此罢了，如此而已。

【译文】

我在扬州做官的时候，交了个朋友叫孙正之。他奉行古人的学问，又擅长写古文，我知道他是能够以孟子、韩愈的思想为中心而不停止钻研的。越地的人看燕地，觉得那是绝远的地方。但是只要驾着马车向北出发，只要不停，就一定能到达。孟子、韩愈的为学之道和我们的距离，怎么能和越人看燕地的距离相比呢？凭借孙正之求学不止的态度，如果学不到孟子、韩愈的学问，对此我不会相信。如果有一天他得到君主的重视，而真正的儒家学说不在当时盛行起来，我也不会相信。

孙正之的哥哥在温州做官，带着他们的父母去上任，正之也将要跟着去，他临行前先来告诉我并加以安慰，同时征询我的意见。我本想不说什么，可我又怎能沉默不语呢？庆历二年闰九月十一日，我写下这篇文章送给他，如此而已。

【赏析】

这篇文章作于庆历二年（1042 年），是王安石现存散文中写作年份较早

的一篇赠别序文。本文中明确表达了王安石对儒学大家孟轲、韩愈学说的仰慕，以及要求"变时之道"的志向。

文章首先提出了君子与众人的主要区别在于：众人是人云亦云，任流俗；君子则有自己的见解，并按照自己认定的思想行事，但君子行事并不是自私自闭，而是在于坚持"圣人之道"。君子"术素修而志素定"，也就是说，君子无论遇到何种困顿挫折，都不会弃"道"而从流俗。所以一旦得遇明主，就很容易为世所用，成就功业。王安石通过对韩、孟二人的赞扬，表达了自己希望能得志于君、变时而之道的思想境界，同时也很自然地转入对孙正之的推许与期望，点明孙正之既能行古道、善古文，坚持不懈，也一定能达到君子的标准。王安石在此既是勉励对方，同时也是自勉。

这篇文章平实流畅，激情深蕴，对比言理，理足气盛。不仅表达了王安石的儒学思想，同时还流露了他的政治抱负，意蕴深广，耐人寻味。

张刑部诗序①

【原文】

刑部张君诗若干篇，明而不华②，喜讽道而不刻切③，其唐人善诗者之徒欤④！

君并杨、刘生，杨、刘以其文词染当世⑤，学者迷其端原，靡靡然穷日力以摹之⑥，粉墨青朱⑦，颠错丛庞⑧，无文章黼黻之序⑨，其属情藉事⑩，不可考据也。

①张刑部：即张保雍。曾任户部判官、湖北转运使、两浙转运使等职，加刑部郎中。宋仁宗明道二年（1033年）卒。事迹详见曾巩所撰《刑部郎中张府君神道碑》。

②明：明白晓畅。华：华丽。

③讽道：用讽喻的方式宣传大道。刻切：刻板，生硬。

④其：大概。徒：同类的人。欤（yú）：文言助词，表示疑问、感叹、反诘等语气。

⑤并：同时。杨：杨亿。宋真宗时曾任翰林学士兼史馆修撰，与刘筠、钱惟演等人诗歌唱和，作品编成《西昆酬唱集》，时号"西昆体"。刘：刘筠。曾任翰林承旨兼龙图阁直学士。其诗和杨亿齐名，时称"杨刘"。

⑥靡靡然：倾倒崇拜之状。穷日力：耗尽时间和精力。摹：摹拟，模仿。

⑦粉墨青朱：指辞彩丰富华丽。

⑧丛庞：指烦琐，纷乱。

⑨文章：本指错综华美的花纹。黼黻（fǔ fú）：本指古代礼服上绣的花纹。黼：黑白相间。黻：黑青相间。文章黼黻：比喻文章结构错综华美；借指辞藻，华美的文辞。

⑩属情：抒情。藉事：用事，指使用典故。

【译文】

刑部郎中张保雍写有很多诗篇，诗意明白晓畅而不华丽，喜欢用讽喻的方式宣传大道而不刻板，他的诗风与唐代喜欢作诗的人应该一样了吧？

张保雍和杨亿、刘筠属于同一时期的人，而杨亿、刘筠以其华而不实的文风影响那个时代，学者们都被他们的文风影响而迷失了起始根由的方向，耗尽时间和精力整日倾倒崇拜并盲目摹拟他们，作品中堆砌了色彩华丽的辞藻，纷乱庞杂，完全没有文章结构华美的次序，那些用来抒情和所引用的典故，也都无法考证。

【原文】

方此时，自守不污者少矣①。君诗独不然，其自守不污者邪？子夏曰②："诗者，志之所之也③。"观君之志，然则其行亦自守不污者邪④，岂唯其言而已！

畀予诗而请序者⑤，君之子彦博也⑥。彦博字文叔，为抚州司法⑦，还自扬州识之，日与之接云。庆历三年八月序。

【注释】

①自守不污：坚持自己的观念和立场，而不受其污染。

②子夏：孔子的学生，姓卜名商。相传孔子所教的《诗》《春秋》等儒家经典，是经他传授下来的。

③所之：所指向，所向往。

④然则：既然这样，那么。

⑤畀（bì）：给予。

⑥彦博：张彦博（1019—1067 年），是张保雍之子。以荫为太庙斋郎，历兴化、黄陂等县县令，改袁州军事判官。卒于官。事迹详见王安石所撰《尚书司封员外郎张君墓志铭》。

⑦抚州：今属江西。司法：司法参军。指在州里负责议法断刑的官员。

【译文】

在这样的时代，能够坚持自己的操守而不同流合污的人太少了。目前只有张君的诗与众不同，他是不是坚持自己的观念和立场而不同流合污呢？子夏说："所谓诗，是感情心志的体现。"既然这样，那么观察张保雍的心志，他的言行果然是坚持自己的操守而不同流合污啊，岂只是他的文词而已！

　　请求我给张保雍的诗稿作序的人，是张保雍的儿子张彦博。张彦博，字文叔，是抚州州里负责议法断刑的官员，我从扬州回来时与他结识的，常常与他来往交谈。庆历三年八月完成此序。

【赏析】

　　这篇短文写于宋仁宗庆历三年（1043 年），当时王安石正任淮南判官，治所在扬州。那一年他因公暂回家乡临川，与张刑部之子张彦博相识并成为好友，后来应张彦博的请求，为张彦博已故的父亲张刑部的诗集作序。王安石在序中肯定了张刑部的诗歌及其"自守不污"的人品。同时，借此序言发表自己的文学主张，批判宋初浸染诗坛的"西昆体"诗风。

　　本文第一部分着重评价张刑部的诗歌"明而不华，喜讽道而不刻切"，就是说张刑部的诗形象鲜明，语言明畅，内容充实，不浮华艳丽。这里运用了暗中讽喻的笔法，风格显得含蓄委婉，不直白苛刻。王安石在此肯定了张刑部善学唐诗，也为批判"西昆体"诗人把唐诗引向形式主义深渊作了伏笔。

　　第二部分是全文的主要部分，王安石在此严辞批判了"西昆体"诗风对当世诗坛的浸染。首先交待张刑部与杨亿、刘筠同是北宋初期人，而后简洁有力地概括了学者迷失方向，终日沉溺在浮华的诗风中，竭尽全力摹仿，使"西昆体"盛行天下。紧接着，文章转到张刑部身上，真挚而毫不保留地赞扬张刑部的诗不被"西昆体"诗风影响，出污泥而不染，能坚守正确的诗歌创作原则。自古从一个人的文中可以看出人品，于是王安石由张刑部的诗联想到张刑部的为人可嘉。全文中心突出，脉络分明，井井有条，表现出王安石散文一向简洁挺拔的风格，以及他对诗歌创作与革新的基本观点。

通州海门兴利记

【原文】

余读豳诗①："以其妇子，馌彼南亩②，田畯至喜③。"嗟乎！豳之人帅其家人戮力以听吏，吏推其意以相民，何其至也。夫喜者非自外至，乃其中心固有以然也。既叹其吏之能民，又思其君之所以待吏，则亦欲善之心出于至诚而已，盖不独法度有以驱之也。以赏罚用天下，而先王之俗废。有士于此，能以豳之吏自为，而不苟于其民，岂非所谓有志者邪？

【注释】

①豳（bīn）诗：《诗经》十五国风之一，为先秦时代豳地华夏族民歌。豳：同"邠"，古都邑名，在今陕西旬邑、彬县一带，是周族部落的发祥地。《诗经》分风、雅、颂三类。豳风共有诗七篇，其中大多描写豳地的农家生活中辛勤劳作的情景，是中国最早的田园诗。

②馌（yè）：给在田间劳动的农夫送饭。

③田畯（jùn）：监督农奴劳动的农官。

【译文】

在《诗经》的《豳风》中，我读道："妻子和孩子给在南边田里劳动的我送饭，监督劳动的农官看到了这情景很高兴。"是啊！豳国的农夫率领他的家人齐心协力听从官吏的指挥，官吏也能揣摩民意来以诚相待百姓，这是怎么做到的呢？其实喜悦不是从外表而来的，而是原本就有值得高兴的事物才这样喜悦的。我不禁感慨，豳国的官吏能够与民亲善，又想到他们的国君是怎样对待官吏的，那么看来也是以一颗至诚向善的心想着为百姓做事而已，这不仅仅是靠法律制度来控制的啊。而是君王依靠赏罚分明去治理天下，并且将先王时代不好的旧制全都废除掉了。有人在这里能够效法齛国官吏的行为，来要求自己不苟求于老百姓，这难道不就是胸有大志的人吗？

【原文】

以余所闻，吴兴沈君兴宗海门之政，可谓有志矣。既堤北海七十里以除水患，遂大浚渠川，酾取江南①，以灌义宁等数乡之田。方是时，民之垫于海②，呻吟者相属③。君至，则宽禁缓求，以集流亡。少焉④，诱起之以就功，莫不蹶蹶然奋其愈而来也⑤。由是观之，苟诚爱民而有以利之⑥，虽创残穷敝之余⑦，可勉而用也，况于力足者乎？

【注释】

①酾（shī）取：疏导。

②垫于海：陆地下陷，被海水淹没。垫：本义下陷，淹没。于：被。

③呻吟：因忧劳苦痛而嗟叹。亦指嗟叹声。相属：相继，相接。

④少焉：一会儿，不久。

⑤蹶蹶（jué）然：形容疾行如飞的样子。

⑥苟（gǒu）：如果。诚：真心；确实。

⑦穷敝（bì）：亦作"穷弊"，形容贫穷困苦。

【译文】

据我所知，吴兴的沈兴宗大兴治海的政策，可以说是有大志的人了。沈兴宗在北海首先修筑了七十里长的大堤防止水患，然后大规模疏通渠道，疏导长江以南的水来灌溉义宁等地的农田。那时候，由于陆地下陷，百姓苦于东海水患，忧愁苦痛的叹息声相继不断、随处可闻。沈兴宗到任以后，放宽政策缓收赋税，从不苛求百姓，以此集结流亡逃难的人。过一段时间后，沈兴宗又引导百姓一起去修筑完成水利设施，他们没有不疾行如飞而且不顾疲惫赶来效力的。从这些现象可以看出，如果真心去爱护百姓而且对百姓有利，即使是伤残、贫穷困苦之人，也可以通过鼓励让他们为国家所用，更何况是身强力壮的人呢？

【原文】

兴宗好学知方①，竟其学，又将有大者焉，此何足以尽吾沈君之才，抑可以观其志矣②。而论者或以一邑之善不足书之③，今天下之邑多矣，其能有以遗其民而不愧于豳之吏者，果多乎？不多，则予不欲使其无传也。至和元年六月六日，临川王某记。

【注释】

①方：道理。

②抑：文言连词。表转折，相当于可是、但是。

③邑（yì）：县。

【译文】

沈兴宗勤奋好学又懂礼法，如果让他完全发挥他的学识，他还将会有更大的作为，可是，在这州里又如何能使沈兴宗完全施展自己的才华呢，但也可以因此看到他的心志了。而有些爱评论的人往往认为治理好一个小小州县还不够伟大，也不值得记载，而当今天下的州县已经很多了，其中能像豳国的官吏那样无愧于心对待所管辖的百姓的，果真有很多吗？其实是真的不多啊，所以，我不想让沈兴宗的事迹得不到流传。至和元年六月六日，临川人王安石记。

至和元年（1054年）六月六日，王安石记录了吴兴的沈兴宗大兴治海的事迹，并对其能够不计较个人官职地位高低、一心为民的精神加以赞扬。

面对当地出现陆地下陷、百姓苦于东海水患的问题，沈兴宗能够审时度势，积极思考拿出应对之策。他首先在北海修筑大堤防止水患，然后大规模疏通渠道，疏导长江以南的水来灌溉义宁等地的农田，同时不忘体恤百姓生活疾苦，放宽赋税政策不苛求百姓，使百姓能够安于恢复生产，共同渡过难关。在此，王安石列举了沈兴宗治民的真实事例，阐述了一个真正的好官，应该怎样爱民如子，应该怎样以一颗至诚向善的心为百姓做事，这一切不仅仅是靠法律制度来控制的。

这篇文章写得情真意切，观点明确，叙事条理清晰，措辞委婉，表现出王安石的散文风格和政治宣导方向。

本朝百年无事札子①

【原文】

臣前蒙陛下问及本朝所以享国百年②，天下无事之故。臣以浅陋，误承圣问，迫于日晷③，不敢久留，语不及悉④，遂辞而退。窃惟念圣问及此⑤，天下之福，而臣遂无一言之献，非近臣所以事君之义⑥，故敢昧冒而粗有所陈。

伏惟太祖躬上智独见之明⑦，而周知人物之情伪。指挥付托，必尽其材；变置施设，必当其务⑧。故能驾驭将帅，训齐士卒，外以扞夷狄⑨，内以平中国。于是除苛赋，止虐刑，废强横之藩镇⑩，诛贪残之官吏，躬以简俭为天下先。其于出政发令之间，一以安利元元为事。太宗承之以聪武，真宗守之以谦仁，以至仁宗、英宗，无有逸德。此所以享国百年，而天下无事也。

【注释】

①札（zhá）子：古代大臣用以向皇帝进言议事的一种文体；也有用于向下发指示的，如中书省或尚书省所发指令，凡不用正式诏命的，也称为札子，或称"堂帖"。

②享国：指帝王在位掌握政权。

③误承：误受的意思。这里为自谦之词。误：因自己做错而使受损害。日晷（guǐ）：按照日影移动来测定时刻的仪器。这里指时间。

④悉：详尽。

⑤窃惟念：我私下在想。这和下文"伏惟"一样，都是旧时下对上表示敬意的用语。

⑥近臣：皇帝亲近的大臣。当时王安石任翰林学士，是侍从官。

⑦躬：本身具有。

⑧变置施设：设官分职。变置：指改变前朝的制度而重新设立新制。

⑨训齐：使人齐心合力。扞：抵抗。夷狄（yí dí）：旧时常用以泛称除华夏族以外的各族。这里指北宋时期建立在北方和西北方的契丹、西夏两个少数民族。下文"蛮夷"也同此意。

⑩废强横之藩（fān）镇：指宋太祖收回节度使的兵权。唐代在边境和内地设置节度使，镇守一方，总揽军政，称为藩镇。唐玄宗以后至五代时，藩镇强大，经常发生叛乱割据之事。宋太祖有鉴于此，后来仅为节度使授予勋戚功臣的荣衔。

【译文】

前几日，承蒙陛下问我本朝之所以统治了上百年，至今天下太平无事的原因。因为我自知学识浅薄，更怕误承皇上询问，且由于时间紧迫，不敢长时间留在宫中，话还没来得及说完，就告辞退朝了。回去后，我私下里想到皇上问及这个问题，是天下的福气，而我却没有一句中肯的话敬献，这不是皇上身边官员效忠君主的态度，所以，现在才敢无所顾忌冒昧粗略地向圣上陈述我的看法。

我私下认为，太祖具有极高的智慧和独到的见解，太祖能详尽地了解各种人情事物的真伪。指挥、任命官员的时候，一定能够做到人尽其才；设官分职之时能够果断废旧革新制度，务必做到能够符合现实情况。所以他能驾驭将帅，练好兵卒，使他们能够齐心合力，对外能够抵抗异族入侵，对内可以依靠这些将帅兵卒平定动乱、稳定国情。就这样，太祖废除了繁重的苛捐杂税，禁止酷刑，废除了强横的藩镇势力，诛杀贪婪残暴的大小官吏，而且太祖自身力求俭朴并率先为天下做出榜样。太祖在制定政策发布命令的时候，一切以百姓能平安无事、获得利益为行事原则。太宗继承了太祖的聪慧勇武，真宗保持了太祖的谦恭仁爱，而且到了仁宗、英宗时期，也都没有丧失德政治国的地方。这就是我朝之所以能够统治上百年，而天下太平无事的缘故了。

【原文】

仁宗在位，历年最久。臣于时实备从官，施为本末，臣所亲见。尝试为陛下陈其一二，而陛下详择其可，亦足以申鉴于方今。

伏惟仁宗之为君也①，仰畏天，俯畏人；宽仁恭俭，出于自然，而忠恕诚悫，终始如一。未尝妄兴一役，未尝妄杀一人；断狱务在生之②，而特恶吏之残扰；宁屈己弃财于夷狄③，而终不忍加兵；刑平而公，赏重而信；纳用谏官御史，公听并观④，而不蔽于偏至之谗⑤；因任众人耳目，拔举疏远，而随之以相坐之法⑥。盖监司之吏以至州县⑦，无敢暴虐残酷，擅有调发以伤百姓。自夏人顺服，蛮夷遂无大变，边人父子夫妇得免于兵死，而中国之人，安逸蕃息，以至今日者，未尝妄兴一役，未尝妄杀一人，断狱务在生之，而特恶吏之残扰，宁屈己弃财于夷狄，而不忍加兵之效也。大臣贵戚、左右近习，莫敢强横犯法，其自重慎，或甚于闾巷之人，此刑平而公之效也。募天下骁雄横猾以为兵，几至百万，非有良将以御之，而谋变者辄败；聚天下财物，虽有文籍，委之府史，非有能吏以钩考，而断盗者辄发；凶年饿岁，流者填道，死者相枕，而寇攘者辄得，此赏重而信之效也。大臣贵戚、左右近习，莫能大擅威福，广私货赂，一有奸慝⑧，随辄上闻；贪邪横猾，虽间或见用，未尝得久。此纳用谏官御史，公听并观，而不蔽于偏至之谗之效也。自县令京官以至监司台阁，升擢之任^⑨，虽不皆得人，然一时之所谓才士，亦罕蔽塞而不见收举者，此因任众人之耳目，拔举疏远，而随之以相坐之法之效也。升遐之日^⑩，天下号恸^⑪，如丧考妣^⑫，此宽仁恭俭，出于自然，忠恕诚悫^⑬，终始如一之效也。

【注释】

①伏惟：古人奏札、书信中常用的套语，意为"我私下认为""我暗自考虑"。

②断狱：审理和判决罪案。

③弃财于夷狄：指北宋朝廷每年向契丹和西夏两个少数民族献币纳绢以求和之事。宋真宗景德元年（1004 年），北宋朝廷与契丹讲和，每年需向契丹献币纳绢。宋仁宗庆历二年（1042 年），宋又向契丹增加银绢以求和。庆历四年（1044 年），宋又以献币纳绢的方式向西夏妥协。王安石这里是替宋仁宗的屈服妥协曲为辩解的话。

④公听并观：多听多看。意为听取了解各方面的意见情况。

⑤偏至之谗：片面的谗言。

⑥相坐之法：指被推荐的人如果后来失职犯法，推荐人便要受罚的一种法律。

⑦监司之吏：监察州郡的官员。宋朝设置诸路转运使、安抚使、提点刑狱、提举常平四司，兼有监察的职责，称为监司。

⑧奸慝（tè）：奸邪的事情。

⑨升擢（zhuó）：提升。

⑩升遐：对皇帝死亡的讳称。

⑪号恸（tòng）：大声痛哭。

⑫考妣（bǐ）：对已死的父母尊称。父为考，母为妣。

⑬诚悫（què）：诚朴，真诚。

【译文】

仁宗皇上掌管天下的时间最长久。当时，我担任侍从官员，仁宗皇上的政绩功勋，从头到尾我都亲眼看到了。现在我试着为陛下陈说其中的几条，陛下可以详加思索，选择可取之处，也足以用作今天的借鉴。

我私下认为，仁宗皇帝作为一国之君主，能够对上敬畏天命，对下敬畏人民；为人宽厚仁爱，谦恭俭朴，出于天性；忠恕诚悫，始终如一。没有不顾大局随意兴办一项工程，没有随意杀过一个人。审断案件尽量使犯人能够活下来，特别憎恨残暴骚扰百姓的官吏。宁肯委屈自己送去钱财给辽、夏以求和平，却始终不忍心对他们开战。刑罚轻缓而公正，赏赐很重而守信用。虚心采纳谏官、御史的建议，注重从诸多方面听取和观察，而不会轻易受到偏见和谗言蒙蔽；依靠众人的耳闻目睹，选拔举荐关系疏远的人才，同时伴随连坐制裁的法律。从监察官吏到州、县的官员，没有人敢暴虐残酷、擅自增加赋税徭役以致损害百姓利益。自从西夏人顺服以后，蛮横的外族就没有大的变化，边境百姓的父子夫妇都能够安居乐业而不再有战争中死亡的现象，而内地的百姓也能够安定和平繁荣兴旺，一直到今天，这都是因为仁宗皇帝没有随意兴办一项劳民工程，没有错杀一个人，审断案件尽量使犯人能够活下来，而且特别憎恨官吏对百姓的残暴、骚扰，宁肯委屈自己输送财物给辽、夏外族，也不忍心对他们开战的结果。王公大臣，皇亲国戚，身边的近臣，没有人敢强横犯法，他们都能自重谨慎，有的甚至超过平民百姓，这就是刑罚轻缓而公正的结果啊。招募天下骁雄强横奸诈之徒作为士兵，几乎能达到百万余人，虽然没有良将来统帅他们，但是阴谋叛乱的人很快也能败露；聚集天下的财物，虽然有账册，并把这些交给府吏管理，但是没有贤能的官吏来检查考核，但贪污偷盗的人马上就能被揭发出来；水旱灾年，逃荒的人堵塞了道路，尸横遍野，而抢夺财物的强盗立刻就被捕获。这都是重赏赐而守信用的结果。王公大臣、皇亲国戚、身边的侍从官吏，没有人敢大肆作威作福、到处钻营受贿，一有奸邪不法的事，随即就报告到上面；贪婪奸邪强横狡猾之徒，即使偶尔被任用，也不能够历任长久。这是采纳谏官、御史的建议，广泛地听取意见、细心观看，而没有受到偏见的谗言所蒙蔽的结果。从县令、京官，到监司、台阁，提拔任用，虽然不能全部称职，然而，闻名一时的所谓有才能的人，也很少有埋没不被任用的。这是依靠众人的耳闻目睹，选拔推荐关系疏远的人才而伴随连坐之法的结果。仁宗皇帝驾崩的那一天，普天下之人都放声痛哭，如同死去父母，这就是宽厚仁爱谦恭俭朴，出于本性，忠恕诚恳，始终如一的结果啊。

【原文】

　　然本朝累世因循末俗之弊①，而无亲友群臣之议。人君朝夕与处，不过宦官女子；出而视事，又不过有司之细故。未尝如古大有为之君，与学士大夫讨论先王之法，以措之天下也。一切因任自然之理势，而精神之运有所不加；名实之间，有所不察。君子非不见贵，然小人亦得厕其间；正论非不见容，然邪说亦有时而用；以诗赋记诵求天下之士，而无学校养成之法；以科名资历叙朝廷之位，而无官司课试之方②。监司无检察之人，守将非选择之吏；转徙之亟，既难于考绩③，而游谈之众，因得以乱真；交私养望者，多得显官，独立营职者或见排沮。故上下偷惰取容而已，虽有能者在职，亦无以异于庸人。农民坏于徭役，而未尝特见救恤，又不为之设官以修其水土之利。兵士杂于疲老，而未尝申敕训练④，又不为之择将，而久其疆场之权⑤。宿卫则聚卒伍无赖之人，而未有以变五代姑息羁縻之俗⑥。

宗室则无教训选举之实，而未有以合先王亲疏隆杀之宜。其于理财，大抵无法，故虽俭约而民不富，虽忧勤而国不强。赖非夷狄昌炽之时，又无尧、汤水旱之变⑦，故天下无事，过于百年。虽曰人事，亦天助也。盖累圣相继⑧，仰畏天，俯畏人，宽仁恭俭，忠恕诚悫，此其所以获天助也。

伏惟陛下躬上圣之质，承无穷之绪，知天助之不可常恃⑨，知人事之不可怠终⑩，则大有为之时，正在今日。臣不敢辄废将明之义⑪，而苟逃讳忌之诛⑫。伏惟陛下幸赦而留神⑬，则天下之福也。取进止⑭。

【注释】

①累世：世世。因循末俗：沿袭着旧习俗。弊（bì）：弊病。

②课试：考察测试官吏的政绩。

③亟（qì）：频繁。

④未尝：未曾。申敕：发布政府的命令。这里引申为告诫、约束的意思。

⑤久其疆埸（yì）之权：让他们（指武将）长期掌握军事指挥权。疆埸：边界，边防；指战场。

⑥姑息羁（jī）縻（mí）：纵容笼络、胡乱收编的意思。

⑦赖非夷狄昌炽（chì）之时：幸好赶上不是外敌猖狂进犯的时候。尧、汤水旱之变：相传尧时有九年的水患，商汤时有五年的旱灾。

⑧累圣：累代圣君。这里指上文提到的宋太祖、太宗、真宗、仁宗、英宗诸帝。

⑨承无穷之绪：继承永久无穷的帝业。绪：此指传统。恃：依赖，倚仗。

⑩怠终：轻忽懈怠，有始无终。意思是恐怕最后要酿成大祸。

⑪辄废：轻易地废止。将明之义：语出《诗经·大雅·烝（zhēng）

民》，意谓大臣辅佐赞理的职责。

⑫苟逃：侥幸逃避。讳忌之诛：因触怒天子而受到诛杀、惩罚。

⑬赦：宽恕免罪。留神：留意，重视。

⑭取进止：这是写给皇帝奏章的套语，意思是我的意见是否妥当、正确，请予裁决。

【译文】

然而，本朝世世代代偶尔有墨守衰风颓俗的弊病，却没有遭到皇亲国戚和诸位臣子的议论。那些和皇上朝夕相处的，不过是宦官、宫女，皇上上朝处理政事，也不过是有关部门的琐事，没有像古代大有作为的君主那样，和学士以及大夫们讨论先王治理国家的方法，把它实施到天下。一切听任自然而理所当然的趋势，而主观努力改变所谓自然规律的想法却有所不足，名义和实际两者之间的关系，也不去加以考察。正直公正的人虽然没有遭到冷遇，然而奸佞小人也能趁机混进来。正确的论断并不是不被采纳，然而怪癖的邪说也有被采用的时候。凭着写诗作赋博闻强记选拔天下的士人，却没有学校培养造就人才的方法；以科名贵贱、资历深浅排列在朝中的官位，却没有官吏考核实际功绩的制度。监司部门没有设置负责检查的人，守将不是经过选拔任用的贤臣。总是频繁地调动迁官，既难于考核实绩，又使那些夸夸其谈的人因而能以假乱真。那些结党营私、投机猎取名望的人，却是大多数得到了显要的职务，而依靠自己的才能奉公守职的人，却无法施展才能而显示出与庸人的不同。农民受到了繁重徭役的牵累，没有看到特别的救济抚恤，也看不到为他们设置官员去引领兴修农田水利；士兵中混杂着老弱病残，没有对之加以告诫整顿，又不替他们选拔将领，让他们长期掌握军事指挥权戍守边疆。保卫都城收罗的是一些兵痞无赖，没有改变五代那种纵容、笼络的坏习惯。皇室中没有教导训练、选拔推荐之实，因而不能符合先王关于如何亲近疏远、升官、降职的原则。至于管理财政，基本上没有法度，所以虽然皇上俭朴节约而人民却不富足，虽然操心勤勉而国家却不强大。幸亏现在不是夷狄昌盛的时候，又没有尧、汤时代水涝旱灾的特殊灾情，所以天下无事已经超过了百年。虽然是人民努力的结果，但更多的是依赖了上天的帮助。原因是几代圣君相传，对上敬畏天命，对下敬畏人民，宽厚仁爱谦恭俭朴，忠恕诚恳，这是他们之所以获得上天帮助的缘故。

我私下认为，陛下身上具有圣明的资质，继承了无穷无尽的帝业，知道不能永远倚赖上天的辅佑，知道基业是不能轻忽懈怠、有始无终的，那么陛下大有作为的时候，就在今天了。微臣不敢轻易废止作为臣子应尽的辅佐陛下的职责而有所顾忌不敢直言，从而侥幸逃避因触怒天子而受到的惩罚。恩请陛下宽恕我并留心我说的话，那就是天下

人的福气了。恰当与否，诚请英明的陛下裁决。

【赏析】

宋神宗熙宁元年（1068年），王安石新任翰林学士，得到宋神宗特别召见。因为宋神宗即位以来一直想大有作为，又素闻王安石的才华，对他非常推崇，这一次频频向他询问治国之策，极尽真诚。君臣交谈之间，忽然宋神宗问王安石这样一个问题："祖宗守天下，能百年无大变，粗致太平，以何道也？"当时王安石害怕出言不慎触犯龙威，就只简要浮浅地回答了一二，但回去后他思忖再三，作为一代忠臣的职责所在使他决定奏呈这篇《本朝百年无事札子》直言进谏皇上，以求明君能够及时纳言改变现状。

全文分两个部分。前一部分叙述并解释了从宋太祖至宋英宗这百余年间国内太平无事的情况和原因，为后半部分揭露社会积弊埋下了伏笔，使文章前后呼应，衔接自然；后一部分表面上是在为大宋朝歌功颂德，但暗中却深刻而尖锐地揭示了当时在太平景象掩盖下危机四伏的社会现状，指出因循守旧的危害，说明了变法改革的必要性和迫切性，这也正是全文的重心。这无异于为他第二年开始的变法运动吹起了一支前奏曲。

本文在写作特点上较为突出。

语言表达上谦恭委婉，极尽臣子之礼。情感表达恳切坦诚，可谓是以扬为抑，褒中有贬；在写作修辞手法方面，巧妙地运用了对偶、排比等手法，使字句音节铿锵，节奏明快；文章结构上组织严密，条理清晰，层次分明，论述晓畅充分，具有很强的说服力，不愧为历代奏议中的上乘之作。

与马运判书①

【原文】

运判阁下：比奉书②，即蒙宠答③，以感以怍④。且承访以所闻⑤，何阁下逮下之周也⑥！尝以谓方今之所以穷空，不独费出之无节⑦，又失所以生财之道故也。富其家者资之国⑧，富其国者资之天下，欲富天下则资之天地。盖为家者⑨，不为其子生财，有父之严而了富焉，则何求而不得？今阖门而与其子市⑩，而门之外莫入焉，虽尽得子之财，犹不富也。盖近世之言利虽善矣，皆有国者资天下之术耳，直相市于门之内而已。此其所以困与⑪？在阁下之明，宜已尽知，当患不得为耳⑫。不得为，则尚何赖于不肖者之言耶⑬？

【注释】

①马运判：马遵（1011—1057年），字仲涂，饶州乐平（今江西乐平）人。仁宗景祐元年（1034年）进士。历洪州奉新县令，以监察御史为江、淮发运判官，迁殿中侍御史，为江淮、荆湖、两浙制置发运副使。入为言事御史，出知宣州，至和元年（1054年），为京东路转运使。又为右司谏、知谏院。嘉佑二年（1057年），以吏部员外郎兼侍御史知杂事，改吏部，直龙图阁，卒。《宋史》卷三百二有传。其人"性乐易，善议论，其言事不为

激讦，故多见推行。”运判：制置发运判官的简称。

②阁下：意思是指对别人的尊称、敬辞，用来称呼对方，多用于书信中。比：近，近来。奉：进献，呈送。

③宠答：宠爱地回复。对上司回信答复的客气说法。

④以感以怍（zuò）：既感谢又惭愧。以：连词，又。怍：惭愧。

⑤访：询问。所闻：所听到的；所知道的。

⑥逮下：对待下属。逮：与，及。周：周全。

⑦费出：费用支出。节：节制。

⑧资之国：取资于国，以国为资。资：供给；资源。

⑨为家者：管家的人，一家之主。为：管理。

⑩阖（hé）门：关门。市：交易，买卖。

⑪与：同“欤”，表示疑问语气助词。

⑫当：正在这时候。患：担心，担忧。耳：文言助词。而已，罢了。

⑬尚：还。不肖者：不贤的人。这里是作者的自谦之辞。

【译文】

运判阁下：前不久奉上一封信，承蒙您的厚爱，现在立即回信答复，我此刻又感激又惭愧。又承蒙您询问所听到的情况，阁下您对待下属是何等的周到啊！我曾认为，现在国家财政穷困虚空的原因，不单单是费用支出没有节制，另外，还有失去生财之道也是一个原因。家庭的富足取自于国家的资源富足，国家的富足取自于天下百姓的供给富足，要使天下百姓供给富足，就要取自于天地自然的资源富足。作为一家之主，可悲的是不会管理他的儿子谋算钱财，其实有了父亲的严格管教，儿子自然就会出去谋取生财之道，还哪有什么需求不能得到的呢？如今关起门来和自己的儿子做买卖，而门外的财富一点也进不末，虽然完全获得了儿子的钱财，但他的家里还是没有增加财富。近世以来，谈论财政收入的言论虽然算是很好了，但都不过是帝王索取天下百姓财富的方法而已，这只不过是像父子关在自家门内做买卖一样罢了。这大概就是国家穷困虚空的原因吧？阁下您这样精明，应该早就完全知道了，这时候您所担心的是不能做到罢了。既然不能做到，那么我所说的这些话还有什么必要依赖呢？

【原文】

今岁东南饥馑如此①，汴水又绝②，其经画固劳心③。私窃度之④，京师兵食宜窘⑤，薪刍百谷之价亦必踊⑥，以谓宜料畿兵之驽怯者⑦，就食诸郡⑧，可以舒漕挽之急⑨。古人论天下之兵，以为犹人之血脉，不及则枯，聚则疽⑩。分使就食，亦血脉流通之势也。傥可上闻行之否⑪？

【注释】

①饥馑（jī jǐn）：灾荒。指因为粮食、果蔬歉收等引起的食物严重缺乏的状况。《尔雅·释天》："谷不熟为饥，蔬不熟为馑。"

②汴（biàn）水：当时从扬州通向汴京（今河南开封）的运河。绝：竭，干枯。

③经画：经营，筹划。

④私：我。窃：私下。度：估计。

⑤宜：应该，可能。窘（jiǒng）：困窘，穷困。

⑥薪刍（chú）：柴草饲料。刍：喂牲口的草。踊：大幅度上涨。

⑦畿（jī）兵：驻在京都的士兵。驽怯（nú qiè）：低劣胆怯，这里指老弱的士兵。

⑧就食诸郡（jùn）：分散到就近郡县解决给养。郡：古代行政区域，中国秦代以前比县小，从秦代起比县大。

⑨舒：舒缓，缓和。漕挽（cáo wǎn）：漕运，指水运和陆运。《资治通鉴·后晋天福六年》胡三省注："水运曰漕，陆运曰挽。"

⑩疽（jū）：中医指一种毒疮。即局部皮肤下发生的疮肿。

⑪傥（tǎng）：同"倘"，倘若，或许。

【译文】

今年东南各地灾荒如此严重，就连通往汴京的运河也出现干枯断流了，所以谋划处理这些问题固然要劳累心力、大伤脑筋。我私下里揣摩估计这件事，京都驻军的粮食应该已经很困难了，烧火的柴草、喂牲口的草料和谷物的价钱也一定会上涨。因此，我认为应当处理驻扎在京都士兵的粮食问题，暂时先把那些老弱残兵分散到各地，就地解决士兵的食物给养之事，这样就可以缓和水陆运输的紧急情况。古人议论天下的军队驻兵，认为就像人的血脉一样，流通不畅就会干枯，聚积在一起就会凝固成毒疮。如果将士兵分散到各地解决给养问题，也就像血脉流通的势头一样了。对于这个意见，倘若您可以报给上级听听，不知能否研究施行呢？

【赏析】

这篇文章是王安石写给上司马运判的一篇回信。当时王安石任鄞县知县，正赶上罕见的大旱饥荒之年，东南各地饥荒严重，就连承担来往汴京漕运的汴水也出现了干涸断流的现象，而此时国家财政也相当拮据，没有能力全部解决各地因灾荒引发的种种困难。面对上司马运判的询问，王安石在信中分析了国库虚空的原因所在，并提出了相应的建议。

他在信中指出了朝廷之所以出现财力穷困虚空的现象，不仅仅是由于朝廷的费用支出没有节制，更重要的是由于没有发展生产，开辟自然资源，从而造成平时储备不足。因此王安石提出了"欲富天下则资之天地"的观点，就是说，要通过开发大自然发展生产来增加国家财富，这同当时大官僚顽固派认为"天地生财,只有此数"的观点是针锋相对的。

文中运用比喻手法来增强论点的说服力,巧妙地用父亲关起门来跟儿子做买卖设比,给那些顽固派以辛辣的讽刺,增强了文章的趣味性,同时暗示当时的形势亟待采取具体改革措施的迫切性。文章层层深入,善于运用顶针修辞方法,把小家、国家、天下人民的富足与开发自然资源发展生产的关系串联在一起进行阐述,形象透彻,言简意赅,充分体现了王安石文章通俗流畅、锋利强劲的艺术风格。

上杜学士言开河书①

【原文】

十月十日,谨再拜奉书运使学士阁下②:某愚不更事物之变③,备官节下,以身得察于左右④。事可施设,不敢因循苟简⑤,以孤大君子推引之意,亦其职宜也。

鄞之地邑⑥,跨负江海,水有所去,故人无水忧。而深山长谷之水,四面而出,沟渠浍川⑦,十百相通。长老言钱氏时⑧,置营田吏卒,岁浚治之⑨,人无旱忧,恃以丰足⑩。营田之废,六七十年,吏者因循,而民力不能自并⑪,向之渠川,稍稍浅塞,山谷之水,转以入海而无所潴⑫。幸而雨泽时至,田犹不足于水,方夏历旬不雨,则众川之涸⑬,可立而须⑭。故今之邑民最独畏旱⑮,而旱辄连年⑯。是皆人力不至,而非岁之咎也⑰。

【注释】

①杜学士:杜杞(1005—1050年),字伟长,金陵(今江苏南京)人。一说常州无锡(今属江苏)人。荫补将作监主簿。强敏有才,行强记,博

览书传，通阴阳数术之学。官至天章阁待制，充环庆路兵马都部署、经略安抚使，知安庆。

②运使：即转运使。宋初为集中财权，置都转运使。转运使负责一路或数路财赋，并负有督察地方官吏的职权。其后职掌扩大，成为府州以上的行政长官。

③更：经历，经过。

④节下：麾节之下，意谓属下。左右：本指上司左右之人。因不便直呼上司而呼对方左右之人，以示尊敬。

⑤因循：照旧不改，引申为拖沓之意。苟（gǒu）简：苟且、简慢。

⑥鄞（yín）：古地名，春秋时属越国，即今浙江省鄞县。

⑦沟渠（gōu qú）：指为灌溉或排水而挖的水道的统称。浍（kuài）：田间水沟。

⑧钱氏：五代时的吴越王。当时，杭州临安（今属浙江）人钱镠（liú）占领江浙一带地区，自称吴越王。后来传至钱俶时，降宋。立国前后共七十二年（907—978 年）。

⑨营田：屯田。文中指官家招收破产农民，给予房舍，为之种田。吏卒：营田之事的管理者。岁浚（jùn）治之：每年都对这里进行挖掘疏通治理。浚：疏通，挖深。

⑩恃（shì）：依赖，仗着。

⑪自并：自己合并力量。

⑫潴（zhū）：水停聚的地方。文中指蓄水。

⑬涸（hé）：水干，干涸。

⑭可立而须：站在那儿就可以等到，形容时间不要很久。须：等待。

⑮邑（yì）民：州县的百姓。

⑯辄（zhé）：就，总是。

⑰岁：岁时，天时。咎（jiù）：过错，过失，罪过。

【译文】

十月十日，下官王安石谨再拜奉书于转运使学士阁下：王某愚钝，不懂得事物的变迁，在阁下的麾节之下担任属官，身在阁下的监察之下，凡事应该积极改建休整，绝对不敢依照旧历敷衍了事苟且度日，不敢辜负阁下对我推荐提拔的好意，这也是我自己的职责所在。

鄞县地域，跨越甬江、背面临海，水有可以散去的地方，所以这里的人民没有洪水的忧患。而且深山长谷里的水，从四面八方奔涌而出，充满沟渠河流，处处相通。当地年长的人说吴越钱氏时期曾经设置过营田吏卒，每年都要进行疏导开挖进行治理，百姓没有干旱的担忧，也就能依靠这些得到良好的收成。从营田吏卒被废止到现在已经有六七十年了，当官的依照旧历循规蹈矩、苟且偷生，依靠百姓自身的能力又不能自行解决，因此以往用于灌溉的条条沟渠河流，渐渐都被淤塞了，山谷里的水，转而流向大海而无法截留储蓄。侥幸雨水应时，但田地里的水还是不够用，夏季里如果十多天不下雨，那河流中的水很快就干涸，而田地却需要立即灌溉。所以，现在鄞县的百姓最怕干旱，可偏偏又赶上近年总是连年干旱。所有这些问题，都是因为人力没有解决，并非连年收成不好的罪过。

【原文】

某为县于此，幸岁大穰①，以为宜乘人之有余，及其暇时，大浚治川渠，使有所潴②，可以无不足水之患。而无老壮稚少，亦皆惩旱之数③，而幸今之有余力，闻之翕然④，皆劝趋之，无敢爱力⑤。夫小人可与乐成，难与虑始。诚有大利，犹将强之，况其所愿欲哉！窃以为此亦执事之所欲闻也⑥。

伏惟执事，聪明辨智，天下之事，悉已讲而明之矣，而又导利去害，汲汲若不足⑦。夫此最长民之吏当致意者，故辄具以闻州，州既具以闻执事矣。顾其厝事之详⑧，尚不得彻，辄复条件其详以闻⑨，唯执事少留聪明⑩。有所未安，教而勿诛⑪，幸甚。

【注释】

①穰（ráng）：指丰收。

②浚（jùn）治：疏浚，治理。潴（zhū）：水停聚的地方。

③惩：苦于。

④翕（xī）然：和顺、应和的样子。

⑤爱力：舍不得出力。

⑥执事：本指上司左右办事的人员，文中用以尊称对方。用法同"左右"。

⑦汲汲（jí jí）：急忙的样子。《汉书·扬雄传》："不汲汲于富贵，不戚戚于贫贱。"

⑧厝（cuò）事：措办事情。厝：通"措"，措置。

⑨详：具体情况。

⑩少留聪明：稍稍留心。聪明：良好的视觉和听觉。

⑪勿：不要。诛：责备。

【译文】

王某在这地方担任知县，万幸的是近几年风调雨顺，收成很好。下官认为应该趁着百姓生活丰裕，等到农闲的时候，大力开展修治河渠的工作，使水源能有所积蓄，这样就可以改变水源不足的忧患。不论男女老少，也都应该以近几年连连干旱为教训，幸而今年又遇到丰年而没有饥荒之苦，百姓都能有富余的精力，听到这个消息后大家定会欣然顺从，都能彼此劝说前往，没有人敢偷懒吝惜力气。自古以来，那些小人只能与他们共享成功的欢乐，却很难和他们开始协力创业。如果确实有大利益时，还得强迫他们才行，更何况是让他们出于自愿呢？所以下官私下认为，他们能有这样的热情也是阁下最愿意听到的。

我私下认为，转运使阁下聪明辨智，天下之事，小到可以无毫发之间，大到无穷无尽全都已经熟悉明白了，而对于趋利以避害之事，总是急于去办而唯恐力量不足没有办好。目前，这开河引渠之事正是身为百姓父母官最应该尽早致力去办的事情，所以我立即写成文书呈报到州衙，知州大人也应该将文书呈报给阁下了。只是这具体如何动工的方案措施，还没有彻底陈述清楚，故而另外逐项写明以此呈报阁下，只希望阁下稍稍留心，多方察看。如有不妥之处，还希望您有所指教而千万不要责罚，那便是下官我最大的幸运了。

【赏析】

本文是庆历七年（1047年）北宋文学家王安石调任鄞县知县后不久，写给自己上司杜学士的一封信。首先，王安石从鄞县的特殊地理形势入手，指出这里因跨江临海，沟渠纵横、雨水难积，因而不怕水涝、只怕遭遇旱灾的地理特点，并根据鄞县的地理条件，分析了当地的水利情况，阐明了兴修水利的重要性。他认为要想战胜旱灾，获得农业丰收，就必须动员百

185

姓，发挥人力的作用，兴办农田水利，整治失修的河道，表达了"人定胜天"的思想。

在这封信里，作者深入剖析了鄞县致旱的原因与当地人民的心理和愿望。开头一段，他不仅表示了对上级的谦恭和感激，更主要的是表明自己要尽职尽责、为民兴修水利的为官态度，这也是下文提出兴修水利的出发点。

其次分析鄞县治水的历史，把致旱的主要原因归结于"人力有所不至"。于是，文章的第三段就正面提出了"浚治川渠，使有所潴"的开河主张。他详细叙述了修渠开河的三个有利条件：一是有了一定的物质基础，在丰年之后，人民衣食丰足，财力有余；二是正值农闲之时，这时候人民体力有余，能动性颇高；三是列举正反两方面的历史教训，尤其阐明深受大旱之苦所带来的危害，人民因此对兴修水利的积极性很高，有利于兴建顺利进行。作者以神采飞扬的笔调，浓重地渲染了鄞县乡民对兴修水利的高度热情，从而使读信人深受感染，达到上书言事的目的。全文内容充实，逻辑清晰，说理透辟，体现出一位勤于民事的地方官吏的精神风貌。

回苏子瞻简①

第三部分 文

【原文】

　　某启：承诲喻累幅②，知尚盘桓江北③，俯仰逾月④，岂胜感怅！得秦君诗⑤，手不能舍，叶致远适见⑥，亦以为清新妩丽，与鲍、谢似之⑦。不知公意如何？余卷正冒眩，尚妨细读，尝鼎一脔⑧，旨可知也。公奇秦君，数口之不置⑨；吾又获诗，手之不舍。然闻秦君尝学至言妙道，无乃笑我与公嗜好过乎⑩？未相见，跋涉自爱⑪。书不宣悉⑫。

【注释】

　　①苏子瞻：即苏轼（1037—1101年），号东坡居士，眉山（今属四川）人。苏洵子。嘉祐二年（1057年）进士。神宗时曾知密州、湖州、徐州。因诗中对王安石及其新法有讽刺之意，元丰二年（1079年）以"文字毁谤君相"的罪名下狱，被贬为黄州团练副使。哲宗元祐（1086—1094年）初，任翰林学士、礼部尚书，后出知杭州，绍圣（1094—1097年）初，贬谪惠州、儋州。最后北还，病死在常州。追谥号文忠。

　　②诲喻：教诲开导。累幅：文字多幅。

　　③盘桓：逗留，徘徊。

　　④俯仰：一俯一仰之间。本指时间很短。此处意为时间过得很快。

　　⑤秦君：指秦观（1049—1100年），字少游，一字太虚，号淮河居士。高邮（今属江苏）人。神宗元丰八年（1085年）登进士第。曾任秘书省正字，兼国史馆编修官等职。因政治上倾向于旧党，被视为元祐党人，绍圣

年后累遭贬谪。文辞为苏轼所赏识，是"苏门四学士"之一，北宋婉约词大家。

⑥叶致远：即叶涛（1050—1110年），字致远。处州龙泉（今属浙江）人。神宗熙宁六年（1073年）进士。叶涛系王安石之弟王安国女婿。大力支持王安石变法，改革政务，颇得臣民赞颂。王安石退居金陵时，叶涛跟从王安石学文词。

⑦鲍、谢：指鲍照、谢朓。鲍照（？—466年），字明远，东海郡兰陵（今山东省兰陵县）人。南朝宋文学家，与颜延之、谢灵运合称"元嘉三大家"。家世贫寒，文辞赡逸。初为临川国侍郎，迁秣陵县令，官至中书舍人。谢朓（464—499年），字玄晖，汉族，陈郡阳夏（今河南太康县）人。南朝齐杰出的山水诗人，出身高门士族，与"大谢"谢灵运同族，世称"小谢"。

⑧冒眩：头昏眼花。脔（luán）：切成小片的肉。

⑨数：屡次。口之不置：张口说个不停。赞不绝口之意。口：讲说。

⑩无乃：莫非，岂非。嗜好（shì hào）：指特别爱好（多用于贬义）。

⑪跋涉（bá shè）：跋山涉水。形容旅途艰苦，十分艰难，此指奔走劳碌。

⑫宣悉：详尽言说。宣：周遍。

【译文】

敬请苏先生亲启：承蒙您多次寄来书信教诲，得知您近期还在江北仪真逗留，转眼之间一个多月过去了，我的心里感到无比惆怅！看到您推荐给我的秦观诗作，我爱不释手，还有叶致远对其诗作的见解很是恰当，他也认为秦观的诗清新秀丽有风致，这与鲍照、谢朓的诗风十分相似。不知道您意下如何？我阅览秦观的诗卷，尽管因为病老之身头晕眼花，还是没有妨碍我仔细阅读，就好像从鼎中取出一片肉来品尝，那其中的美味全都可以知晓了。您特别欣赏秦观，对他的奇妙诗作总是赞不绝口，我如今获得他的诗，也是爱不释手。然而又听您说秦观曾经博览史传、通晓佛书、讲习医药、明练法律等，秦观不以擅写诗词而满足，如果我们仅仅欣赏他的诗作，岂不是让人笑话我和您的嗜好有些过分了吗？未曾和您相见，您登山涉水旅行辛苦，请照顾好自己。恕我在此书信中不能详尽叙说忘年之意。

【赏析】

宋神宗元丰七年（1084年），苏轼从黄州（今湖北黄冈）路过金陵时曾与王安石相见，两个人咏诗谈佛，彼此非常投缘，一起游览观光流连忘返。二人分别后，苏轼给王安石写了一封信，信中向王安石推荐了诗人秦观的作品，这篇短文就是王安石的回信。

王安石在回信中首先表达了自己与苏轼分别后的惆怅思念之感，随后称赞了秦观的诗，同时以叶致远对秦观诗作的评论加以肯定，其中概括秦观的诗风格"清新妩丽，与鲍、谢似之"，虽然字迹不多，但颇为中肯贴切，表达了自己对之赏爱之意乃至"手不能舍"的心情，可谓是情真意浓。此时王安石对秦观说出品评之语，并征求苏轼意见，足见二人评学衡文，文学爱好相近之谊。王安石在书简行文中所表现出来的喜悦、赞叹之情溢于字里行间。从此信中"公奇秦君，数口之不置，吾又获诗，手之不舍"寥寥数语，可见两位文坛巨匠热忱奖掖后进，善于慧眼识人才如出一心。此篇书简情味隽永，有思想、有情致，堪称苏、王二人翰墨交谊的力证，使人能在此行文落墨之中体味文坛大家相互敬重、珍惜友谊、能够坦然释怀的高贵品质。

灵谷诗序

【原文】

吾州之东南有灵谷者①，江南之名山也。龙蛇之神，虎豹、翚翟之文章②，楩楠、豫章、竹箭之材③，皆自山出。而神林、鬼冢、魑魅之穴④，与夫仙人、释子、恢诡之观⑤，咸付托焉。至其淑灵和清之气⑥，盘礴委积于天地之间⑦，万物之所不能得者，乃属之于人，而处士君实生其址⑧。

【注释】

①灵谷：即灵谷山，道教名山。在江西临川距离郡邑三十里。

②翚翟（huī dí）：羽毛五彩的长尾野鸡。翚：有五彩羽毛的雉鸡。翟：长尾山鸡。

③楩楠（pián nán）：楩，树名，即黄楩木。楠：树名，即楠木。两者都是南方生的优质树种。豫章：树名，即樟木。竹箭：泛指竹子。

④冢（zhǒng）：坟墓。魑魅（chī mèi）：古代传说中山泽的鬼怪。

⑤释子：对出家僧人的统称。恢诡（huī jué）：即"恢恑憰怪（huī guǐ jué guài）"，为离奇怪异之意。

⑥淑灵：美好灵秀。和清：温和清朗。

⑦盘礴：同"磅礴"，广大无边。委积：积聚。

⑧处士：古代称那些有才德而不仕的人为处士。处士君：这里指王安石的舅父吴氏。址：地址，此指灵谷山的山脚下。

【译文】

我的故乡抚州东南有一座灵谷山，那是江南的名山。那里有神奇的龙蛇传说，还有虎、豹和长着五彩羽毛的长尾野鸡，梗楠木、樟木、竹子等珍贵的木材与植物都出自于这座大山里。而神仙居住的深林、死鬼的坟墓、山泽鬼怪的洞穴，以及那些仙人、僧徒、离奇神异的景观，也都寄附在这里。至于其中美好灵秀而又温和清朗之气，都积聚在广大无边的天地之间，那些万物所不能得到的灵气，于是就都凝聚在了人的身上，而我的舅父吴处士就生活在这个地方。

【原文】

君姓吴氏，家于山址，豪杰之望①，临吾一州者②，盖五六世，而后处士君出焉。其行，孝悌忠信③；其能，以文学知名于时。惜乎其老矣，不得与夫虎豹、翚翟之文章，梗楠、豫章、竹箭之材，俱出而为用于天下。顾藏其神奇④，而与龙蛇杂此土以处也。

【注释】

①望：人所敬仰的，有名的。名门望族。

②临：到，及。

③孝悌（tì）忠信：儒家的道德标准，即孝敬父母、顺从兄长、忠于君主、为人守信。

④顾：反而。

【译文】

处士君为吴氏，一家人都住在山脚下，他生于豪杰名门望族，直到他这一代，已经超过了五六世，但后来处士君没有出仕为官。他的德行高，重在孝敬父母、顺从兄长、忠于君主、为人守信；他的才能卓然，在当时以文学卓著而知名。可惜他老了，不能和那些虎豹、长着五彩羽毛的长尾野鸡，还有那些梗楠木、樟木、竹子等灵谷山中的名贵物产一样，一起出来被天下所用。反而藏起他神奇的才能，而和那些龙蛇混杂之物相处在这个地方了。

【原文】

然君浩然有以自养①，遨游于山川之间，啸歌讴吟②，以寓其所好③，而终身乐之不厌，而有诗数百篇，传诵于闾里④。他日，出其《灵谷》三十二篇以属其甥曰："为我读而序之⑤。"唯君之所得，盖有伏而不见者⑥，岂特尽于此诗而已？虽然，观其镵刻万物⑦，而接之以藻缋⑧，非夫诗人之巧者，亦孰能至于此⑨？

【注释】

①浩然：指正大刚直之气。自养：自我修养。

②啸歌讴（ōu）吟：是歌唱吟咏的意思。

③寓：寄托。

④闾（lú）里：乡里。

⑤甥：王安石自称。王安石母家姓吴，居住在金溪（今属江西境内）。

⑥伏而不见：隐藏而没有显露出来。

⑦镵（chán）刻：绘绣刻画。

⑧藻缋（huì）：用优美华丽的语言藻饰。

⑨亦：也，又，还。孰：谁。

【译文】

然而处士君怀有正大刚直之气用来自我修养，他常常在这饱含灵气的山川之间遨游，高声放歌、快意抒怀吟咏，以此来寄托自己的喜好，而终身都是以此为乐，从不感到厌倦，而且还有数百篇诗作问世，都能在乡里传诵不衰。某一日，他拿出他的《灵谷》三十二篇来嘱咐他的外甥我说："解读一下我的诗并给它作一篇序文吧。"然而处士君所拥有的才华，还有很多隐藏起来而没有显露，又岂只是都在于这些诗作而已呢？虽然是这样，观察他在诗中如此绘绣刻画万物，而且还能继续用优美华丽的语言修饰，如果不是诗人的巧手，又有谁能达到这样的高度呢？

【赏析】

这篇诗序是王安石受其舅父吴氏之托而为其诗集所写的。庆历年间，王安石回故乡临川时，曾去过住在金溪的舅父家探望，本文大概就作于此时。

王安石的舅父吴氏住在抚州东南的灵谷山山脚下，他的诗集便以《灵谷》命名。文章首先以吴处士所居住的环境"灵谷"为切入点，然后顺次铺排，历数山中珍贵罕见的物产，衬托这座灵谷山的空灵优美、物产丰饶，从而凸显了灵谷山的灵气。接下来，王安石顺势指出这种灵气不单单滋养动植物，而且那些万物所无法得到的灵气全都凝聚在了万物之灵长的"人"身上，并用"而处士君实生其址"来引出这位卓尔不群的中心人物。

为诗集写序不从品评诗集内容入手，而是先从作者所居住的环境入手，并肆意渲染烘托灵谷山麓优美奇幻的自然环境和丰饶名贵的物产，这也正是这篇序文的独到之处。因为环境和人与诗的意境是深有关联的，王安石在此相互烘托，实则是在为赞美人物、评价诗歌埋下伏笔。所以接下来王安石主要叙述吴君的身世。先说吴处士生于豪杰之门，坚守"孝悌忠信"，再说他以文学知名于当时，隐约透露出吴处士空有满腹才华却不能"为用于天下"的遗憾。

最后王安石描述了吴君"浩然有以自养"，"遨游于山川之间"，"啸歌讴吟"的诗意生活，而似乎正是因为他终身都是以此为乐，从不感到厌倦，所以才有了闲情逸致使这数百篇诗作问世。如此自然而然便落到评论吴君的诗作上，然后着力称颂吴君的诗之妙，并点明诗集作者与自己的关系以及写这篇序文的起因。

纵观全文，这篇文章具有行文曲折、笔墨灵动、摇曳多姿、情致壮观的独特风格。文中善用比兴手法，将吴君与灵谷山珍奇稀有的物产相比，称赞了吴君的才华，表达出对舅父不能为天下所用的惋惜之情。

芝阁记①

【原文】

祥符时②，封泰山③，以文天下之平④，四方以芝来告者万数⑤。其大吏，则天子赐书以宠嘉之⑥；小吏若民，辄锡金帛⑦。方是时，希世有力之大臣，穷搜而远采；山农野老⑧，攀缘狙杙⑨，以上至不测之高，下至涧溪壑谷⑩，分崩裂绝，幽穷隐伏，人迹之所不通，往往求焉。而芝出于九州、四海之间⑪，盖几于尽矣⑫。

【注释】

①芝阁：为收藏灵芝而建的高阁。

②祥符：宋真宗年号（1008—1016年），全称"大中祥符"。

③封泰山：登泰山封禅。

④文：文饰，润色。

⑤芝：灵芝，一种菌类植物，古人认为它是祥瑞之物。

⑥宠嘉：恩宠和嘉奖。

⑦辄（zhé）：就，便。锡：同"赐"。

⑧野老：村野老人。

⑨狙杙（jū yì）：像猴子一样攀着小木桩，形容行动敏捷。狙：猕猴；杙：小木桩。

⑩壑（hè）：坑谷，深堑。

⑪九州：本指中国古代行政区域，后泛指全中国。四海：指中国四周的海疆，后泛指全国各地。

⑫盖：大概。几：几乎，接近。矣：了。

【译文】

宋真宗祥符年间，真宗皇帝登上泰山举行封禅仪式大典，以此来文饰天下太平，因此全国各地有上万人拿着灵芝来朝廷进献。对于那些进献灵芝的高级官吏，天子便赏赐书籍来表示恩宠和嘉奖他们；对于那些低级官吏和普通百姓，天子便赏赐给他们金银布帛。当时，在朝中迎合世俗、掌握权力的重臣，便派人到远方去采摘，而且尽力搜寻上等灵芝；那时候山区农民、乡野老农纷纷像猴子一样攀援山上的树桩，登上高不可测的山崖，下到山涧峡谷深处，还有崩裂的山峰、断裂的地层深处，偏僻荒凉而又遥远隐蔽的地方，或者人迹罕至之处，往往都被他们搜寻遍了。这样一来，九州四海之内所产的灵芝，几乎都被采摘尽了。

【原文】

至今上即位①，谦让不德②。自大臣不敢言封禅，诏有司以祥瑞告者皆勿纳③。于是，神奇之产，销藏委翳于蒿藜榛莽之间④，而山农野老不复知其为瑞也。则知因一时之好恶，而能成天下之风俗，况于行先王之治哉？

①今上：当今皇上，指宋仁宗赵祯（zhēn）。

②谦让：指谦虚地礼让或退让。不德：不自以为有德，不以德行自居。

③纳：收入，接受。

④销藏委翳（yì）：消失隐藏、埋没遮蔽。蒿藜榛莽（hāo lí zhēn mǎng）：统称野草灌木。

【译文】

当今仁宗皇帝登上皇位以后，为人谦虚礼让，不以德行自居。所以，从大臣以下不敢再提泰山封禅这件事了，并且皇帝命令有关官员，凡是以奉献吉祥之物为名上报朝廷的，一律不许接纳。就这样，所有神异珍奇的物产，都被消失隐藏、埋没遮蔽在蒿藜野草、树丛灌木之中了，而如今那些山村野老不再知道这些东西是什么吉祥之物了。如此可以知道，只因为皇帝一时的喜好或厌恶，就能形成天下的风俗，何况是实行先王的治理方法呢？

【原文】

太丘陈君①，学文而好奇。芝生于庭，能识其为芝，惜其可献而莫售也②，故阁于其居之东偏③，掇取而藏之④，盖其好奇如此。噫！芝一也⑤，或贵于天子，或贵于士，或辱于凡民⑥，夫岂不以时乎哉？士之有道，固不役志于贵贱⑦，而卒所以贵贱者，何以异哉？此予之所以叹也。皇祐五年十月日记。

【注释】

①太丘：地名，治所在今河南省永城市太丘镇。

②售：本指卖出，这里指献纳给朝廷。

③阁：建造楼阁。

④掇（duō）取：拾取。

⑤芝一也：作为灵芝，过去和现在都是一样的。一：同一，同样。

⑥辱：埋没。

⑦役（yì）志：让志向受……驱使。

【译文】

　　太丘人陈君，学习文章而又喜好搜寻珍奇之物。灵芝在庭院中生长出来，他能很快认出这是灵芝，因为惋惜灵芝可以献上朝廷但朝廷却不接受，于是，他在自己住宅的东边修建起一座楼阁，把采摘到的灵芝都收集到一起，然后放在楼阁中收藏起来，他喜爱珍奇之物竟然到这样地步。唉！作为灵芝，从过去到现在都是一样的，但有的灵芝被天子所珍贵，有的灵芝被士人所珍贵，而有的灵芝却被普通百姓轻视辱没，这难道不是因为时运不同吗？具有道德修养的士人，固然不会将心志用在尊贵和卑贱方面，但是最终还是有尊贵和卑贱差别的，这同灵芝的遭遇又有什么区别呢？这正是我之所以要感叹的原因啊。皇祐五年十月某日记。

这篇文章约作于北宋皇祐五年（1053 年）。文中首先叙述了宋真宗大兴"祥瑞"之说，不惜兴师动众在泰山举行封禅仪式大典，以致举国上下遍地搜求灵芝敬献皇上，使百姓苦不堪言。不难想象，在这样一场争着敬献祥瑞之物的盛况下，因为灵芝而得宠，不论才能高低便能立即显贵的情况不言而喻。在大臣与贫苦山农的两相对照中，使读者看到灵芝给不同的人们所带来的悲喜苦乐的命运是完全不同的，从而含蓄地表现了作者对人民疾苦的同情；紧接着，写到了宋仁宗即位后，皇上鉴于前代教训，从而标榜节俭、禁献祥瑞，不以封禅泰山来文饰太平。然后，通过描述灵芝这宝物，在宋真宗时代身价百倍和在宋仁宗时期无人问津这样截然不同的遭遇，与士大夫在皇上面前进退遇合的命运联系在一起，表达了灵芝此刻的遭遇正是当世士人命运的象征，从而蕴含了王安石对当时朝廷用人政策的不满；最后写太丘陈君家庭院里长出灵芝来，因为他甚为爱惜，所以建阁于居室东侧"掇取而藏之"。行文至此，才回应文题"芝阁记"，进而呼应全文。

全篇围绕灵芝的贵贱变化而展开议论，时而叙事，时而感慨，其文章内涵深刻，令人忍不住为当时社会的士人怀才不遇而唏嘘不已。

王逢源墓志铭①

【原文】

呜呼！道之不明邪②，岂特教之不至也③，士亦有罪焉。呜呼！道之不行邪，岂特化之不至也④，士亦有罪焉。盖无常产而有常心者⑤，古之所谓士也。士诚有常心，以操圣人之说而力行之⑥，则道虽不明乎天下，必明乎己；道虽不行于天下，必行于妻子⑦。内有以明于己，外有以行于妻子，则其言行必不孤立于天下矣。此孔子、孟子、伯夷、柳下惠、扬雄之徒所以有功于世也⑧。

【注释】

①王逢源：北宋诗人，名令，字逢源。布衣终生，才华卓荦，有《广陵先生文集》。其诗或述自己苦难生活，或叹苍生而泪垂，语言粗犷，风格劲健，颇受韩愈影响。王安石于他去世同年九月撰写了本文。

②道：道义，这里指儒家思想学说。明：彰明。邪（yé）：古同"耶"，疑问词。

③岂特：不但，不仅。

④化：教化。

⑤常产：固定的产业。常心：即恒心，指不变的心志、意志。语出《孟子·梁惠王上》："无恒产而有恒心者，惟士为能。"因避真宗赵恒讳，改"恒"为"常"。

⑥诚：果真。操：操守，能坚持自己认为正确行为的一种品德。这里用作动词。

⑦妻子：妻和子女。

⑧伯夷：商末孤竹君长子，武王灭商后，与弟叔齐逃到首阳山，不食周粟而死。柳下惠：姓展，名获，字禽。春秋时鲁国大夫。食邑在柳下，谥惠。以善于讲究贵族礼节著称。扬雄：西汉文字家、哲学家、语言学家。字子云，蜀郡成都人。批判老庄"绝仁弃义"观点，主张一切言论均应以"五经"为准则。

【译文】

唉！道义不能得到阐明，这哪里只是教诲不足才到如此地步的呢，士人也是有过错的啊。唉！道义不能顺利通行天下，这哪里只是教化不足才到如此地步的呢，士人也是有过错的啊。那没有固定的产业却有坚定不移意志的人，就是古代所说的士人了。士人确实有坚定不移的心志去坚持圣人的学说，而且还能努力去实行它，那么，道义即使不能明了于天下，也必定会明了于自己；道义即使不能推行于天下，也必定能推行于自己的妻子、子女。对内自己能清楚明白这些道理，对外能有妻子子女以此遵守执行，那么他的言论行为就一定不会在天下被孤立了。这就是孔子、孟子、伯夷、柳下惠、扬雄这些人对天下世人有贡献的缘故了。

【原文】

呜呼！以予之昏弱不肖①，固亦士之有罪者，而得友焉。余友字逢源、讳令②，姓王氏，广陵人也。始予爱其文章，而得其所以言；中予爱其节行，而得其所以行；卒予得其所以言，浩浩乎其将沿而不穷也③；得其所以行，超超乎将追而不至也④。于是慨然叹以为可以任世之重而有功于天下者，将在于此，予将友之而不得也⑤。呜呼！今弃予而死矣，悲夫！

【注释】

①昏：愚昧软弱，糊涂。不肖：不贤。

②讳：封建时代称死去的帝王或尊长的名。

③浩浩：水广大的样子。沿：顺水道而下。

④超超：遥远的样子。

⑤友之：以之为友。

【译文】

　　唉！像我这样愚昧糊涂的不贤之人，本来也是和那些士人一样是有过错的，但却有幸得到了一个志同道合的好朋友。我的朋友，字逢源，名讳为令，姓王，他是广陵人。开始我因为喜欢他的文章，所以就懂得了他为什么那样说；中间交往时我敬爱他的节操品德，就知道他为什么那样做；最后我懂得了他所说的所有内容，就像浩浩荡荡的江河顺流直下而没有尽头；懂得了他之所以这样做的缘故，遥远得想要去追赶他都追不上了。于是我忍不住喟然感叹，认为可以担任天下的重任并能对社会做出贡献的就在这个人身上，我将要把他当作永远的朋友却再也不能得偿所愿了。唉！现在他竟丢下我而仙逝了，这是多么令人悲痛啊！

逢源，左武卫大将军讳奉谭之曾孙，大理评事讳珙之孙①，而郑州管城县主簿讳世伦之子。五岁而孤，二十八而卒，卒之九十三日，嘉祐四年九月丙申，葬于常州武进县南乡薛村之原。夫人吴氏，亦有贤行，于是方娠也②，未知其子之男女。

铭曰：寿胡不多③？天实尔啬④。曰天不相⑤，胡厚尔德⑥？厚也培之，啬也推之，乐以不罢，不怨以疑。呜呼天民⑦，将在于兹⑧！

【注释】

①大将军讳奉谭（yīn）：即大将军王奉谭，王逢源曾祖父。珙（gǒng）：王珙，是王令的祖父。

②吴氏：王安石妻子的堂妹。娠（shēn）：指怀孕。

③胡：何，何故。表疑问。

④尔：这样。啬（sè）：吝啬，小气，该用的财物舍不得用。

⑤相：帮助，辅助。

⑥厚：充实，优厚。

⑦天民：先知先觉的人。

⑧兹（zī）：这里。

【译文】

王逢源是左武卫大将军王奉谭的曾孙，是大理评事王珙的孙子，是郑州管城县主簿王世伦的儿子。王逢源五岁便成了孤儿，二十八岁就早逝，死后九十三天，嘉祐四年九月丙申日，埋葬在常州武进县南乡薛村的田野里。夫人姓吴，也有贤良的品行，她此时正怀有身孕，还不知道她的腹中怀的是男是女。

铭文如下：你的寿命为什么不长？上天对你实在太吝啬。如果说上天不肯帮助你，为什么又给你那么多好品行？上天给你厚恩，培养了你美好德行，转而又吝啬地将你抛弃。你却乐而不止，不怨不疑。唉！上古所说的"先知先觉的人"就在这里！

【赏析】

这是王安石为悼念友人王令（字逢源）而作的一篇墓志铭。王逢源是一位具有进步思想和渴望建功立业的青年诗人，可惜他不幸英年早世。王安石在"痛念之无穷"的情况下写了这篇至情铭文，意在对王逢源不为世所用的命运深感不平，更是惋惜他高才早亡的命运。

本文具有强烈的抒情色彩。文章开端提笔唱叹，横空发议，指出世道不明，士大夫沉没利欲。王安石回顾了自己与王逢源的交往过程，赞扬王逢源是深受孔子、孟子、伯夷、柳下惠、扬雄等圣贤思想教化的优秀贤士，而且王逢源的文采以及他安贫守道的精神更是令人赞叹有加。通过这些描写来反衬王逢源虽饥寒穷困却不改其操守的亮节高行；接下来，王安石很谦虚地以自己不可企及的仰慕之情反衬王逢源高过世人的品行，并且对于痛失知己好友而感到无比惋惜；然后写出他的家世，虽然是官宦世家，但其父早亡世道中落，而如今他也英年早逝，如此孤寂的身世

已经够苦，而他贤淑的妻子也将在抚养遗孤的困苦中生活，怎不令人悲叹不已；最后的铭文更是一纵一收，跌宕沉郁，文字简洁而又笔笔腾涌，使文章凸显一种奇崛之气，而不平的悲慨从错综变化的句法中时时显现，有力地抒发了作者心中可痛、可叹、可敬、可惜的悲怜之情。

度支副使厅壁题名记①

【原文】

三司副使②，不书前人名姓。嘉祐五年，尚书户部员外郎吕君冲之③，始稽之众史④，而自李纮以上至查道⑤，得其名；自杨偕以上⑥，得其官；自郭劝以下⑦，又得其在事之岁时。于是，书石而镌之东壁⑧。

【注释】

①度支副使：宋代官名，掌财计，后改为三司副使。

②三司副使：三司是宋朝中央财政机构，包括盐铁、度支、户部三个部门。以三司使一人总领政事，三部各设副使一人，称为"三司副使"，是本部主管长官。

③吕君：吕景初，字冲之。开封酸枣（今河南延津）人。以户部员外郎兼侍御史知杂事，判都水监，嘉祐四年至六年间（1059—1061 年）改度支副使。

④稽（jī）：考察。众史：指宋代开国以来有关三司的资料文献。

⑤李纮（hóng）：字仲纲，宋州楚邱（今河南滑县东）人。历梓州、陕西、河北路转运使，迁侍御史知杂事，后改迁任三司度支副使。查道：字湛然，歙州休宁（今属安徽）人。宋代著名孝子，是任度支副使的第一人。

⑥杨偕：字次公，坊州中部（今陕西黄陵东南）人。以尚书户部员外郎兼侍御史知杂事，判吏部流内铨。景祐三年初，担任度支副使。

⑦郭劝：字仲褒，宋郓州须城（今东平县）人。景祐三年（1036年），担任度支副使。

⑧镌（chán）：凿，刻。

【译文】

三司副使这个官职，从前是不记录历任官员姓名的。宋仁宗嘉祐五年，尚书户部员外郎吕冲之开始查找那些三司副使相关的史料，而从三司副使李纮以前，一直到查道，才得知第一任三司副使的名字；从杨偕以前，得知了他们的官阶；从郭劝以后，得知了他们的在任时间，于是，将他们的资料都记录下来并刻在了东边的墙壁上。

【原文】

夫合天下之众者财①，理天下之财者法，守天下之法者吏也。吏不良，则有法而莫守；法不善，则有财而莫理。有财而莫理，则阡陌闾巷之贱人②，皆能私取予之势③，擅万物之利④，以与人主争黔首⑤，而放其无穷之欲，非必贵强桀大而后能⑥。如是而天子犹为不失其民者，盖特号而已耳⑦。虽欲食蔬衣敝⑧，憔悴其身，愁思其心，以幸天下之给足⑨，而安吾政，吾知其犹不得也。然则善吾法，而择吏以守之，以理天下之财，虽上古尧、舜，犹不能毋以此为先急⑩，而况于后世之纷纷乎⑪？

【注释】

①合天下之众者财：统合天下的百姓，关键在于理财。

②阡陌（qiān mò）：田间的小路。东西叫阡，南北叫陌。这里代指乡间。闾巷（lǘ xiàng）：街巷，泛指乡里民间。闾：古代巷口的门。

③私：占有，垄断。取予之势：操纵财货的权利。取：买进或收进。予：卖出或散出。

④万物：指天下一切货物、土地等。

⑤黔（qián）首：战国及秦代对人民的称谓，后以此代指百姓。

⑥贵强桀（jié）大：指位尊势大者，贵族、豪强之类。与前面的"贱人"相对而言。

⑦特：只，仅仅。号：称号，指帝王之号。

⑧衣（旧读 yì）敝：穿破衣服。衣：穿衣。

⑨幸：希望。

⑩毋（wú）："不""不要""不可以"等意思。先急：当务之急。

⑪况：何况。纷纷：纷乱，此指时局混乱。

【译文】

能够统合天下的百姓，关键在于管理财力。管理天下财力依靠的是法律，能够捍卫天下法律的是官吏。如果官吏不称职，即使有法律却不能坚守；如果法律不完善，即使拥有财物却无法打理。如果拥有财物却无法打理，那么就算是田间街巷中身份卑贱的小人也都能

拥有操纵财物的权力，他们占有天下一切货物、土地等利益，依据这些来和皇帝争夺百姓，从而放纵他们无穷无尽的私欲，所以，不一定非要出身高贵、实力强大、素质优秀的人才可以称雄。这样一来，皇帝就算不失去他的百姓，大概也只是徒有虚名罢了。因此皇帝就算是吃素菜，穿破衣裳，面容憔悴，心里发愁，来让天下的百姓有幸获得足够的供给，使政治安定，我知道那是绝对不可能做到的。但如果能完善法律，挑选有能力的官吏来捍卫法律的实施，这样来管理天下财力，即使是上古的尧、舜二帝也不能不以此为当务之急的政事，更何况是时局混乱的后世呢？

【原文】

三司副使，方今之大吏，朝廷所以尊宠之甚备①。盖今理财之法，有不善者，其势皆得以议于上而改为之②。非特当守成法③，吝出入④，以从有司之事而已⑤。其职事如此，则其人之贤不肖，利害施于天下如何也！观其人，以其在事之岁时，以求其政事之见于今者，而考其所以佐上理财之方⑥，则其人之贤不肖，与世之治否，吾可以坐而得矣⑦。此盖吕君之志也⑧。

【注释】

①尊宠：指尊重宠幸。甚备：十分周到。

②势：地位，权力。上：皇帝。

③守成法：谨守现成法令，不知应变。

④吝（lìn）：吝惜，引申为紧缩。出入：开支。

⑤从有司之事：按照各有关部门的职责办事。

⑥考：考查。方：方法。

⑦坐而得矣：坐观厅壁题名，就可以知道。形容十分容易了解。

⑧盖：大概。

【译文】

三司副使是现在朝中的重要官员，因此朝廷对他们非常尊重宠信。如今朝廷制定管理财物的法律，若有不妥善的地方，他们就可以行使他们的权力建议皇上加以讨论并进行改革。而不仅仅是谨守现成的法令不知应变，只去紧缩开支，只按照法规做自己职责分内的事而已。他们的职责和事务如此重要，那么这些人的贤德或不肖，对国家有利还是有害是多么重要啊！考察这些三司副史，那就看他从到任的那一年开始直到今天的政绩表现，查核他用来辅佐皇上管理财物的策略方法是否妥善，那么这个人是否贤德或不肖，以及当世的政事是否得到治理，我们坐观厅壁题名就可以知道了。这大概就是吕君记录这些的用意所在吧。

【赏析】

这是王安石为度支副使厅壁题名之事而写的一篇文章。王安石在简略说明自己的写作缘由之后，详细阐述了财政管理这项工作及负责管理财政的三司副使这一职位的重要性，它甚至直接关系到江山社稷安危，进而提出要完善法制、选举贤德的人才去管理财力的主张。结尾点出了现任三司副使吕景初记录历任三司副使的用意和效果，呼应前文。整篇文章借题说理，文思开拓，善于开合，详略得体。文章一开始就叙述此次度支副使题名东壁之事的由来，脉络清晰，纪事简明，将"得名""得官""得其在事之岁时"三种情况的起止稍作说明。这一处理方式，表明了王安石意不在此，而在其他。很显然，王安石从民、财、法、吏四者的相互关联着眼，强调了理财、变法、择吏的重要性，提出了"善吾法，而择吏以守之，以理天下之财"的重要建议。王安石认为，要想有效控制天下财源，遏制兼并，维护最高统治者的长治久安，首要的措施就是实行"变法"，其次是"择吏"。由此可见，王安石所论，背景宏大，思虑深远。文章详略适宜，立论明确，论证严密。

上时政疏①

【原文】

年月日，具位臣某昧死再拜上疏尊号皇帝陛下②：

臣窃观自古人主享国日久③，无至诚恻怛忧天下之心④，虽无暴政虐刑加于百姓，而天下未尝不乱。自秦已下，享国日久者，有晋之武帝、梁之武帝、唐之明皇⑤。此三帝者，皆聪明智略有功之主也。享国日久，内外无患，因循苟且，无至诚恻怛忧天下之心，趋过目前⑥，而不为久远之计，自以祸灾可以无及其身，往往身遇灾祸，而悔无所及。虽或仅得身免，而宗庙固已毁辱⑦，而妻子固已困穷，天下之民固已膏血涂草野⑧，而生者不能自脱于困饿劫束之患矣。夫为人子孙，使其宗庙毁辱；为人父母，使其比屋死亡⑨，此岂仁孝之主所宜忍者乎？然而晋、梁、唐之三帝，以晏然致此者⑩，自以为其祸灾可以不至于此，而不自知忽然已至也。

【注释】

①上时政疏：关于时政的奏疏。疏：臣下向皇帝陈述政务的一种文体。

②具位臣：备位充数之臣。唐宋时，朝官在公文底稿上或文集里对自己官职等的简写。某：本是臣自称其名。在文稿或文集中亦省称某。昧死：冒死。古时臣下上书多用此语，以示敬畏。尊号皇帝：此处指宋仁宗。尊号：尊崇皇帝、皇后的称号。宋仁宗在天圣二年（1024年）、明道二年（1035年）等先后上尊号，如"景祐体天法道仁明孝德皇帝"。因为很长，所以这里是简称。

③享国：享有其国。指帝王在位。

④恻怛（cè dá）：忧伤、悲痛，或同情、哀怜。

⑤晋之武帝：即司马炎（236—290年），晋朝开国皇帝，他死后不久，全国就陷入分裂混战的局面。见《晋书·武帝本纪》等。

⑥趋过：度过。得过且过之意。

⑦宗庙：古代帝王祭祀祖先之处。封建王朝的象征。毁辱：遭受损毁或污辱。

⑧膏血：指人体的脂肪、血液。比喻用血汗换来的财富。涂：污染。草野：草木之野。

⑨比屋：屋舍相连。指家家户户。

⑩晏然：安然。很安逸的样子。

【译文】

某年某月某日，微臣王安石冒死再拜，现在上疏呈给尊敬的皇帝陛下：

我私下观察自古以来，国君在位的时间很久了，但如果没有真诚为天下担忧的意识，即使那暴政酷刑没有施加到百姓身上，天下也没有不发生战乱的。从秦代开始以后，在位时间较长的帝王有：晋武帝、梁武帝、唐明皇。这三位帝王，都是聪明而有智谋又有卓著功业的天子。而那些在位时间长了，对国内和国外没有忧患意识，只知道因循守旧、苟且偷生，没有真诚为天下百姓疾苦担忧的意识，只考虑得过且过地度过眼前的日子，而从来不做长远的打算，还自以为灾祸不会降临到自己身上的帝王，这样的帝王往往是自身遭遇灾祸时，后悔也来不及了。即使有时候自身可以免于遭难，可是国家固然已经受到了损毁和污辱，妻子儿女固然也遭受了贫穷而走投无路，天下的百姓固然也已经尸横遍野，而那些活着的人也时刻担心遭受饥饿和被抢劫的危险。作为先帝的子孙，却使宗庙遭到毁坏，受到污辱；身为天下子民的父母，却使百姓一家挨着一家地死去，这难道是仁孝的天子所应该忍受的吗？然而晋、梁、唐三朝帝王都是由于享受安逸而导致败亡，他们自认为那些灾祸不会降临，却不知道那些灾祸突然之间就已经到来了。

【原文】

盖夫天下至大器也①，非大明法度，不足以维持；非众建贤才，不足以保守。苟无至诚恻怛忧天下之心，则不能询考贤才②，讲求法度。贤才不用，法度不修，偷假岁月③，则幸或可以无他，旷日持久，则未尝不终于大乱。

伏惟皇帝陛下，有恭俭之德，有聪明睿智之才④，有仁民爱物之意。然享国日久矣，此诚当恻怛忧天下，而以晋、梁、唐三帝为戒之时。以臣所见，方今朝廷之位，未可谓能得贤才；政事所施，未可谓能合法度。官乱于上，民贫于下，风俗日以浇薄⑤，财力日以困穷；而陛下高居深拱⑥，未尝有询考讲求之意。此臣所以窃为陛下计，而不能无慨然者也⑦。

【注释】

①大器：本指重要宝贵的东西。此处喻指国家。

②询考：咨询、考核。

③偷：偷安，苟且。

④聪明睿智：指聪颖明智，形容具有很高的智慧。

⑤浇薄：社会风气浮薄，不淳朴敦厚。

⑥深拱：本指帝王敛手安居，无为而治。《汉书·蒯通传》："足下（指韩信）按齐国之故，有淮、泗之地，怀诸侯以德，深拱揖让，则天下君王相率而朝齐矣。"

⑦慨然：慨叹，忧虑貌。

【译文】

天下是最大的宝器，倘若不去大力修明法度就不足以维持，倘若不去广泛培养贤才就不足以保护并占有。如果没有至诚恳切为天下担忧的意念，就不能寻求考察任用贤才，也无法讲求法度。不任用贤才，不去修明法度，只想苟且偷安虚度岁月，那么幸运的时候还能侥幸没有其他变故发生，但天长日久，就未不可能没有大动乱发生了。

皇帝陛下有谦恭节俭的美德，有聪颖明智的卓然才能，有善待百姓珍爱万物的心意，而且在位时间很长了，此时确实是应该诚心忧虑天下百姓疾苦，把晋、梁、唐三朝帝王作为借鉴的时候了。据微臣我的观察，现在朝廷中担任官职的人，还不能说都是任用了贤才；实施的政令措施，也不能说是完全合乎法度。官员在上胡作非为，底层的百姓日渐贫困，社会风

气一天天地浮薄而不敦厚，国家财力一天天趋于匮乏，而陛下住在深宫之中，从来没有咨询考察讲求法度的意思。这就是微臣我之所以在私下里为陛下计议而不能不发出慨叹的原因了。

【原文】

夫因循苟且，逸豫而无为①，可以侥幸一时，而不可以旷日持久。晋、梁、唐三帝者，不知虑此，故灾稔祸变②，生于一时，则虽欲复询考讲求以自救，而已无所及矣！以古准今③，则天下安危治乱尚可以有为。有为之时，莫急于今日，过今日，则臣恐亦有无所及之悔矣。然则，以至诚询考而众建贤才，以至诚讲求而大明法度，陛下今日其可以不汲汲乎④？《书》曰："若药不瞑眩，厥疾弗瘳⑤。"臣愿陛下以终身之狼疾为忧，而不以一日之瞑眩为苦。

臣既蒙陛下采擢⑥，使备从官，朝廷治乱安危，臣实预其荣辱⑦，此臣所以不敢避进越之罪⑧，而忘尽规之义⑨。伏惟陛下深思臣言，以自警戒，则天下幸甚⑩！

【注释】

①因循：守旧而不改变；沿袭老办法做事。苟且（gǒu qiě）：只顾眼前，得过且过，苟且偷生。逸豫：安乐，无所作为。

②灾稔（rěn）：灾难酝酿成熟。稔：本指庄稼成熟。

③准：衡量。

④汲汲乎：心情急切貌；抓紧不放松。

⑤《书》曰："若药不瞑眩，厥疾弗瘳。"：语出《尚书·说命上》。孔颖达疏："若服药不使人瞑眩愦乱，则其疾不得瘳愈。言药毒乃得除病，言切乃得去惑也。"瞑眩（míng xuàn）：药性发作时头昏眼花的感觉。厥（jué）：

其他的，那个。瘳（chōu）：病愈。

⑥采擢（cǎi zhuó）：选拔任用。《晋书·武帝纪》："雅好直言，留心采擢。"

⑦从官：有属官，君王的随从、近臣等含义。预：参与。

⑧进越：超越权位。

⑨尽规：尽心规劝。义：义务，责任。

⑩幸甚：书信中习惯用语。有表示殷切希望之意；也表示非常庆幸或幸运。

【译文】

像那些做事守旧、只顾眼前快乐而苟且偷生，贪图安逸而无所作为的人，可以凭借一时幸运而意外获得成功，却不能保持天长日久。晋、梁、唐这三朝帝王不知道考虑这些，所以放任灾难酝酿成熟而变成动乱，瞬间就发生了，即使再想去咨询考察讲求法度来救护自己，也已经来不及了！及时用古代来衡量现代，那么天下的安危成败还可以加以挽救。有所作为的时机，没有什么时候比今天更紧急，过了今天，微臣我担心后悔也来不及了。既然这样，那么用至诚的态度咨询考察、广泛培养贤才，用至诚的态度讲求法度并极大地修明法度，陛下今日怎么能不抓紧时间去做呢？《尚书·说命上》上说："如果吃了药不使人感到头晕目眩，那个疾病就不能痊愈。"希望陛下时刻忧虑这些致命终生的病症，不要因为一天的头晕目眩而感到痛苦。

臣承蒙陛下提拔以后，任命我做了您身边的侍从属官，那么朝廷的治乱兴衰，微臣确实都要积极参与，因为这一切直接关系到我的荣辱，所以我不敢回避越级进谏的罪行而忘记规劝陛下的大义。臣私下里请求陛下深入思考我的言论，作为自己的警戒，那么就是天下的大幸了！

【赏析】

王安石的政治观点独到，他满怀激情，志在国家昌盛太平。在他担任三司度支判官时，他曾经向宋仁宗呈上了著名的"万言书"，提出了自己关于改革的政治主张。两年后，王安石被任命为替皇帝起草文书的知制诰，又写了《上时政疏》这篇奏章，再次强调和补充了"万言书"中所提出的观点。

这篇文章着重从总结历史的经验教训来论述变法革新的必要性。文中首先记述了晋武帝、梁武帝、唐明皇这三个历史上著名的君主丧失政权的事例，总结出"因循苟且，逸豫而无为，可以侥幸一时，而不可以旷日持久"的道理，重申了"因循守旧"，必然招致危亡的结论，同时这也是血的教训！因此，王安石机警而又十分谨慎地向皇上提出了"陛下今日其可以不汲汲乎？"的迫切希望。王安石如此借古鉴今，将当时的社会情况与晋、梁、唐三帝的时代加以比较，主要意图是顺势揭露在太平假象掩盖下大宋朝此刻暗流涌动的、严重的政治危机，给在位已近四十年的宋仁宗敲响了警钟。

这篇文章最后再次强调了进行以"大明法度，众建贤才"为主要内容的改革主张以及必要的迫切性。如果说，他曾经饱含激情写下的那篇长文"万言书"井然有序、逻辑清晰，那么，本文则以较短的篇幅论述了其长远的政治方向，写得简而有法，结构完整，字字珠玑，情真意切。

祭欧阳文忠公文

【原文】

夫事有人力之可致，犹不可期，况乎天理之溟漠，又安可得而推①！惟公生有闻于当时，死有传于后世，苟能如此足矣②，而亦又何悲？

如公器质之深厚，智识之高远③，而辅学术之精微，故充于文章，见于议论，豪健俊伟，怪巧瑰琦④。其积于中者，浩如江河之停蓄；其发于外者，烂如日星之光辉。其清音幽韵⑤，凄如飘风急雨之骤至⑥；其雄辞闳辩⑦，快如轻车骏马之奔驰。世之学者，无问乎识与不识，而读其文，则其人可知。

【注释】

①致：做到。溟（míng）漠：幽暗寂静，这里是渺茫的意思。推：推知，琢磨。

②苟能：假使能够。苟：如果；假使。能：胜任，能够。

③器质：才能、度量和品质。智识：见识。

④瑰琦（guī qí）：瑰丽奇异；奇特美好。此处形容事物、文章卓尔不凡。

⑤幽韵：优雅的韵调。

⑥骤至：突然到来。

⑦闳（hóng）辩：宏辩，博大的辩论；宏伟的议论。

【译文】

万事之中虽然有人的力量能够达到的事情，但还是不一定都能够成功，更何况天理渺茫而且不可捉摸，又怎么能完全将它推测知晓呢！先生活着的时候，闻名于当代；先生死后，有著作流传于后世。先生假使能够有这样的成就就已经很知足了，又有什么可悲伤的呢！

先生具有深厚的才能、度量和品质，有高远的见识，加上精微的学术功力，所以能充分用于写作文章，发表议论，并且都能体现出豪放强劲、英俊奇伟、神奇巧妙、瑰丽奇异的特点。那积蓄在心胸之中的才气，像江河之水蓄满一般汹涌浩大；那文辞勃发在所作的文章之中，像日月的光辉那样明亮。那清亮幽雅的韵调，凄凄切切如疾风骤雨般突然来到；那雄伟博大的辩论，明快敏捷宛如轻车骏马酣畅奔驰。因此世上的学者，不用问他是否认识先生，只要读到先生的著作，就能知道先生的为人了。

【原文】

呜呼！自公仕宦四十年，上下往复①，感世路之崎岖②；虽屯邅困踬③，窜斥流离，而终不可掩者④，以其公议之是非。既压复起，遂显于世⑤；果敢之气，刚正之节，至晚而不衰⑥。

方仁宗皇帝临朝之末年，顾念后事⑦，谓如公者，可寄以社稷之安危⑧。及夫发谋决策，从容指顾⑨，立定大计，谓千载而一时。功名成就，不居而去，其出处进退，又庶乎英魄灵气⑩，不随异物腐散⑪，而长在乎箕山之侧与颍水之湄⑫。

【注释】

①仕宦（shì huàn）：指入仕做官。上下往复：指官员官位的升降、外贬召回。

②崎岖（qí qū）：山路或道路不平，很难通过。比喻处境艰难，或比喻人生艰难。

③屯邅（zhūn zhān）：指处境艰难困苦。困踬（zhì）：困厄不得升进。踬：跌倒，受挫。

④窜斥：指被贬逐。终不可掩：到底不会埋没。掩：埋没，淹没。

⑤既压复起，遂显于世：被打压以后又被起用，随即就显达而名闻全国。遂：随即，就。

⑥衰：衰退，减弱。

⑦顾念：指眷念，想念。后事：身后之事。这里指老皇帝死后王位继承之事。

⑧社稷（jì）：土神和谷神的总称。后来常用于代指国家。

⑨指顾：手指目盼，比喻行动迅速。

⑩庶（shù）乎：大概，几乎，近似。

⑪异物腐散：指尸体腐烂消失。异物：肉体、尸体。

⑫长在乎箕（jī）山之侧与颍（yǐng）水之湄（méi）：长留在箕山之旁与颍水之滨。箕山：古时山名，在今河南登封县东南。古代传说唐尧时的隐士许由、巢父隐居的地方。他们都是以归隐保全节操的。旧时用以称誉不愿在乱世做官的人。亦作"箕山之志"。颍水：颍河，源头在登封县境内的颍谷。相传因纪念春秋郑人颍考叔而得名。湄：水边，水与草交接的地方。

【译文】

唉！先生自从入朝为官四十年来，升升降降、外贬又召回，深深感到这世上道路的艰难崎岖；虽然您处境艰难困苦，被贬谪流放到边远的州郡，但是您的才华终究没有什么可以将其埋没，因为那些是是非非，自有公论。您被打压以后又被起用，随即就显达而名闻全国。先生果敢的气度，刚正不阿的气节，直到晚年还是保持强劲不衰。

恰逢仁宗皇帝临朝的最后几年，皇上常常念及到自己百年之后的事情，仁宗皇帝曾经说过，像先生这样的人才，可以相托国家的社稷安危。后来先生为皇上献计献策、确定方针，行事从容不迫、当机立断，辅佐新帝即位、商讨强国大计，真可以说是一位千载难逢的栋梁之才在那一时显现。当先生功成名就以后，不自居有功而主动请求退职而去，先生从出任官职到居家归隐，而先生这样的精神，又多么近似于英雄的灵魂气魄，决不会随着躯体腐烂而消灭，而是会长留在以节操盛名的箕山之旁与颍水之滨。

【原文】

然天下之无贤不肖①，且犹为涕泣而歔欷②。而况朝士大夫，平昔游从，又予心之所向慕而瞻依③！呜呼！盛衰兴废之理④，自古如此。而临风想望，不能忘情者，念公之不可复见而其谁与归⑤！

【注释】

①无贤不肖：无论贤与不贤之人，这里指全国上下的人士。

②歔欷（xū xī）：形容感叹、抽泣声。

③向慕：仰慕而亲近。瞻（zhān）依：凭吊；瞻仰依恃。表示对尊长的敬意。

④盛衰兴废：此指人之生死。言外之意就是人有生，必有死。

⑤其谁与归：我将归向谁。

【译文】

然而现在，无论贤与不贤之人，都还在为先生的逝去而哭泣不止。何况你我是同朝的士大夫，平日里长期交游往来，又是我向来仰慕而亲近的人！唉！事物兴盛衰废的规律，自古以来就是如此。而我此刻伫立风中遥望怀念，在情感上不能忘却的原因，就是想到从此不能再见到先生而不知你又归向谁了呢！

王安石和欧阳修的关系属于亦师亦友。王安石拜相之前曾经得到欧阳修的举荐、提拔，虽然他们的政治主张有些观点不同，但并没有影响欧阳修在王安石心中的地位。当他听到欧阳修在退居之地——颍州（今安徽省阜阳市）去世的消息时，异常悲痛。因为当时王安石在京为相，不得脱身前去祭拜，于是写下这篇祭文遥望悼念。

在本文中，王安石高度概括了欧阳修一生的经历，赞颂了欧阳修的道德品质、文学修养和为人处世的气概节操。行文中多用排比对偶句，使文章内容语气一致、抒发自然、韵律和谐。如此以情为主、没有过分雕琢，表达的感情真挚，文势豪健，达到了情辞合一的艺术效果。文中最后一段分两个层次抒发了王安石真挚的缅怀之情：先是敬仰之情，随之而来的是

临风不见恩师益友的怅然若失之情。而前一种情是后一种的基础，后者又是前一种情的深化。那怅然若失之情既是因为不见故人所致，也是因为"盛衰兴废之理"源起，更是感叹"自古如此"而发。而"盛衰兴废之理，自古如此"这句话对应文首感慨于人事"犹不可期"之意，既表达了王安石对欧阳修深切痛悼之情，也抒发了自古仕途苦短、抱负难济的感慨。

材论①

【原文】

天下之患，不患材之不众，患上之人不欲其众；不患士之不欲为，患上之人不使其为也。夫材之用，国之栋梁也，得之则安以荣，失之则亡以辱。然上之人不欲其众、不使其为者，何也？是有三蔽焉②。其尤蔽者，以为吾之位可以去辱绝危③，终身无天下之患，材之得失无补于治乱之数④，故偃然肆吾之志⑤，而卒入于败乱危辱⑥，此一蔽也。又或以谓吾之爵禄贵富足以诱天下之士⑦，荣辱忧戚在我⑧，是吾可以坐骄天下之士⑨，而其将无不趋我者⑩，则亦卒入于败乱危辱而已，此亦一蔽也。又或不求所以养育取用之道，而谡谡然以为天下实无材⑪，则亦卒入于败乱危辱而已，此亦一蔽也。此三蔽者，其为患则同。然而用心非不善，而犹可以论其失者，独以天下为无材者耳。盖其心非不欲用天下之材，特未知其故也。

【注释】

①材论：即人才论。

②蔽：遮挡，蒙蔽。这里引申为偏见、错误的想法。

③去辱绝危：远离耻辱，断绝祸害。

④数：命数，大计。

⑤偃（yǎn）然：安然。肆：放纵，展开。

⑥卒入于：终于陷入。卒：终于。败乱危辱：失败、动乱、危亡、耻辱的结局。

⑦爵禄：官位和俸禄。诱：诱导，吸引。

⑧忧戚：忧伤。戚：悲伤。

⑨坐骄：自骄自大；傲视。引申为在上位者那种自以为是、骄傲自大的偏见。

⑩趋我：趋向我，依附我。

⑪谞（xǐ）谞然：恐惧、忧虑的样子。

【译文】

在天下令人担忧的事情中，不是担忧人才不多，只是担忧处于上层地位的人不希望人才众多；不是担忧有才能的人不想有所作为，只是担忧处于上层地位的人不想让有才能的人有所作为。任用人才，就像给国家选用栋梁一样，得到了人才，就会带来国家的安定和繁荣富强。失去了人才，就会使国家遭受灭亡带来外辱。然而处于上层地位的人不希望人才众多、不让人才有所作为，这是什么原因呢？这是因为他们出现了三种偏见。其中最为突出的，就是他们认为自己的地位高，永远不会受到危亡和外辱的威胁，终身没有天下危亡的祸患，失去和得到人才对于国家太平或者发生动乱的命运没有什么关系，所以就安然地随意放纵自己的意志去做事，最终结果是陷入衰败、动乱、危亡和屈辱的境遇之中，这是第一种偏见思想。还有的人认为自己的爵位、俸禄、权势和钱财足够吸引天下的有才之士，而他们的荣辱、忧伤都取决于我自己，我可以安然稳坐以傲慢自骄的态度对待天下有才能的人，而有才能的人没有不投奔我的，可是到最后同样也是陷入衰败、动乱、危亡和受屈辱的境遇之中，这也是一种偏见思想。还有的人不寻求之所以能培养、教育和录用人才的方法，却成天忧心忡忡地认为天下实在是没有可用的人才，那么最后也是陷入衰败、动乱、危亡和受屈辱的境遇之中罢了，这也是一种偏见思想。以上这三种思想是被蒙蔽的偏见，它们所带来的祸患危害都是一样的。不过，对于他们中间用心不是不好，而且还可以分析自己失误原因的人，只不过是认为天下没有人才罢了。他们的本意并不是不想任用天下的人才，只是不懂得选用人才的方法罢了。

【原文】

且人之有材能者，其形何以异于人哉？惟其遇事而事治，画策而利害得①，治国而国安利，此其所以异于人者也。上之人苟不能精察之，审用之，则虽抱皋、夔、稷、契之智②，且不能自异于众，况其下者乎？世之蔽者方曰："人之有异能于其身，犹锥之在囊，其末立见，故未有有实而不可见者也。"此徒有见于锥之在囊③，而固未睹夫马之在厩也④。驽骥杂处⑤，其所以饮水食刍⑥，嘶鸣蹄啮⑦，求其所以异者盖寡。及其引重车，取夷路⑧，不屡策，不烦御，一顿其辔而千里已至矣⑨。当是之时，使驽马并驱，则虽倾轮绝勒⑩，败筋伤骨，不舍昼夜而追之，辽乎其不可以及也，夫然后骐骥騕褭与驽骀别矣⑪。古之人君，知其如此，故不以天下为无材，尽其道以求而试之耳。试之之道，在当其所能而已。

【注释】

①画策：策划，出谋献策。画：谋划。

②皋（gāo）、夔（kuí）、稷（jì）、契（qì）：皋：皋陶，又作咎繇（yáo），偃姓，相传曾被舜帝任命为管刑法的官。夔：尧舜时期的乐官。稷：名弃，相传他善于种植各种粮食作物，在尧舜时担任农官。契：相传为舜帝的司徒官，主管教化，助禹治水有功，为商朝的祖先。

③囊：口袋。

④厩（jiù）：马棚。

⑤驽（nú）：指劣马，走不快的马。比喻愚钝无能。骥（jì）：本意是指好马，一种能日行千里的良马。比喻贤能。

⑥刍（chú）：喂牲畜的草。

⑦蹄：用蹄刨地，或用蹄踢踬之意。啮（niè）：咬。

⑧夷路：意思为平坦的道路。

⑨辔（pèi）：驾驭牲口的嚼子和缰绳。

⑩倾轮：车轮倾斜。绝勒：缰绳拉断。勒：带嚼口的马络头。

⑪骐骥（qí jì）：千里马，骏马。骁裹（yǎo niǎo）：古时骏马名。驽骀（nú dài）：驽、骀都是劣马，比喻低下的才能。

【译文】

　　况且一个有才能的人，他的外表和别人有什么不同呢？只是他处理事情就能把事情办好，出谋划策就能区分事件的利益与害处，治理国家就能使国家安定富强，这就是他们不同于一般人的地方。如果处于上层地位的人不能精准地考察了解他们、慎重地审视任用他们，那么他们即使怀有皋陶、夔、稷、契那样的才智，也不能在众人当中体现出不同，何况是才智低于皋陶、夔、稷、契的人呢？此时世上那些有偏见的人会说："人身上具备特殊的才能，就会像锥子装在口袋里，它的尖端立刻就会显露出来，所以没有具备实际本领却不被发现的事啊。"说这种话的人只是看见了锥子装在口袋中的情形，却没有看到良马被圈在马棚里的状况啊。在马厩里，劣马和骏马混杂圈在一起，它们所喝水、吃草，嘶叫、踢咬的样子一样，要想找出它们不同的地方是很少的了。等到让那骏马拉着重车，走在平坦的道路上，不用拿起鞭子频繁抽打，也不用烦恼如何驾驭，只要一抖动马缰绳就已经达到千里的路程了。与此同时，如果让几匹劣马并驾齐驱，即使跑坏了车轮、拉断了缰绳、累伤了筋骨、昼夜不停地追赶骏马，也还是远远地落在后面不可能追上好马了，那么经过这样比较以后，就能分辨出日行千里的骏马和跑不快的劣马了。古代的人之君主，懂得这个道理，所以不认为天下没有有才能的人，而是用尽办法把那些有才能的人找来而加以试用了。试用他们的办法，就是在合适的地方让他们担任适合他们才能的职位罢了。

【原文】

夫南越之修簳①，镞以百炼之精金②，羽以秋鹗之劲翮③，加强弩之上而彍之千步之外，虽有犀兕之捍④，无不立穿而死者。此天下之利器，而决胜觌武之所宝也⑤。然而不知其所宜用，而以敲扑⑥，则无以异于朽槁之梃也⑦。是知虽得天下之瑰材杰智⑧，而用之不得其方，亦若此矣。古之人君，知其如此，于是铢量其能而审处之⑨，使大者小者、长者短者、强者弱者无不适其任者焉。如是则士之愚蒙鄙陋者，皆能奋其所知以效小事，况其贤能、智力卓荦者乎⑩？呜呼！后之在位者，盖未尝求其说而试之以实也，而坐曰天下果无材，亦未之思而已矣。

【注释】

①南越：古国名，其地在今广东一带。修簳（gǎn）：细长的竹秆。

②镞（zú）：箭头。此处谓安装箭头。精金：即千锤百炼的精钢。

③鹗（è）：一种长翼而凶猛的鸟。鹰雕一类。劲翮（hé）：坚硬的翎管。

④彍（guō）：张满弓弩。此处指射至。犀（xī）：雄犀牛，有两角。兕（sì）：雌犀牛，有一角。捍：凶猛，彪悍。

⑤觌（dí）武：尚武，以武力相见，指打仗。觌：相见。

⑥敲扑：古时用作鞭刑的两种刑具。长者为扑，短者为敲。

⑦槁（gǎo）：枯干。梃（tǐng）：棍子。

⑧瑰材桀（jié）智：奇伟杰出的人才。

⑨铢（zhū）量：仔细称量。引指详尽地考察衡量。铢：古代衡制中一个微小的重量单位。《汉书·律历志上》："二十四铢为两，十六两为斤。"

⑩卓荦（luò）：超凡、杰出。

【译文】

　　在南越这个地方，有一种长得修长的竹子，把它削成箭杆，用经过千锤百炼的优质精钢做箭头，用秋天鹞鸟坚硬的翎羽管做箭羽，把这样的箭安放在强劲的弩弓上张满就能射到千步以外的地方，这时候即使是凶猛的犀牛，也没有不被立即射穿而死的。这种箭可以说是天下最锐利的武器，也是在武力争斗中决定胜负的一种宝贵武器。但是，如果不懂得它所适合使用的地方，而是用它来敲敲打打，那么它就和一根枯朽的棍子没有什么不同了。由此可知，即使是得到了天下才智最卓越的人才，可是，如果任用的方法不得当，那么结果也就会像用这支箭敲敲打打一样了。

有的古代君主懂得了这个道理，于是精心衡量一个人的才能，并且慎重地安排使用他们，使那些具备大的、小的、长的、短的、强的、弱的才能的人，没有不与他们所担任的职务不相称的。如果这样做，即使是比较愚昧、见识比较浅薄的士人，也都能发挥他们的才智去效仿别人去做一些小事，更何况是那些有才能而又智力超凡突出的人呢？唉！后来处于上层地位的人，大概是不曾去了解有才之士的主张而且委派他们到实际职务中试用，而是坐在那里说天下确实没有可用的人才，这不过是他没有好好去思考罢了。

【原文】

或曰："古之人于材有以教育成就之，而子独言其求而用之者①，何也？"曰："天下法度未立之先，必先索天下之材而用之；如能用天下之材，则能复先生之法度。能复先王之法度，则天下之小事无不如先王时矣，况教育成就人材之大者乎？此吾所以独言求而用之之道者。"

噫！今天下盖尝患无材②。吾闻之，六国合从③，而辩说之材出④；刘、项并世⑤，而筹划战斗之徒起⑥；唐太宗欲治⑦，而谟谋谏诤之佐来⑧。此数辈者，方此数君未出之时，盖未尝有也。人君苟欲之，斯至矣⑨。今亦患上之不求之、不用之耳⑩。天下之广，人物之众，而曰果无材可用者，吾不信也。

【注释】

①子：你，您。

②患：担忧，担心。

③六国合从：指战国时期齐、楚、燕、韩、赵、魏六国联合起来与秦国抗衡。因六国地连南北，故称他们的联合为合纵。从：通"纵"。

④辩说之材：指纵横游说家之流。其中著名者有张仪、苏秦等。《史记》有传。

⑤刘、项：刘邦、项羽，皆为秦末反秦起义军领袖。秦亡后，项羽自立为西楚霸王，封刘邦为汉王。其后，楚汉间历经长达五年的战争。最后项羽兵败自杀，刘邦即皇帝位，建立汉朝，即汉高祖。

⑥筹划战斗之徒：谋士与战将。陆续聚集于刘邦麾下的，谋士有萧何、张良、陈平等人；战将则有韩信、彭越、樊哙等。《史记》均有传。

⑦唐太宗：即李世民，唐高祖李渊的次子，唐朝第二代皇帝。

⑧谟（mó）：计谋，谋略。谏诤（jiàn zhèng）：直言规劝，使人改正过错。唐太宗朝，谟谋之臣，有房玄龄、杜如晦；谏诤之臣，则以魏征为代表。新、旧《唐书》皆有传。

⑨斯：于是，就。

⑩亦：不过，只是。耳：用于句尾语气助词，相当于"而已""罢了"。

【译文】

有人说："古人对于人才都是采用教育方法来造就他们，而你只说寻求人才去任用，这是为什么呢？"依我说："这是因为，天下法令制度没有建立以前，就一定先去寻求天下的人才去任用他们；如果能任用天下的人才，那么就能恢复先王的法令制度。能恢复先王的法令制度，那么天下就连小事也没有不和先王时代一样的了，更何况是通过教育来造就人才这样的大事呢？这就是我之所以说要寻求人才并加以任用他们的道理了。"

唉！如今天下还有人担心没有人才可以任用。我听说过这样的事，战国时期六国联合的时候，那些善于辩论游说的人才就纷纷出现了；刘邦、项羽并存在世的时候，那些善于筹划的谋士、骁勇善战的武将就应运而起了；唐太宗希望把国家治理好，那些运筹谋略、敢于直谏的辅臣就投奔他来了。这些人才，当那些君主还没有出现时，他们也不曾出现啊。正是因为君主想得到他们，所以这些人就到来了。而如今也是这样的情况，只是令人担忧身居上位之人不去寻求人才、不善于任用人才罢了。天下之大，人才众多，却说确实没有人才可以任用，我真的不相信这种说法啊！

【赏析】

王安石素来珍视人才，也很善于任用人才，所以他很关注皇帝选拔任用人才之事，在他的很多文章中也都谈到过这类问题。而在本文中，主要论述了统治者应如何去发现人才和正确使用人才，王安石针对人才的重要性和选拔任用人才的方法，作了相当精辟的论述，同时强调了恰如其分任用人才的重大意义。

王安石认为，能否合理起用人才，实际上关系到国家治乱兴衰的命运，因此处于上层地位的人（包括皇帝在内）都要特别重视人才、善于发现人才

和使用人才。王安石在此尖锐地指出"天下之患，不患材之不众，患上之人不欲其众；不患士之不欲为，患上之人不使其为也"。这番话表明了王安石对天下人才所面临命运的悲悯之心，有很强的现实针对性，也有着积极的社会意义。

本文中运用了比喻、排比和对比等多种修辞手法，增强了文章的形象生动性和说服力，使论点得到了强调和深化，从而更能突出主题。

王平甫墓志

【原文】

君临川王氏，讳安国，字平甫，赠太师、中书令讳明之曾孙，赠太师、中书令兼尚书令讳用之之孙，赠太师、中书令兼尚书令康国公讳益之子。自丱角未尝从人受学①，操笔为戏②，文皆成理。年十二，出其所为铭、诗、赋、论数十篇，观者惊焉。自是遂以文学为一时贤士大夫誉叹。盖于书无所不该③，于词无所不工，然数举进士不售④，举茂才异等⑤，有司考其所献《序言》为第一，又以母丧不试⑥。

【注释】

①丱（guàn）角：古代儿童束发成两角的样子，亦称总角。旧时因此称童年时代为"丱角"。

②为戏：做游戏，逗趣。

③该：通"赅"，包括，具备。

④不售：没有实现。售：达到，实现。

⑤茂才异等：即茂才异等科，是古代科举制科之一。当时朝廷为选拔有

才能的人而举办的一种科举考试。

⑥不试：没有去考试。

【译文】

君是临川王家人氏，名讳安国，字平甫，赠太师、中书令王明的曾孙，赠太师、中书令兼尚书令王用之的孙子，赠太师、中书令兼尚书令康国公王益的儿子。自从童年的时候起，他就特别聪慧，从来没跟别人学习，却能执笔写文章，像做游戏一样轻松，写出来的文章都言之有理。他十二岁的时候，就能写出铭文、诗、赋、论数十篇，看到的人都惊叹不已。自然是很快因为他的文学成就而被当时的贤士大夫们所赞誉惊叹。对于诗书没有他不通晓的，对于词作也都擅长，然而几次科举考试，他都没能实现考

中进士的愿望，后来参加茂才异等科的考试，主考官举荐他的《序言》为第一名，可他又因为老母亲病逝而不能前去参加复试。

【原文】

君孝友，养母尽力。丧三年①，常在墓侧，出血和墨，书佛经甚众。州上其行义，不报②。今上即位，近臣共荐君才行卓越。宜特见招选，为缮写其《序言》以献③，大臣亦多称之，手诏褒异。召试，赐进士及第。除武昌军节度推官，教授西京国子监。未几，校书崇文院，特改著作佐郎、秘阁校理④。士皆以谓君且显矣，然卒不偶⑤，官止于大理寺丞，年止于四十七。以熙宁七年八月十七日不起⑥，越元丰三年四月二十七日，葬江宁府钟山母楚国太夫人墓左百有十六步。有文集六十卷。妻曾氏，子旆、斿，女婿叶涛，处者四女⑦。涛有学行，知名，旆、斿亦皆巍巍有立⑧，君祉所施⑨，庶在于此⑩。

【注释】

①丧三年：指王安国为母亲守丧三年。

②上：上报。不报：没有回复。

③缮（shàn）写：誊写，编录。献：呈献。

④校书：即校书郎，负责书籍校勘，订正讹误。著作佐郎：著作郎的属官，协助编"日历"（每日时事）。

⑤不偶：不遇，即命运不好。

⑥不起：即逝世。

⑦子旆（fǎng）、斿（liú）：王安国的儿子王旆、王斿。处者：未出嫁的女子。

⑧巍巍（yí yí）：形容道德高尚、体态壮美魁梧。立：自立，成就。

⑨祉（zhǐ）：福祉。

⑩庶：表示希望。

【译文】

君是一个孝顺的人，赡养母亲尽心尽力。母亲去世后他守丧三年，他常常守在墓地一侧，用心血和着墨汁，抄写很多佛经。州府上报他的行为德义，却没有得到皇帝的回复。当今皇上即位后，神宗皇帝身边的大臣共同谏言举荐他，称赞他的才华德行卓越。他们选择合适的时机建议神宗皇帝立即诏见选用他，并且把他编录的《序言》呈献给宋神宗，众多大臣看到后也都称赞他，纷纷上书加以褒扬。随后，宋神宗召见他前去殿试，赐他进士及第。他先后出任武昌军节度推官，教授西京国子监。没过多久，在熙宁四年（1071年）十月，他又转授崇文院校书，后来他又改任著作佐郎。熙宁七年二月，他又转任馆阁校理。人们都认为他成绩斐然而且地位显赫了，然而，他的命运如此不好，官职停止在大理寺丞，年龄也永远停在了四十七岁。他在熙宁七年八月十七日去世，过了元丰三年四月二十七日，将他葬在了江宁府钟山母亲楚国太夫人墓左面距离一百一十六步的地方。他遗留有文集六十卷。妻曾氏，儿子王旂、王㫋，女婿叶涛，还有四个未出嫁的女儿。女婿叶涛有学问和德行，很有知名度，他的儿子王旂、王㫋也都道德高尚、体态壮美，这都是他福祉的结果，他的希望也是如此。

【赏析】

这是王安石为亡弟王安国（字平甫）撰写的墓志铭，虽以碑志题名，却能在尺幅小品之中评述了弟弟诸多骄人的事迹，概括了王安国的诗词文章与道德风尚，进而凸出了王安国"才行卓越"的特点，蕴含了王安石痛惜亡弟早逝的深厚感情。

王安石怀着无比沉痛的心情述写了亡弟王安国的才学品行，追忆抚昔、文思如潺潺泉涌；其行文娓娓道来，如数家珍。文中王安石不便过度直接褒扬亡弟，故而虽然是为弟弟作《墓志铭》，但也是出言严谨，只借"观者"与"贤士大夫"之口，或"惊焉"，或"誉叹"。褒奖之时不夸饰，哀悼之际致痛有节而不失其情真。其文思巧运，立收奇效，没有半点儿刻意雕琢的痕迹，就已经将王安国的学业成就、求仕途径，以及凭借真实才华平步青云的宦海帆影一一展现出来。且看他虽"有司考其所献《序言》为第一"，却"又以母丧不试"，终未能由科场入道，但终因无法掩盖的才华，由群臣举荐而得到皇帝召见，殿试后成功进入仕途。文中"不售""不试"饱含真诚的惋惜之情。"母丧"一词顺势折转下文，行笔质朴、自然又格外轻灵。以血墨书经，更是令人感动，同时也反证了他行义彰显于世的德行。

王安石在铭文中所选用的事例都能围绕他的德行操守，而又颇有代表性，无不给人以信实无疑之感。这篇文章简洁谨严，行文流畅，痛惜之情溢于言表。

太古

【原文】

太古之人①，不与禽兽朋也几何②？圣人恶之也，制作焉以别之③。下而戾于后世④，侈裳衣⑤，壮宫室⑥，隆耳目之观⑦，以嚣天下⑧；君臣、父子、兄弟、夫妇皆不得其所当然⑨，仁义不足泽其性⑩，礼乐不足锢其情⑪，刑政不足网其恶。荡然复与禽兽朋矣！

【注释】

①太古：指远古时代。

②朋：伦比；相类，意为相近似。几何：多少。

③制作：制造发明。

④戾（lì）：同"苙"，至，到。

⑤侈（chǐ）：奢侈，这里作动词用。裳衣：古时上曰衣，下曰裳。

⑥宫室：古时房屋的通称。后来特指帝王的宫殿。

⑦隆：盛，多，这里作动词用，引申为尽情的意思。观：观赏。

⑧嚣（xiāo）：乱，喧哗。

⑨不得其所当然：没有得到应有的身份位置。即相互关系不能相互尊重，正常和谐发展。

⑩泽：润泽，引申为陶冶，感化。

⑪锢（gù）：禁闭，禁锢，束缚。

【译文】

远古时代的人，和禽兽没有多少不同，圣人厌恶这种生活状态，于是制造发明巢居、渔猎和农业等，以此来和禽兽加以区别。等到了以后的年代，他们开始穿着奢侈的衣裳，住着华丽精美的房屋，尽情地追求观赏隆重盛美的耳目声色之乐，因而使天下喧哗混乱不堪，君臣、父子、兄弟、夫妇等相互关系都不能相互尊重而正常和谐发展，圣人施行仁义也不能教化他们使其道德本性变得温润，圣人制定礼乐也不足以束缚住他们的野性、情欲，刑罚政令也不足以制约他们的恶行。正常的社会秩序荡然无存，他们的行为放浪又回到了与禽兽相近的时代了。

【原文】

圣人不作①，昧者不识所以化之之术②，顾引而归之太古③。太古之道果可行之万世，圣人恶用制作于其间④？必制作于其间，为太古之不可行也⑤。顾欲引而归之，是去禽兽而之禽兽⑥，奚补于化哉⑦？吾以为识治乱者，当言所以化之之术，曰归之太古，非愚则诬⑧！

【注释】

①作：兴起，出现。

②昧者：愚昧的人。不识：不认识，不知道。化：教化。

③顾：文言连词。但，却，反而。归之太古：回归上古时代，即复古。

④恶（wū）：何，哪里。

⑤为：因为。

⑥是：这。去：离。之：往。

⑦奚（xī）：文言疑问代词，相当于"胡""何"，什么，哪里。

⑧非：不是。诬：欺骗，胡说。

【译文】

因为圣人不出现，所以那些愚昧的人不知道如何得到教化他们的方法，反而引导他们回归去效仿远古时代的人。如果远古时代的方法果真可以在万世流传，那么圣人何必还在那个年代制作发明礼乐呢？圣人一定要在那个年代制作发明那些而将人与禽兽区分开来，正是因为在远古时代那套道理是行不通的。所以想引导人们回归到远古时代，这是离开禽兽时代后，又将人类引回到禽兽时代，这对于教化人民有什么补益呢？我认为能够识别社会上怎样避乱求治的人，应当讲求如何教化的具体方法，而那种说要回归到远古时代的说法，不是愚昧就是欺骗！

太古，就是远古的意思，是从人类出现进化的时代，到国家形成那段漫长的历史时期，也就是原始社会。王安石在文中论述了远古时代的人和禽兽没有多少不同，人需要经过"圣人"的教化，才能得以区别，而那些主张复古的人却没认清史实，只盲目地宣扬"祖宗之法不可变"的思想不可取。因此，如何将人性与兽性剥离开来成了社会发展的重要课题。于是王安石提出"避乱求治"刻不容缓，而避乱求治应该在于"当言所以化之之术"，也就是说，应该集思广益探讨怎样教化人民的方法，而不是想当然地去搞"复古"，而那种盲目的"复古、回归"，无疑是一种社会的倒退，也就是王安石结尾给复古论调的定义是"非愚则诬"。

王安石在文中将人类与禽兽的本性相类比，经过反复论证，并以"圣人施行仁义也不足以教化恶人的道德本心变得温润，用礼乐也不能束缚恶人的野性，使用刑罚政令也不足以制约恶行"为例证，有力地批驳了盲目复古的错误思想，表达了王安石政治革新的明确态度。

这篇文章议论精悍，文笔雄健，逻辑严密，论证有力，体现出王安石锋芒毕露的文风。

答曾子固书

【原文】

某启：久以疾病不为问①，岂胜向往②！前书疑子固于读经有所不暇，故语及之。连得书，疑某所谓经者佛经也，而教之以佛经之乱俗③。某但言读经，则何以别于中国圣人之经？子固读吾书每如此，亦某所以疑子固于读经有所不暇也。

然世之不见全经久矣④，读经而已，则不足以知经。故某自百家诸子之书⑤，至于《难经》《素问》《本草》、诸小说，无所不读；农夫女工⑥，无所不问，然后于经为能知其大体而无疑。盖后世学者，与先工之时异也。不如是，不足以尽圣人故也。扬雄虽为不好非圣人之书⑦，然而墨、晏、邹、庄、申、韩⑧，亦何所不读？彼致其知而后读，以有所去取，故异学不能乱也。惟其不能乱，故能有所去取者，所以明吾道而已。子固视吾所知，为尚可以异学乱之者乎？非知我也。

方今乱俗，不在于佛，乃在于学士大夫沉没利欲，以言相尚⑨，不知自治而已。子固以为如何？苦寒，比日侍奉万福，自爱⑩。

【注释】

①某：代称，此指曾子固，即曾巩。曾巩：字子固，南丰（今属江西）人。北宋文学家，"唐宋八大家"之一。不为问：没有写信问候。

②岂胜：反问句式，意为怎么能够穷尽，引申为"特别"之意。

③乱俗：迷惑世人，败乱风俗。

④全经：指经典的全貌。

⑤百家诸子：指先秦至汉初各种学术流派的著述。

⑥女工：古时指从事手工劳动的妇女。

⑦扬雄：字子云，西汉儒家学者。

⑧墨、晏、邹、庄、申、韩：即墨子、晏子、邹（zōu）子、庄子、申子、韩非子。

⑨以言相尚：以语言互相推崇；高谈阔论，互相吹捧。

⑩比日：近日，近来。

【译文】

子固亲启：我因为生病，所以有很长时间没有问候你，心里特别想念你。上次给你写信时，猜想子固你没有利用闲暇时间读经书，所以就谈到了这件事。接连收到你的来信，你在信中怀疑我说的经书是指佛经，而且教诲我说佛经会迷惑世人，败坏风俗。其实我只是说读经书，为什么非要把它和中国圣人所写的经书加以区别呢？子固你读我写的信总是曲解我的意思，所以，这也是我怀疑子固你没有花费时间读经书的原因。

然而，这世上早就看不到经书经典的全貌了，如果只是浮浅地去读经书，就无法完全理解经书而用于社会。所以，我从百家诸子著作的书，到《难经》《素问》《本草》各类小说，没有我所不去拜读的；对农夫和女工的工作，没有我不去请教的，这样做了以后，对于经书中治世的学问才能明白大概而没有疑问了。因为后世的学者，他们所处的时代、环境和上古先王那时的情况已经不同了。如果不这样做，就不足以全面理解圣人的学说。扬雄虽然不喜欢那些非议圣人思想的著作，然而对于墨子、晏子、邹子、庄子、申子、韩非子的著作，他又有哪些没读过的呢？他为了对经书有全面的理解才去博览百家学说，然后再有所取舍，所以，不同圣人的学说也不能紊乱他的思想了。也正因为他的思想没有被迷惑，所以他才能有所取舍，因此可以用来阐述自己所领悟到的道理了。子固你看我对圣人学说的认知，是可以被异说所能迷惑的人吗？你真是不了解我啊。

如今，迷惑世人，败坏风俗的不在于佛经，而是在于那些学士、大夫们整天沉浸迷恋在个人的利欲贪念之中，他们用语言相互推崇、吹捧，不知道治学的自我约束罢了。子固你是怎样认为的呢？近日气候苦寒，祝你父母万福金安，你自己也要保重！

【赏析】

曾子固，即曾巩，他是北宋文学家，也是"唐宋八大家"之一。他年轻时与王安石交往频繁，友谊深厚，彼此经常会有很多书信往来。但到了中年以后，王安石在朝中开始主张变法，由于二人对推行新法的观点不同，思想出现分歧，彼此关系有些淡漠。因为曾子固的思想相对来说比较保守，对王安石的新法有所非议。在这篇书信中，王安石关于读经方法以及对于我国圣人经典之作的认识问题，反驳了曾子固对自己的指责，进而谈了自己的治学态度和方法。

书信首先交代了写信的缘由是因"读经"而起，为下文的反驳作铺垫；第二段阐述自己的治学之道。以扬雄广读圣人思想著作之事，举例证明只要以儒为本，多读书而能会有所取舍，自己就不会被其他学说所迷乱。行文至此，曾子固来信中所指出"佛经乱俗"的批评不攻自破；本文最后，王安石对曾子固的观点依旧持反对意见，进一步为自己辩解，同时也是在批评曾子固对自己的误解。但语言把握十分准确，一句"子固以为如何？"，语气委婉，无伤友谊，却也明确了自己坚定的态度，言语注重分寸，恰到好处。

本文篇幅虽然短小，但简明扼要，逻辑严密，剖析深刻，摆事实讲道理之中逐步推进，将所要阐明的道理说得透彻清晰。

原过

【原文】

天有过乎？有之，陵历斗蚀是也①。地有过乎？有之，崩弛竭塞是也②。天地举有过，卒不累覆且载者何③？善复常也④。人介乎天地之间⑤，则固不能无过，卒不害圣且贤者何⑥？亦善复常也。故太甲思庸⑦，孔子曰勿惮改过⑧，扬雄贵迁善⑨，皆是术也。

予之朋有过而能悔，悔而能改，人则曰："是向之从事云尔。今从事与向之从事弗类，非其性也，饰表以疑世也⑩。"夫岂知言哉⑪？

【注释】

①陵历斗蚀（shí）：指天上的星辰超越了原有的轨道而越入它星轨道，古人多指日食、月食等天体现象。《汉书·天文志》："及五星所行，合散犯守，陵历斗蚀，彗孛飞流，日月薄食。"

②崩弛竭塞：指地有崩塌，水有枯竭。《抱朴子·论仙》："百川东注，而有北流之浩浩；坤道至静，而或震动而崩弛。"

③举：全，都。卒：最终，终于。覆且载：指天覆于上，地承载于其下，相互覆盖与承载，即覆育包容。

④善复常也：善于恢复调整到正常的状态。

⑤介：在两者之间。

⑥害：妨碍。

⑦太甲：是商朝第四位君主，曾因为执政期间暴虐百姓，而致朝政昏

乱，后来被辅佐大臣伊尹放逐到商汤墓地附近的桐宫，史称"伊尹放太甲"。太甲在桐宫三年，悔过自责，伊尹又将他迎回亳都（今亳州市谯城区）重新当政，此后太甲能修德，诸侯都归顺商王，百姓得以安宁。思庸：指改过。语出《尚书·太甲上》。

⑧勿惮（dàn）改过：《论语·学而》："过，则勿惮改。"杨伯峻注："有了过错，就不要怕改正。"惮：怕。

⑨扬雄贵迁善：引自扬雄《法言·学行》："是以君子贵迁善，迁善也者圣人之徒与！"迁善：去恶为善，改过向善。即向好的方面转化，改过自新。

⑩弗（fú）：不。饰表以疑世：粉饰外表以迷惑世人。饰：修饰。粉饰。

⑪岂知：哪里知道。

【译文】

上天有过错吗？如果有的话，那么日食、月食就是它的过错。地有过错吗？如果有的话，那么大地崩塌、水的枯竭就是它的过错。天和地都有过错，但它们相互覆盖与承载，最终又何尝不是在相互覆育包容呢？这是因为天和地善于恢复调整到正常的状态啊。人活在天地之间，本来就不可能没有过错，那些圣贤之人最终能避免出错吗？其实他们也只是善于恢复调整到正常的状态罢了。所以针对商王太甲被伊尹放逐桐宫思过之事，玄圣孔子说"有了过错，就不要怕改正"。扬雄贵在《法言·学行》中指出，能去恶为善，改过自新，这些都是为人之道啊。

我看到有的人有了过错而能悔悟，悔悟了而又能改正，人们会说："是以前那个官吏说的。这个官吏跟以前的官吏不是同类，这并不是他的性格，而是在粉饰外表以迷惑世人啊。"你哪知道人们为什么会这么说呢？

【原文】

天播五行于万灵①，人固备而有之。有而不思则失，思而不行则废。一旦咎前之非②，沛然思而行之③，是失而复得，废而复举也④。顾曰非其性⑤，是率天下而戕性也⑥。

且如人有财，见篡于盗⑦，已而得之⑧，曰："非夫人之财，向篡于盗矣。"可钦⑨？不可也。财之在己，固不若性之为己有也。财失复得，曰非其财，且不可，性失复得，曰非其性，可乎？

【注释】

①播：撒播。万灵：指众人，因为人是万物之灵。

②咎（jiù）：过错，罪过，反省。

③沛（pèi）然：原指水势湍急，引申为行动迅速的样子。

④举：举行，兴起。

⑤顾：反而，却。

⑥戕（qiāng）：伤害，残害。

⑦见篡于盗：被盗贼抢夺。篡：夺取。

⑧已而：不久。

⑨欤（yú）：文言助词，表示疑问、感叹、反诘等语气。

【译文】

上天播撒五行品德在众生之中，本来每个人身上都具备拥有。然而人有了这些却不去反思，那么就会丧失，有了反思却不去践行，就会荒废了。每一天都去反省前一天的过错，突然反思以后马上就去践行，那么就算是失去了而又能重新得到，荒废了但还能重新兴起。这样反而说那不是他的本性，而是普天下人的天性被残害了。

这如同有个人很有钱，但钱财被强盗抢夺，不久后自己又拿了回来，人们说："这并不是你的钱财，是你抢盗得来的。"可以这么说吗？不可以啊。钱财在自己手上，固然不像性格品行早已存在于自己身上。对于他失而复得的钱财，却说"不是他的钱财"，且不可以这么说，那么将失而复得的性格品行，说成"不是他自己的性格品行"，这样说可以吗？

【赏析】

"原过"中的"原"是论说文的一种，行文特点是着重对事物的本原进行推究阐述。王安石的这篇作品就是一篇探讨人类犯错根源的短文。他在文中以天地的运行变化来说明天地万物都是有缺陷的，因为上天会有日食、月食、风雨雷电造成自然灾害的过错，大地也会出现崩塌、水的枯竭等过错。但这些过失不会妨碍天地化育万物的伟大作用，因为天地能自救偏差，恢复常道。然后王安石又将笔锋转到万物之灵的人类身上。引经据典，列举了商王太甲被伊尹放逐桐宫思过而自新之事，阐述了生活在天地之间的人们也会犯错误，并且以孔圣人"有了过错，就不要怕改正"的言论加以肯定所阐述的观点。的确，人只要认真改过自新，照样可以成为圣贤，这些观念是对儒家"性善论"的发挥与最好的阐释。

本文在较短的篇幅中，屡次恰当地运用了比喻、排比、设问等多种修辞手法，先立后破，雄辩简洁，架构出流畅雄健的气势，不失为一篇佳作。

鄞县经游记

【原文】

庆历七年十一月丁丑，余自县出①，属民使浚渠川，至万灵乡之左界，宿慈福院。戊寅，升鸡山，观碛工凿石，遂入育王山②，宿广利寺。雨，不克东。辛巳，下灵岩，浮石湫之壑以望海③，而谋作斗门于海滨，宿灵岩之旌教院。癸未，至芦江，临决渠之口，转以入于瑞岩之开善院，遂宿。甲申，游天童山，宿景德寺。质明④，与其长老瑞新上石，望玲珑岩，须猿吟者久之，而还食寺之西堂，遂行，至东吴，具舟以西。质明，泊舟堰下⑤，食大梅山之保福寺庄。过五峰，行十里许，复具舟以西⑥，至小溪以夜中。质明，观新渠及洪水湾，还食普宁院。日下昃⑦，如林村。夜未中，至资寿院。质明，戒桃源、清道二乡之民以其事。凡东西十有四乡，乡之民毕已受事⑧，而余遂归云。

【注释】

①余：我。县：即指鄞（yín）县，治所在今浙江奉化市。

②碛（qì）：用石头砌的水闸。遂：然后。

③浮石湫（qiū）：在今北仑大矸镇。

④质明：天刚亮的时候。

⑤堰（yàn）：挡水的堤坝。

⑥复：又。以：用在方位词前，表明时间、方位、方向或数量的界限。

⑦昃（zè）：太阳偏向西方时称为"昃"。

247

⑧毕：全部。

【译文】

庆历七年十一月十四日，我从鄞县出发，经过浚渠川，到万灵乡的左界（今邱隘镇），住宿在慈福院。十五日，到达升鸡山，观看碶工凿石砌筑水闸，然后进入育王山，住宿在广利寺。因为大雨不止，所以不能再向东出行。十八日，下至灵岩，在浮石漱的壑角来观察海滨地形地貌，从而谋划在海滨处安装堤堰中泄水的闸门，当晚住宿在灵岩的旌教院。二十日到达芦江，靠近决渠的入口处，与当地年长的百姓谋划劈山开河，筑20里长塘的事情，再转入于瑞岩的开善院，然后住宿在这里。二十一日，游天童山，住宿景德寺（今天童寺）。天刚亮的时候，和寺院里的瑞新长老爬上山石顶，瞭望玲珑岩，在这里听了很长时间的猿猴长啸悲鸣，然后返回寺里的西堂吃斋饭，二十二日继续前进，到达东吴以后，开始乘舟船向西行驶。二十三日天刚亮的时候，将船停在堰下，在大梅山的保福寺庄吃饭。又过了五峰（今横溪镇），行进十里左右，又乘着舟船向西行进，到达小溪（今鄞江镇），这时已经是半夜。二十四日天刚亮的时候，观看新渠和洪水湾，然后又返回普宁院吃饭。太阳西斜时来到林村。没到半夜之前，才到资寿院住宿。二十五日天刚亮的时候，巡视桃源、清道两地乡民的生活、生产之事。我所管辖的区域从东到西共有十四个乡，这里的乡民之事我都受理完毕，也完成了各地巡视、调查、初步整修水利、政务训导等任务，随后圆满而归。

【赏析】

庆历七年（1047年），年轻的王安石满怀激情，风尘仆仆，前往任职的鄞州境内作实地考察，为整治鄞州的山水不辞辛苦，也使后人看到了他那勤于职守的履职轨迹，同时展现了王安石在北宋庆历年间治鄞的主要业绩。

另外，通过王安石这期间所写的一些诗文，可以看出王安石对四明山水以及与那些名士交友的真情实感。从这篇游记中所记录的时间看，自庆历七年十一月丁丑（十四日）到二十五日，历时十多天时间进行巡查，从行经的路线上看，包括邱隘、升鸡山、育王山、浮石洗、东吴、鄞江、等地，基本上将这"凡东西十有四乡"全部巡视了；从其住宿之处看，最感人的是没有惊动地方官员，而是简朴食宿，几乎都住宿于寺庙，其中有：慈福院、阿育王寺、旌教院、开善院、景德寺、保福寺庄、普宁院、资寿院八个寺院，每日皆有记载，绝无扰民现象，也没有借公务之机大吃大喝的现象，完全是一个赶考书生的行事作风；从其作为看，完成了一个新任官员巡视、调查、初步整修水利、政务训导等任务，所谓"乡之民毕已受事"。

王安石满怀济民之志，怀抱雄才大略。他在鄞县任知县三年，不仅兴修水利，还以低息贷谷于民、组建联保、平抑物价、创建县学等举措，真心实意地想百姓之所想，尽办实事。通过王安石这篇《鄞县经游记》中所记录的作为，我们就不难体会王安石在宁波东钱湖被崇拜的原因了。

读柳宗元传①

【原文】

余观八司马②，皆天下之奇材也，一为叔文所诱，遂陷于不义③。至今士大夫欲为君子者，皆羞道而喜攻之。然此八人者，既困矣，无所用于世，往往能自强以求别于后世④，而其名卒不废焉。而所谓欲为君子者，吾多见其初而已，要其终⑤，能毋与世俯仰以自别于小人者少耳⑥！复何议于彼哉？

【注释】

①柳宗元传：指《新唐书·柳宗元传》。

②八司马：柳宗元、刘禹锡、韩泰、韩晔、陈谏、程异、韦执谊等八人，参加唐顺宗永贞年间王伾、王叔文领导的政治革新，不久革新失败，八人都被贬为边远地区的"司马"，后人称为"八司马"。

③"一为"二句：指追随王叔文参加其革新。永贞革新是具有进步意义的，王安石此见并不公正。

④别于后世：意为有所作为，有别于后世之小人。

⑤终：最终。

⑥毋（wú）：有"不""不要"等意。与世俯仰：随波逐流，附和世俗；与世俗同流合污。

【译文】

在我看来，"八司马"都是天下非同寻常的人才，全都是被王叔文所诱惑，于是，纷纷落入不义的境地。直到今天，那些想要做君子的士大夫，都羞于称道他们而喜欢攻击他们。然而这八个人，既然是已经身陷困窘之地了，在世上不被朝廷重用以后，但是处处都能依靠自强来谋求自己在后世与平凡人有所区别，所以他们的名字最终没有被磨灭。然而那些所谓想要成为君子的人，我大多都只看到他们起初的想法罢了，如果探求他们最终所做的，能不与那些随波逐流附和世俗的小人有所区别吗？他们对那"八司马"又有什么资格去议论呢？

【赏析】

这篇短文是王安石读了《柳宗元传》后写下的一些感想，虽然字数不多，但内容可谓是言简而意丰。封建时代的政治革新运动深受守旧思想的禁锢，往往是举步维艰，甚至遭到种种攻击，导致很快无疾而终。中唐时期的"永贞革新"更是如此。且不论在当时"八司马"所受的各种迫害，新、旧《唐书》对此也多持有贬辞，此后的士大夫们也多攻击柳宗元等"八司马"的荒唐之举。

在本文中，王安石对"永贞革新"的成败没有作过多议论，只表达了他对"八司马"身陷困境也能在文学上有所建树的敬佩之情，在此，王安石肯定了"八司马"在遭受政治上严重挫折之后，仍然坚持自己的理想，能够身处困境不甘沉沦堕落的自强精神，或许正是这种不甘堕落的精神使柳宗元、刘禹锡成为了一代著名的文学家。

本文通篇脉络清晰，言简意赅，针砭时弊，从而阐明人生哲理。王安石对"八司马"由肯定他们都是"天下之奇材也"，转而对他们深受"叔文所诱"而感到惋惜，然后再将文风扬起，赞扬他们"自强、有别于后世"，最后再转为对那些"小人"加以指责。尤其是他为"八司马"受到攻击大鸣不平，指责那些"欲为君子"，实为"小人"的攻击者，根本没有资格议论"八司马"，体现了王安石敢于批判世俗观念的改革家风范与政治眼光。

余姚县海塘记

自云柯而南，至于某，有堤若干尺，截然令海水之潮汐不得冒其旁田者①，知县事谢君为之也。始堤之成，谢君以书属予记其成之始②，曰："使来者有考焉，得卒任完之以不隳③。"谢君者，阳夏人也，字师厚，景初其名也。其先以文学称天下，而连世为贵人，至君遂以文学世其家④。其为县，不以材自负而忽其民之急。方作堤时，岁丁亥十一月也，能亲以身当风霜氛雾之毒，以勉民作而除其灾，又能令其民翕然皆劝趋之⑤，而忘其役之劳，遂不逾时，以有成功。其仁民之心，效见于事如此，亦可以已，而犹自以为未也，又思有以告后之人，令嗣续而完之⑥，以永其存。善夫！仁人长虑却顾图民之灾，如此其至，其不可以无传。而后之君子考其传，得其所以为，其亦不可以无思。

【注释】

①截：截断。潮汐（cháo xī）：此为沿海地区的一种自然现象，体现的是海水的定时涨落，习惯上把海面垂直方向涨落称为潮汐。早潮叫潮，晚潮叫汐。冒：涌入。

②属：嘱托。予：我。成：建成。

③来者：指后来人。卒（zú）：完毕，终了。隳（huī）：是指毁坏、损毁之意。

④连：接连。遂：于是，就。

⑤翕然（xī rán）：一致的样子；一致称颂。

⑥嗣（sì）续：本义指子孙世代继承，这里指继任知县的后来人。

【译文】

　　从云柯往南走，到某一个地方，有一道几尺宽的堤坝截断了海水潮汐而使海水无法涌入两边的农田，这是一位姓谢的知县为政时修造的。堤坝刚刚修建完成，谢知县就写信给我，嘱托我记下修建这座堤坝的始末，信中写道："您的文章可以使后来人对这堤坝有据可考，就算我卸任之后，这堤坝也不会被毁坏。"这位谢知县，是阳夏人，字师厚，"景初"是他的名。谢景初的先祖中有一位是以文学卓著而闻名天下的，后来接连几代人也都是地位显贵之人，于是到了景初这一代，早已经是以文才著称的显贵世家了。他出任知县，并没有因为自负才学高而忽视本县百姓的急需问题。一开始修建这座堤坝时，正是丁亥年十一月，他能够不畏冰雪严霜的寒冷侵袭，亲自到筑堤现场鼓励百姓努力劳作，以便将来能够免除水患之灾，他也能让他的百姓个个行动一致互相劝勉，都能跟随他一起修筑堤坝，甚至忘记了劳动的辛苦，于是没过多久，堤坝就修建成功了。他仁爱百姓的心地，在这件事上已经彰显得很明显了，本来功业到这里也可以停止了，但他依旧不满足于此，而且还自认为造福百姓的事业并没有结束，又思忖着把这件事告知后人，让继任知县的后来人继续将这座堤坝保护完好，以此能让堤坝永世留存。多么善良的人啊！身为仁者能深谋远虑而且还能为百姓谋求消除灾害之计，像他这样能够达到如此境界的人，他的事迹不能不写成传记流传下去。而后世的君子考查谢景初的传记时，知道他修筑堤坝的原由，他们也不可能因此而没有被触动。

【原文】

而异时予尝以事至余姚①，而君过予，与予从容言天下之事。君曰："道以闳大隐密②，圣人之所独鼓万物以然，而皆莫知其所以然者③，盖有所难知也。其治政教令施为之详，凡与人共，而尤丁宁以急者，其易知较然者也。通途川，治田桑，为之堤防沟浍渠川④，以御水旱之灾；而兴学校，属其民人相与习礼乐其中，以化服之，此其尤丁宁以急⑤，而较然易知者也。今世吏者，其愚也固不知所为；而其所谓能者，务出奇为声威，以惊世震俗；至或尽其力以事刀笔簿书之间而已，而反以谓古所为尤丁宁以急者，吾不暇以为⑥；吾曾为之，而曾不足以为之，万有一人为之，且不足以名于世而见谓材。嘻！其可叹也。夫为天下国家且百年，而胜残去杀之效⑦，则犹未也，其不出于此乎？"

予良以其言为然。既而闻君之为其县，至则为桥于江，治学者以教养县人之子弟，既而又有堤之役，于是又信其言之行而不予欺也已⑧。为之书其堤事，因并书其言终始而存之，以告后之人。庆历八年七月日记。

【注释】

①异时：不同时候；往时，从前。予：我。至：到，到达。

②闳（hóng）大：宽广博大。

③鼓万物：振起万物，使之生长。莫知：不知道。所以然：所以如此。指原因或道理。

④沟浍：泛指田间水道，也可借指荒野。

⑤丁宁：叮咛，嘱咐，告诫。

⑥不暇（xiá）：没有空闲；来不及。

⑦胜残去杀：施行仁政，化残暴为善良，因而可以废除刑杀。

⑧欺：欺瞒，欺骗。

【译文】

以前我曾因为有事到过余姚这个地方，谢景初得知后前来拜访我，和我聊起了天下的事，只见他从容不迫地侃侃而谈。他说："真理都是宏大而隐秘的，圣人往往只能知道事物表象道理，却不知道为什么会有这样的深层道理，这其中的原因，就是每个人都有难以通晓的地方。而那些详细的政事、治理教条法律实施起来，凡是和人有共同利益关系的，而尤其是告诫百姓最迫切关心的问题，这便是比较容易被人知晓的表象道理。比如疏通道路河流，治理农田桑园，为他们修建防护的堤坝、疏通田间水道沟渠来抵御旱涝灾害；而兴建学校，让所属百姓能够在学校学习礼乐之道，以便采用圣人之道感化悦服百姓，这些更是急需告诫百姓知晓的，而这种道理比那种表象道理又深了一层。现在这些当官的人，有的很愚蠢，他们根本就不知道自己在干什么；而那些所谓有才能的官吏，做事必定会出奇招来博得声威，以求得惊动世人、震撼世俗；至于那些将精力花在卖弄文采对付公文上的官员，居然会反过来说古人所说的那些急百姓之所急的事情，我没时间去做；或者我曾经去做了，但是力量有所不及，就算一万人之中有一个人做到了，但功绩也不足以名扬于世和奢望被称为有才能。唉！这也真是太令人感叹了。作为天下国家，其生命力不过是几百年的事，但是，施行仁政、以德化民、追求太平治世这种事业却远没有止境，难道事实不是我说的这样吗？"

我认为谢景初所说的话非常正确。不久后，听说他担任了那里的知县，到任后就在江河上修建桥梁，创办学堂，聘请学者以便去教化本县平民的子弟，紧接着，又有防备水灾的堤坝修建完工了，由此我再一次相信了他的言行都是一致的而并没有欺骗我。所以，我为他写下这篇文章记述他修建堤坝的事，并趁机写下了他说过的言论从头到尾都加以留存，以此来告知后来的人。庆历八年七月日记。

【赏析】

这篇文章是王安石于庆历八年（1048 年）七月某日受其本人委托所写，主要记述了谢知县上任后，为了解除百姓遭受旱涝水灾的忧患，带领乡民从云柯乡往南，建造了一段拦截海水潮汐的大坝，因此解决了水患，同时开通田间沟渠，疏导引流水源利于农桑生产的事迹。

文章开篇首先介绍了堤坝落成，然后引出修筑堤坝之人，点明写作此文的纪念意义。原来谢知县是阳夏人，他的名字叫谢景初。然后通过说明他祖上是凭借文才闻名天下，而且世代相传成为以文才著称的显贵世家。意在说明谢景初出身书香门第，大有儒家善良之风，为下文他为百姓造福一方、爱民如子的伟大情怀做铺垫。

文章中间部分插叙了谢景初与王安石谈论天下事的言论，作者强调了谢景初说这番话的时间是在他尚未做知县之前，是在"异时予尝以事至余姚"之时一次很随意的交谈，说明谢景初所言是发自内心，并非出于功利之心，而且不久担任知县以后，果真言行一致大兴水利、兴建学校传授儒家之道，所以王安石直呼他是"多么善良的人啊！"

王安石从头到尾都对谢景初给予了高度赞扬，写下此文，一方面是为了将修筑水利之事告知后人，让后来者继续将这座堤坝保护完好，好让堤坝永世长存，造福一方百姓；另一方面也是在警示天下官吏都要向谢景初一样心系百姓，才能得到百姓爱戴，才是国家需要的真正栋梁。这篇短文虽然是

谢知县一人小传，但也因此体现了王安石关注国家建设，以及体恤天下苍生的善良品性。

书李文公集后

【原文】

文公非董子作《仕不遇赋》，惜其自待不厚①。以予观之，《诗》三百，发愤于不遇者甚众②。而孔子亦曰："凤鸟不至，河不出图。吾已矣夫③！"盖叹不遇也。文公论高如此，及观于史，一不得职，则诋宰相以自快。今吾于人也，听其言而观其行，言不可独信久矣。虽然，彼宰相名实固有辨④。彼诚小人也，则文公之发，为不忍于小人可也。为史者，独安取其怒之以失职耶？世之浅者，固好以其利心量君子⑤，以为触宰相以近祸⑥，非以其私则莫为也。夫文公之好恶，盖所谓皆过其分者耳。

方其不信于天下，更以推贤进善为急。一士之不显，至寝食为之不甘，盖奔走有力，成其名而后已。士之废兴，彼各有命。身非王公大人之位，取其任而私之，又自以为贤，仆仆然忘其身之劳也⑦，岂所谓知命者耶？《记》曰："道之不行，贤者过之，不肖者不及也。"夫文公之过也，抑其所以为贤欤？

【注释】

①文公：即李翱，字习之，世称"李文公"，陇西成纪（今甘肃秦安东）人，曾从韩愈学古文。是唐代散文家与哲学家。李翱著有《李文公集》。非：非议，责难。厚：重视，推崇。

②不遇者：不得志之人；不被赏识的人。

③凤鸟：古代传说中的一种神鸟。河不出图：传说在上古伏羲氏时代，黄河中有龙马背负八卦图而出。"凤鸟至""河出图"，均被古人看作是圣人受命而为王的先兆。

④名实：外在的名声和内在的实际相符合。辨：指不同、区别。

⑤固好以其利心量君子：即俗话说的以小人之心度君子之腹。利心：功利之心。量：度量。

⑥近祸：招惹灾祸。

⑦仆仆然：奔走劳顿之状。出自《礼记·中庸》。

【译文】

李文公非议董仲舒所作的《仕不遇赋》，可惜李文公（李翱）对自己的要求也不够重视。根据我的观察，《诗经》三百首中，愤然感慨自己不得志、不被赏识的人很多。而孔子也曾说过："凤凰再也不飞来了，黄河也不出现背上负图的龙马，我的道义大概永无实现之日了！"大概这就是在感叹自己不得志，不被赏识呢。李文公为何论调这样高，等到我观看史书之后，发现记载李文公是因为一时对自己的职务不满意，然后就以毁谤宰相作为自我快意的事。现在我认为，对于他人来说，不能单从言语上相信一个人，而是应该同时观察他的行为，说出这种不可偏听偏信的观点之人早就已经有了。虽然这样，那位宰相的名声与实际本来就有可挑剔之处。那人确实是个小人啊，所以李文公发泄不满，是因为不能再忍受小人之气了。编撰史书的人，怎么能单单选取李文公的激怒行为去写实而失去自己秉公撰写书史的职责呢？世上那些目光短浅的人，本来就喜欢用利害关系的得失心理去衡量君子，认为抵触宰相会因此招灾惹祸，认为如果不是出于私人恩怨，就不会这样做。李文公的喜欢和厌恶，是出于所说的都太过分的缘故罢了。

当时李文公为了使义理伸张于天下，更是以推举贤达忠善之人作为急切之事。即使有一个贤士没得到发挥才能的机会，以至于会使李文公吃不香、睡不着，为那贤士的境遇而感到不甘心。总是尽力为之奔走呼吁，直到贤士得到任用成就名望之后才罢休。一个人的升降进退，都是各有天命不同所决定的。李文公并非高官显贵王公重臣的地位，但是，他把王公大人的职责当作自己的本分，还自认为是在为国纳贤，不知烦劳地奔走而忘了自身的疲倦困苦，难道他就是所谓的那种知道天命的人吗？《记》中说："中庸之道不能弘扬的原因，是贤能的人做得太过分，而不贤的人根本做不到啊。"那所谓的李文公的过错，或许就是因为他是一个超越道义的贤者吧！

【赏析】

李文公就是唐代散文家与哲学家李翱，也是古文运动的积极参与者。这类似于王安石读《李文公集》后所写的一篇读后感。本文题为《书李文公集后》，但并没有对李翱文集内容作任何评述，而是对李翱的人品作了辨析，描绘李翱是"以推贤进善为急"，赞颂他好恶分明的个性和求贤若渴的高尚品德。

董仲舒曾作《仕不遇赋》抒发文人不遇明主的牢骚。文章第一段先从李翱非议董仲舒这篇作品谈起，李翱对董仲舒的牢骚态度有不同的看法，认为董仲舒有失大儒风度，不应"自待不厚"，而王安石则直接将反对的矛头指向李翱，批评李翱言行不一致，不应该自己做得不好却去责难他人。其实这些叙述只是一个引子，只是想用李翱言语与行动的矛盾来引发读者的思考和阅读的兴趣。接下来，王安石扭转笔锋，具体剖析了李翱言行不一致的原因，实际上是因为李翱对待"好恶"现象所秉持的态度都是"皆过其分"而已，而"那位宰相的名声与实际本来就有可挑剔之处。那人确实是个小人啊"！如此寓褒于贬揭露真实答案。原来，李文公甚至为了能够推举贤能，不惧东奔西走，"仆仆然忘其身之劳"。于是，一个爱才、求才、任才、爱憎分明的官员形象便展示在世人面前，与前文的贬低形成鲜明对比，让世人顿悟，原来这都是李翱的本性使然，而并不是人们私下枉然定论的那样。从而呼应了前文的"今吾于人也，听其言而观其行，言不可独信"的言论。

本文在写作方法上先抑后扬，更使其扬起。不但使其行文曲折有致，而且巧妙表达了王安石对李文公品行的歌颂之情，对其赞美之意溢于言表，于波澜起伏的言语之中，凸显独特的艺术魅力。

桂州新城记

【原文】

侬智高反南方①，出入十有二州。十有二州之守吏，或死或不死，而无一人能守其州者。岂其材皆不足欤？盖夫城郭之不设②，甲兵之不戒，虽有智勇，犹不能以胜一日之变也。唯天子亦以为任其罪者不独守吏，故特推恩褒广死节，而一切贷其失职③。于是遂推选士大夫所论以为能者，付之经略④，而今尚书户部侍郎余公靖当广西焉。

寇平之明年，蛮越接和⑤，乃大城桂州。其方六里，其木、甓⑥、瓦、石之材，以枚数之，至四百万有奇。用人之力，以工数之，至一十余万。凡所以守之具，无一求而有不给者焉。以至和元年八月始作，而以二年之六月成。夫其为役亦大矣。盖公之信于民也久，而费之欲以卫其材，劳之欲以休其力，以故为是有大费与大劳，而人莫或以为勤也。

【注释】

①侬智高：中国北宋中期广西广源州（今靖西、田东一带）的少数民族首领。皇祐四年（1052 年）四月，侬智高举兵反宋，五月，破邕州，改国号为大南国，年号启历，数败朝廷征剿之兵。次年正月，侬智高败于狄青，后流亡大理，不知所终。　反：反叛。

②城郭：城是内城的墙，郭是外城的墙。泛指城邑。设：设置。

③贷：宽恕，饶恕。

④付：策划。经略：指筹划治理或要略。

⑤接和：互相交接，和平共处。

⑥甓（pì）：砖，古代又称"瓴甓"。

【译文】

侬智高在南方兴兵造反叛乱，先后攻破十二州，这十二州中守卫的官吏，有的死，有的没死，但没有一个人能守住他们州城的。难道是他们的才能都不足以胜任吗？可实际上，如果城郭不进行内外设防，不准备军兵武器装备，即使有智谋勇气，还是不能抵挡有朝一日的反叛突变的。所幸天子也认为，承担城池失守之罪的不应仅是守卫官吏，因此特别推施恩惠，表扬那些为守节义而死的人，而且完全宽恕了他们的失职行为。于是马上推举选拔士大夫所提议认为有才干的人，让他们策划处理这些事情，所以才有了如今的尚书户部吏郎余靖主管广西那一带。

平定叛乱的第二年，蛮越互相交接，和平共处，于是余靖就大规模修建桂州城。桂州城方圆六里，建城所用的木头、砖、瓦、石头等各种材料，用枚来进行计数，总数达到四百多万。所用的人力，用工时来计算，能达到十多万。所有用来守城的器具，需要时没有不供给充足的。从至和元年八月开始修建，到第二年六月建成。这徭役的规模也算是很大的了。余靖长久以来一直受到当地百姓的信任，所有的花费他都想着节省，让他们劳役出力也想着休养他们的体力，因此修建城池所消耗的费用很多，徭役规模也很大，但是没有一个人认为这是劳苦的。

【原文】

古者君臣、父子、夫妇、兄弟、朋友之礼失，则夷狄横而窥中国。方是时，中国非无城郭也，卒于陵夷、毁顿、陷灭而不救。然则城郭者，先王有之，而非所以恃而为存也①。及至喟然觉寤②，兴起旧政，则城郭之修也，又不敢以为后。盖有其患而图之无其具③，有其具而守之非其人，有其人而治之无其法④，能以久存而无败者，皆未之闻也。故文王之兴也，有四夷之难，则城于朔方，而以南仲；宣王之起也，有诸侯之患，则城于东方，而以仲山甫⑤。此二臣之德，协于其君，于为国之本末与其所先后，可谓知之矣。虑之以悄悄之劳，而发赫赫之名，承之以翼翼之勤，而续明明之功⑥，卒所以攘戎夷而中国以全安者⑦，盖其君臣如此，而守卫之有其具也。

今余公亦以文武之材，当明天子承平日久、欲补弊立废之时⑧，镇抚一方，修捍其民。其勤于今，与周之有南仲、仲山甫盖等矣，是宜有纪也。故其将吏相与谋而来取文⑨，将刻之城隅⑩，而以告后之人焉。至和二年九月丙辰，群牧判官、太常博士王某记。

【注释】

①恃（shì）：有依赖、依靠的意思。

②喟（kuì）然：迅疾貌；形容叹气的样子。觉寤（jué wù）：亦作"觉悟"，醒悟明白。

③具：指城池。

④法：法则。

⑤仲山甫（zhòng shān fǔ）：一作仲山父。周太王古公亶父的后裔，虽家世显赫，但本人却是一介平民。早年务农经商，在农人和工商业者中都有很高威望。周宣王元年（前827年），受举荐入王室，任卿士（相当于后世的宰相），位居百官之首，封地为樊，从此以樊为姓，为樊姓始祖。

⑥赫赫（hè hè）之名：声名非常显赫。赫赫：显著盛大的样子。翼翼（yì）：严肃谨慎；严整有秩序。

⑦攘（rǎng）：排除。

⑧弊（bì）：害处，与"利"相对。

⑨谋：谋划。

⑩城隅（yú）：城角。多指城根偏僻空旷处。

【译文】

古代君臣、父子、夫妇、兄弟、朋友之间的礼数丧失，那么四方的少数民族就会横行、窥视威胁中原。所以在这个时候，中原地区并非没有城池，但最终还是被夷为平地，毁灭、陷于困厄的地步而无法救助。然而先王拥有了城池，却不能依靠它而长久存在。等到叹息觉悟后，便开始修复旧政、全面兴起，那么城池的修建也就再也不能甘于落后了。有了忧患意识而去想办法解除，却苦于没有城池；有了城池，但是守城的人却不是那种有智谋的人；有了那种有智谋的人，可是守城却没有治理的法则。如果像这样能够使国家长久保存而立于不败之地，是从来都没有听说过的。所以当文王兴起的时候，出现了四方少数民族侵扰的灾难，于是就在北方建立城池，并任用南仲守城；宣王兴起的时候，当时有各路诸侯割据的祸患，于是就在东方建立城池，并且任用仲山甫。以这两个大臣的德行协助他们的君主，都能做到与君主意见相统一，这对于治理国家的本末与先后，可算得上是有智慧的决策了。他们时刻思虑国家安全，以默默无闻的辛劳展现出显赫的声名，接下来，以严整有序的勤勉劳苦创造了举世瞩目的功名，而最终能排除少数民族的进犯，使中原地区得以保全安定的原因，正是因为他们拥有这样意见相统一的君臣关系，而且守卫将士拥有具有这样配备齐全的城池。

现在余靖公也凭借文才武略，当圣明的天子传承太平盛世的日子已经很久，正要补救政治弊失、兴办被废置的事业之时，他镇守安抚一方天地，治理护卫那里的百姓。他尽心尽力保家卫国至今，与周朝南仲、仲山甫等人一样了，这些事是应该有所记载而留下来啊。所以，将领官吏在一起商讨此事，决定从我这里拿取文章，把它刻在城池的一角，以此来告诉后世之人。至和二年九月丙辰，群牧判官、太常博士王某记。

【赏析】

这是北宋至和二年（1055年）九月王安石为桂州新修建的城池而写的一篇记事文章，主要记载了桂州新城落成的始末，以及为国家尽职尽忠的守城首领余靖的事迹。

余靖，字安道，号武溪，韶州曲江（今广东省韶关市）人。北宋政治家，"庆历四谏官"之

一。他考中进士后，历任集贤校理、右正言，出使契丹，出任桂州知府等职，曾跟随名将狄青打败侬智高的叛乱。他一生为国家竭智尽忠，抚民济世，光辉业绩名垂青史。王安石在文中提出君臣、父子、兄弟、夫妻和朋友之间的礼义一定要有尊卑次序，如果失去纲常的话，那么四方的少数民族就会窥视中原伺机进犯。同时，要想国家长治久安，必须记住城郭为设险故守之需，礼义是无形之城，都不可忽视。为了增强文章的说服力与形象性，王安石引用周文王和宣王派遣大臣南仲、仲山甫修城卫国的典故，产生了很好的艺术效果。

本文叙议结合，道理明晰，深有寓意，作者不吝笔墨叙写余靖修建新城的经过，意在宣讲国防建设对于一个国家的安危起着至关重要的作用。

太平州新学记

【原文】

太平新学在子城东南，治平三年，司农少卿建安李侯定仲求所作①。侯之为州也，宽以有制，静以有谋，故不大罚戮而州既治。于是大姓相劝出钱，造侯之庭，愿兴学以称侯意。侯为相地迁之，为屋百间，为防环之，以待水患②。而为田二十顷，以食学者。自门徂堂，闳壮丽密③，而所以祭养之器具。盖往来之人，皆莫知其经始，而特见其成。既成矣，而侯罢去，州人善侯无穷也④，乃来求文以识其时功。

嗟乎！学之不可以已也久矣。世之为吏者，或不足以知此，而李侯知以为先，又能不费财伤民⑤，而使其自劝以成之，岂不贤哉⑥？然世之为士者，知学矣，而或不知所以学，故余于其求文，而因以告焉。

【注释】

①太平：即太平州，宋代设置州城治所。李侯定仲求：即李定，字仲求，宋建州建安人，官至司农少卿。侯：古代用作士大夫之间的尊称。作：修建。

②待：防范。

③徂（cú）：往，到。闳（hóng）壮：宏伟壮丽。

④善：善举。侯：指李定。

⑤费财伤民：耗费钱财，使人民劳苦。即劳民伤财之意。

⑥贤：贤明之举。

【译文】

太平州新建的学校在子城东南，治平三年，由司农少卿建安人李侯主持修建。李侯担任这里的知州，政令宽简而很有章法，表面安静却早有谋略在心中，所以没有大肆责罚杀戮，而太平州中的治理就已经非常安稳太平了。于是本州内一些豪门大族彼此相互劝勉拿出钱财，来到李侯的厅堂，表示原意捐钱兴建学校以完成李侯的心愿。李侯为此亲自甄选划拨土地将旧学堂迁到新址，修建了房屋一百间，这些房屋共同围拢成形如一个大圆环，以这种形制构成可以适度防备水灾。随后李侯又划出田地二十顷，用来播种庄稼以供应求学者的粮食之需。从学校大门直到正堂，雄丽壮观而又排列紧密，而且用来祭祀先圣和养育弟子的相应设施也都已置备齐全。南来北往的人都不知道这项工程何时开始，但见学校很快就已经顺利落成。学校刚刚建成以后，李侯就知州任满离开了，全州百姓都对李侯的善举有着不尽的怀念，于是前来请求我写一篇记述文字以便后人了解李侯当时所付出的功劳。

啊！不能停止建学校学习文化的这种认识由来已久了。世上那些当官的人，有的还不懂得学校的重要性，而李侯却早已深知以学校教育为先，而且还能做到不耗费国家钱财又不使百姓劳苦，而是使那些富户们主动相互劝勉自觉出力来建成这所学校，难道不是贤明之举吗？然而，当今世上的士子虽然都明白应该学习，但有人却不知道为什么而学、应该怎样去学习，所以我想借这太平州来人请我写文作记的机会，说说这个问题以便告知他们。

【原文】

盖继道莫如善，守善莫如仁①。仁之施，自父子始。积善而充之，以至于圣而不可知之谓神。推仁而上之，以至于圣人之于天道，此学者之所当以为事也。昔之造书者实告之矣。有闻于上，无闻于下，有见于初，无见于终，此道之所以散、百家之所以盛②、学者之所以讼也③。学乎学，将以一天下之学者至于无讼而止。游于斯，馎于斯④，而余说之不知，则是美食逸居而已者也⑤。李侯之为是也，岂为士之美食逸居而已者哉？治平四年九月四日，临川王某记⑥。

【注释】

①莫如：不如。是指对事物的不同处理方法进行比较选择。守：恪守。

②盛：盛行。

③讼：争辩是非。

④馎（bū）：同"哺"，晚饭。可引申指饭食，食禄。斯：指示代词，这，这个，这里。

⑤逸居：安逸的住处。

⑥临川王某：即临川人王安石。

【译文】

　　继承圣道没有比恪守善心更重要的，恪守善心没有比施行仁义更重要的。仁义的施行要从父慈子孝的伦理开始。积蓄善心并不断地充实丰富它，从而达到圣人的境界而不可自知那就可以称为神了。推行仁义并使之向上可以惠及于国家社稷，从而达到圣人对天道的理解高度，这才是学者应该作为终生孜孜以求的事业。这早在圣贤造字的时候就已经实实在在地告诉人们这些道理了。一切只听从君上的旨意，不去听闻下面百姓的声音，初学之时有些心得，却不见其由始至终都能将大道贯穿起来学以致用，这就是圣人之道之所以发生分歧、百家学说之所以能够盛行、学者之间之所以有所争论的原因了。学习之所以称为学习，最终是要使全天下的学者都能达到思想认识的高度统一，而不再有什么可以争论的问题才能停止。游学在于这些，饮食在于这些，却不知道我上面所说的那些内容有何意，那就是还仅仅满足于享受可口的饭菜、安逸的住所而已了。李侯之所以这样做，难道仅仅是为了给士子可口的饭菜、安逸的住所就算达到目的了吗？治平四年九月四日，临川王安石记。

【赏析】

　　这篇文章写于治平四年（1067年）九月四日，是在太平州学校落成后。当时建校人李侯即将任满离去，州人不舍，为了纪念李侯的功绩，特请求王安石为之作记。

　　王安石首先写了这所学校的建成始末。原来是李侯在此任职期间所建，他为人善良公正，政令宽简而很有章法，使这里的百姓能够安居乐业，但他始终有一个建校兴学的心愿。本州富户出于感激主动相互劝勉自觉拿出钱财帮助李侯完成兴建学校造福子孙后代的愿望与伟大事业，从而体现出李侯治理一方深得民心的高尚品格。在修建学校期间，李侯并没有大张旗鼓宣扬自己的功绩，没有惊动朝廷请求拨款，也没有以权欺压当地百姓被动承担徭役，而是在"往来之人，皆莫知其经始，而特见其成"的情况下就已经顺利建成，做到了为官不劳民伤财的典范。如此一点点铺开，以当下那些"为吏者"反衬出李侯知道兴学且不费财伤民之贤，接下来再写"为士者"知学却不知所以学，引出下文阐释学者当以"积善而充之""推仁而上之"的学习目的，最后以"李侯之为是也，岂为士之美食逸居而已者哉"反问作结，强调自己写作本文的另一个重要用意。

王安石在这篇文章中阐明了自己独到的见解，他认为立学目的是统一士人的思想，即通过积累善来继承圣人之道，最终到没有争辩为止。一统思想有利于思想与文化的传承，有利于国家的治理与社会的稳定，而"一切听从君上的旨意，不去听闻下面百姓的声音，初学之时有些心得，却不能将大道贯穿起来理解"，这都是不可取的。

答吕吉甫书①

【原文】

某启：与公同心②，以至异意③，皆缘国事，岂有它哉？同朝纷纷，公独助我，则我何憾于公？人或言公，吾无与焉，则公何尤于我？趣时便事，吾不知其说焉；考实论情，则公宜昭其如此。开喻重悉，览之怅然④。

昔之在我者，诚无细故之可疑⑤；则今之在公者，尚何旧恶之足念⑥？然公以壮烈，方进为于圣世；而某荼然衰疢⑦，特待尽于山林⑧。趣舍异路⑨，则相呴以湿，不如相忘之愈也。想趣召在朝夕⑩，惟良食⑪，为时自爱⑫。

【注释】

①吕吉甫：即吕惠卿，字吉甫。泉州晋江（今属福建）人。仁宗嘉祐二年（1057年）进士，调真州推官。神宗熙宁初，历太子中允，崇政殿说书、集贤校理。熙宁年间曾为翰林学士、右谏议大夫、参知政事。

②与公同心：指自己曾与吕惠卿同心改革。新法首先设制置三司条例司，作为策画的机构，王安石自领司事，而以吕惠卿为制置司检详文字。新法事无大小，王安石都与之商量，有关建议新法的章奏，也都由其执笔，从而成为王安石推行新法最得力的助手。

③以至异意：指自己与吕惠卿之间后来产生误会、隔阂。吕惠卿虽然才识明敏，但是热衷权位，操守不佳。王安石罢相后，吕不愿其复来，肆意倾陷。熙宁八年，王安石复相后，二人不再相合。

④开喻：开导晓喻。指吕书中的辩解。重悉：清楚明白。怅然：因不如意而感到不痛快。

⑤细故：形容芝麻蒜皮的小事，此指细小的误会。吕书云："内省凉薄，尚无细故之嫌。"

⑥旧恶：从前交恶。吕书云："仰揆高明，夫何旧恶之念？"

⑦苶（nié）然：疲惫貌。《庄子·齐物论》："苶然疲役，而不知其所归。"疢（chèn）：本指热病。此处指久病在床。

⑧特：仅仅，只是。待尽于山林：栖身山林，度此余生。因王安石此时已经退居半山，不再参与朝政。

⑨趣舍：所取所舍。异路：不同路。王安石此前已经罢相退居，而吕惠卿尚在朝中为官。

⑩朝夕：早晨和晚上，比喻在很短的时间内。

⑪良食：善用饮食。犹古人"努力加餐饭"之意。

⑫为时：为了当今。自爱：自重，保重。

【译文】

吕吉甫亲启：我本来和您是一条心，后来意见不合。这都是因为国事，哪里是另有其他原因呢？想当初变法之时，满朝文武意见不一，只有您帮助我，那么我对于您还有什么可遗憾怨恨的呢？有的人攻击您，我并不同意这种看法，那么您为什么还要归罪于我呢？有人说您做事是追求时髦和方便，我不知道这种说法有什么依据；考察实情，您也确实有不得已的地方，但您应该在适宜场合公开说明自己这样做的原因。打开您的来信再次阅读，读完后感觉心里很不痛快。

回想过去，对于我来说，确实没有一点点琐事值得怀疑；那么今天您又有什么旧怨可以念念不忘呢？但是您现在因为勇敢而有气节，在这个圣明的时代而得到任用；而我却又老又病，只好栖身山林度此余生。既然我们人生取舍的目标不同，那么与其相濡以沫，还不如远远地相忘于江湖更好。想来您每天从早到晚都免不了被紧急传召入宫，希望您

能够好好加餐，为大局而爱惜自己的身体。

【赏析】

这是王安石回复吕惠卿的一封书信，约作于神宗元丰三四年（1080—1081年）间。王安石在金陵，吕惠卿曾给王安石写过一封书信相问，当时王安石也想为之前的误会做些解释，所以写信回复。

在推行新法的同时，吕惠卿曾与王安石之子王雱同修《三经新义》，并与王安石一起修撰注释儒家经典。吕惠卿陷害王安石期间，王雱非常愤恨，曾在王安石不知情的情况下对吕惠卿暗中报复，而吕惠卿以为是王安石所指使，所以更加加深了两人之间的嫌隙，最终王安石罢相退居，而吕惠卿依旧留在宫中如鱼得水。吕惠卿（1032—1111年），字吉甫，泉州晋江人，北宋的政治家、改革家，同时也是王安石变法的第二号人物。他是神宗皇帝的一名重要顾问，王安石变法的中坚者，有文字记载说，"事无大小，安石必与惠卿谋之"。可见吕惠卿是学识、执政能力出众之人，但由于心术与品格方面的巨大缺陷，成了变法派中的投机分子，曾为人诟病。

王安石在本信中首先肯定了二人之间曾经为了变法而同心协力，但期

间因为"别人的非议"而产生隔阂。信中王安石极力为吕惠卿开脱曾经的所作所为"确实有不得已的地方",表达了自己宽宏大量本想冰释前嫌,但看到他的来信质问,情难自禁,"览之怅然",引出下文。接下来回忆从前,阐明现在二人地位悬殊,观点有异,目标不同,表明了自己此刻"道不同不相为谋"的果断态度。

答钱公辅学士书①

【原文】

比蒙以铭文见属②,足下于世为闻人③,力足以得显者铭父母④,乃以属于不腆之文⑤,似其意非苟然⑥,故辄为之而不辞⑦。不图乃犹未副所欲⑧,欲有所增损⑨。鄙文自有意义,不可改也。宜以见还⑩,而求能如足下意者为之耳。家庙以今法准之⑪,恐足下未得立也⑫。足下虽多闻,要与识者讲之⑬。

【注释】

①钱公辅:字君倚,常州武进(今属江苏)人。曾任集贤校理、知制诰等职。

②比:副词,近来的意思。蒙:敬词,承蒙。铭文:指钱公辅之母的墓志铭。属:同"嘱",委托。

③闻人:有名声、名望的人。

④显者:名人。

⑤不腆(tiǎn):浅薄,不美好。古代用作谦词。

⑥苟然:草率的样子。

⑦辄（zhé）：总是，就。

⑧不图：指没有料到。乃：竟。副：符合。

⑨增损：增加或者减少，此处指修改。

⑩见还：将原文退回来。

⑪家庙：家族中祭祀祖先的祠堂。

⑫恐：恐怕，唯恐。足下：是对对方的尊称。意为"您"。立：建立。

⑬识者：有学识的人。

【译文】

近来承蒙钱公您请托我为您母亲撰写墓志铭，您在当世是有很高名望的人，是有足够能力为父母作铭文的名人，而您如今认为我的文章是属于不美好的，似乎很草率而没能表达出您的意思，所以来信说让我为您修改这篇铭文而不能推辞。我没有料到这篇铭文竟然不符合您的想法与要求，想让我对此铭文有所增减。但我写的这篇铭文自有其意义所在，是不可以更改的。既然不符合您的要求，那您应该把这篇铭文退还给我，而去寻求能满足您心意的人替您写这篇铭文吧。关于立家庙之事，按照当今的礼法去衡量，恐怕以您的官位也未必有资格建立吧。您虽然见多识广，但也应该与有学识的人探讨一下这件事情。

【原文】

如得甲科为通判①，通判之署有池台竹林之胜，此何足以为太夫人之荣而必欲书之乎？贵为天子，富有天下，苟不能行道，适足以为父母之羞。况一甲科通判？苟粗知为辞赋，虽市井小人②，皆可以得之，何足道哉？何足道哉？故铭以谓"闾巷之士以为太夫人荣③"，明天下有识者不以置悲欢荣辱于其心也。太夫人能异于闾巷之士而与天下有识同，此其所以为贤而宜铭者也。至于诸孙，亦不足列。孰有五子而无七孙者乎④？七孙业文有可道⑤，固不宜略，若皆儿童，贤不肖未可知⑥，列之于义何当也？诸不具道⑦，计足下当与有识者讲之。南去愈远⑧，君子惟慎爱自重。

【注释】

①甲科：进士考试的优等。通判：官名，宋初始于诸州府设置，地位略次于州府的长官，但握有连署州府公事和监察官吏的实权，号称"监州"。

②市井小人：普通老百姓。市井：旧时买卖交易的地方，也作为街市的通称。

③闾巷（lú xiàng）：犹里巷，泛指乡里民间。

④五子：五个儿子。

⑤业文：以文为业，都是学习写文章的人。业：这里做动词用，指学习。

⑥不肖：不贤。

⑦诸不具道：各种事物不去一一细说。诸：指示代词，指人和事物。

⑧南去：指钱公辅到越州（今浙江绍兴）任通判，地点在北宋首都汴京之南，而作者写此文时在京任群牧判官。

【译文】

比如您能获得甲科继而升为通判，通判的署州府有池台竹林的绝胜美景，可这又有什么值得太夫人荣耀的，一定要写进铭文中吗？就算是贵为天子，财富足以坐拥天下之人，如果不能施行道义，也是足以让父母蒙羞的。何况是身为一个甲科通判！假如是粗略地写成辞赋，即使是街市上的普通百姓，也都可以随时得到，又有什么值得称道的呢？因为又有什么值得称道的？所以用写铭文来说出"乡里民间的百姓也因为太夫人而感到荣耀"，其实明理而有学识的人不应该把悲欢荣辱放在心里。太夫人能和街市上的普通百姓有所不同，却能与天下有学识之人相同，这就是她之所以成为贤德的人而且应该将其写进铭文的原因。至于太夫人的诸位子孙，也不足以位列其中。哪有已有五个儿子而没有七个孙子的呢？如果七个孙儿研学文章有所成就是值得写进铭文称道的，固然不应该省略。倘若都还是孩童，贤德与不贤德还没有知晓，位列在铭文中又有什么意义呢？所以说这些人都不能一一写出来，希望你和有学识的人说说这件事。南行的路越来越远，君子只有照顾好自己，谨慎言行、自爱自重。

【赏析】

这是一篇书信体的作品。钱公辅曾请王安石为自己母亲撰写墓志铭，但王安石写好寄给他以后，却收到钱公辅的一封来信，认为其"未副所欲"。也就是说钱公辅嫌王安石写得太简略，没有达到他炫耀其母身份和家庭显赫的目的，并要求王安石修改一下。这完全出乎王安石的意料，他当然也不愿意改动，因此就写了这封信来作答。

首先，王安石恭维地客套了一番，然后对于要求他更改墓志铭的事，表明了自己的态度"鄙文自有意义，不可改也"，反映了王安石很自信，同时态度明确地说"宜以见还，而求能如足下意者为之耳"。既然你看不上，那么就只有请你将原文返回，另请高明撰写去吧！在这里，王安石的态度是认真而严肃的。

接下来第二段，王安石阐述了自己写这篇墓志铭的意义所在和不可更改的理由。对于其主张撰写墓志铭而罗列墓主人和子孙的功绩来炫耀的官僚风气，提出了异议和批驳。王安石认为炫耀子孙、官职之类的俗套毫无意义，应该把"行道"作为炫耀的资本，即使"贵为天子，富有天下，苟不能行道，适足以为父母之羞"。这是十分大胆而又深刻的见解，间接讽刺了一种社会现象。那就是一个人无论官有多大，家庙有多富丽堂皇，官署有多盛美，那都是次要的，如果目光仅局限于此，只能说明为人之俗，视野之窄。因而王安石在墓志铭中着重从贤德方面强调了钱母的高贵之处，从而表达了要世代弘扬儒道精神的意旨。

这封信虽然短小，但是凸显了一个最起码的道理，就是利用先人的功名来追求名利是十分低俗而不可取的行为，进而体现了王安石为人为文正直不苟、不随声附和的品格和儒道思想。

风俗①

【原文】

夫天之所爱育者民也，民之所系仰者君也。圣人上承天之意，下为民之主，其要在安利之。而安利之之要不在于它，在乎正风俗而已。故风俗之变，迁染民志②，关之盛衰，不可不慎也。

君子制俗以俭，其弊为奢。奢而不制，弊将若之何？夫如是，则有殚极财力③，僭渎拟伦以追时好者矣④。且天地之生财也有时，人之为力也有限，而日夜之费无穷。以有时之财，有限之力，以给无穷之费，若不为制，所谓积之涓涓而泄之浩浩⑤，如之何使斯民不贫且滥也⑥！国家奄有诸夏⑦，四圣继统，制度以定矣，纪纲以缉矣，赋敛不伤于民矣，徭役以均矣⑧，升平之运未有盛于今矣，固当家给人足，无一夫不获其所矣⑨。然而窭人之子，短褐未尽完⑩，趋末之民，巧伪未尽抑⑪。其故何也⑫？殆风俗有所未尽淳欤⑬！

【注释】

①风俗：社会上长期相沿积久而形成的通行的风尚、习惯、礼仪等。是特定社会文化区域内历代人们共同遵守的行为模式或规范。主要包括民族风俗、节日习俗、传统礼仪，等等。

②迁染：指性情被习俗所迁移改变。迁：改变。

③殚（dān）：竭尽。

④僭（jiàn）：旧指下级冒用上级的名义、礼仪或器物，超越本分。渎（dú）：本意是指水沟，小渠，亦泛指河川，也指轻慢，对人不恭敬。

⑤涓涓（juān juān）：细水缓慢流动的样子。浩浩：水盛大的样子。

⑥滥（làn）：本义指大水漫延、溢出。引申为肆意枉为、过度、浮泛等。

⑦奄（yǎn）有：拥有，全部占有。多用于疆土。诸夏（zhū xià）：原指周代分封的"王之支子母弟甥舅"各个诸侯国。泛指中原地区。

⑧赋敛（fù liǎn）：征收赋税。徭役（yáo yì）：古代统治者强迫人民（主要是农民）参加的无偿劳役。主要有力役、军役及其他杂役。

⑨家给（jǐ）人足：家家衣食充裕，人人生活富足。一夫：一个人。

⑩窭（jù）人：贫寒的人。短褐（duǎn hè）：粗麻短衫。完：完好。

⑪趋末：指从事、趋尚工商业。巧伪：机巧奸诈。

⑫其故何也：这是什么原因呢？

⑬殆（dài）：大概。淳：淳朴。欤（yú）：文言助词，表示疑问、感叹、

反诘等语气。

【译文】

上天所抚爱养育的是人民，人民所牵系仰仗的是君主。圣君对上是继承了上天的旨意，对下是代替上天做了万民之主，他的主要任务在于使百姓生活富裕安定，并且给与他们恩惠。而使百姓生活富裕安定和给与他们恩惠的要点不在于其他，就在于端正风俗罢了。所以风俗的改变，会逐渐迁移改变百姓的思想意志，直接关系着国家的兴亡，这不可以不慎重啊。

君子用节俭的风俗治理国家，而奢侈的风气就是一种弊端。奢侈的风气不加以制止，弊端将会发展成什么样子呢？这样一来，就会竭尽财力，超越本分、轻慢他人，模拟所谓的道德伦理去追求时尚了。况且天地生产物质资源是需要一定时间的，人们的生产能力也有限，而日夜的花费是没有穷尽的。依靠有时节限制的财力和有限的人力去供应无止境的消费，假如不加以限制，那么所谓的像涓涓细流一般缓缓聚积起来的财富就会像浩荡的江水一样倾泻而出，出现像这样入不敷出的现象，怎么能不使百姓贫苦且肆意枉为呢！国家拥有华夏大地，继承四大圣人的道统制度以此来求得安定，依靠法纪纲常来聚合百姓，征收赋税就不会伤及百姓，徭役能够得以平均分配，那么歌舞升平的国运就从来没有像今天这样兴盛了，固然就应当是家家衣食充裕，人人生活富足，没有一个人不会得其所需了。然而现在穷人的孩子连粗布做的衣服都穿不上，商人机巧奸诈的行为没有完全得到抑制，这是什么原因呢？大概就是风俗还不够淳朴吧！

【原文】

且圣人之化，自近及远，由内及外。是以京师者风俗之枢机也①，四方之所面内而依仿也。加之士民富庶，财物毕会②，难以俭率③，易以奢变。

至于发一端，作一事，衣冠车马之奇，器物服玩之具，<u>且</u>更奇制，夕染诸夏④。工者矜能于无用⑤，商者通货于难得⑥，岁加一岁，巧眩之性不可穷，好尚之势多所易，故物有未弊而见毁于人，人有循旧而见嗤于俗⑦。富者竞以自胜，贫者耻其不若，且曰："彼人也，我人也，彼为奉养若此之丽，而我反不及！"由是转相慕效，务尽鲜明，使愚下之人有逞一时之嗜欲⑧，破终身之赀产而不自知也⑨。

【注释】

①枢机：比喻事物运动的关键。

②富庶：物产丰富，人口众多。毕会：全部集中。毕：都，全。

③率：循守。

④染：沾染，感受。

⑤矜（jīn）能：夸耀自己的才能。

⑥通货：交接货物，即做买卖。

⑦嗤（chī）：基本释义是讥笑。

⑧逞（chěng）：炫耀，卖弄等意思。嗜欲：嗜好，欲望。

⑨赀（zī）：通"资"，资产。

【译文】

况且圣人的教化，是从近处扩及到远处，由内部影响到外部。所以京城是风俗的关键所在，四面八方之地都在向内注视着京城并加以效仿。加上众多的人口，丰富的物产，各种各样的财物汇集，推行循守节俭很困难，但是崇尚奢侈却很容易转变，甚至会从一端发展成一种潮流，凡是新奇的衣帽车马，各种器物、玩乐的用具，早上出了新鲜款式，傍晚就会风行于华夏大地。手工艺者夸耀自己的才能，生产出那些看似华美精致，但是毫无用途的奢侈品，商人囤积难以获得的奇货用来获取暴利，这样年复一年，人们喜欢工巧眩目的习性就无法禁止了，推崇嗜好风尚的势头就变得层出不穷，所以东西还没有破旧就被人丢弃毁掉，而遵循旧俗的人总被追求时尚的人嘲笑。富人之间竞相攀比，贫苦的人也把比不上别人当作是一种耻辱，贫苦的人说："他是人，我也是人，他的生活这样奢侈，我却比不上！"从此竞相仰慕效仿，而且一定要尽力求取鲜艳醒目，致使那些愚昧的人为了炫耀一时的嗜好欲望，竟然使自己陷入了终身破产的境地却还不知道醒悟悔改呢。

【原文】

且山林不能给野火①，江海不能实漏卮②，淳朴之风散，则贪饕之行成③；贪饕之行成，则上下之力匮④。如此则人无完行，士无廉声，尚陵逼者为时宜⑤，守检押者为鄙野⑥，节义之民少，兼并之家多，富者财产满布州域，贫者困穷不免于沟壑。夫人之为性，心充体逸则乐生，心郁体劳则思死。若是之俗，何法令之能避哉？故刑罚所以不措者此也⑦。

且坏崖破岩之水，源自涓涓；干云蔽日之木⑧，起于青葱。禁微则易，救末者难。所宜略依古之王制，命市纳贾，以观好恶。有作奇技淫巧以疑众者，纠罚之⑨；下至物器馔具⑩，为之品制以节之；工商逐末者，重租税以困辱之⑪。民见末业之无用，而又为纠罚困辱，不得不趋田亩，田亩辟⑫，则民无饥矣。以此显示众庶，未有辇毂之内治而天下不治矣⑬。

【注释】

①野火：荒山野地焚枯草时燃烧的火；指磷火。俗称"鬼火"。

②漏卮（zhī）：有漏洞的盛酒器，比喻国家利益外溢的漏洞。

③贪饕（tāo）：贪婪，贪得无厌。

④匮（kuì）：缺乏，不足。

⑤陵逼：欺凌，压迫。

⑥检押：规矩。鄙野（bǐ yě）：指鄙陋粗野。

⑦措：废置，搁置。

⑧干云：入云。干：犯。

⑨纠罚：督察惩罚。

⑩馔（zhuàn）具：指陈设食物之具，如餐具、食具。

⑪困辱：困窘和屈辱。

⑫趋田亩：指回归农业生产。田亩辟（pì）：田地被开辟出来。辟：开

垦，开辟。

⑬ 辇毂（niǎn gǔ）：皇帝的车舆。代指京城。

【译文】

况且再大的山林也无法供得上被野火焚烧，汪洋江海也受不住不停地泄露，淳朴的风俗消失了，则贪婪的风俗就会形成；贪婪的风俗形成，那么国家从上到下的财力也就随着匮乏。如此一来，那么每个人的品行就会随之败坏而变得不完美，士人没有了廉洁的声誉，崇尚欺压逼迫成了风尚，遵守法令被当作是鄙陋粗野，主张节义的老百姓减少了，兼并土地的人家却多了，富人们的财产遍布各个州县城邑，贫苦的人却走投无路饿死在沟壑路边。人的行为本性在于，内心充实、身体安逸就会感到活着是一种乐趣，而心情郁闷、身体劳苦就会想到死亡，像这样的风俗，怎能避免触犯法令呢？故而这也是刑罚之所以不能放置不用的原因。

毁坏山崖、冲垮岩石的大水，来源于涓涓细流；直上云霄、遮天蔽日的大树，也是从青青的嫩芽生长起来的。禁止微小的坏事很容易，等到最后铸成大错再去补救就困难了。现在应该做的是要完全依照古代先王的制度，规定市集容纳商贾的数量，来看看人们都喜欢什么、不喜欢什么。发现有依靠各种奇技淫巧来迷惑百姓的，一定要把他们关起来严加惩处；至于各种玩物器具、专用的食具，要为这些商品制定法令，让不同等级地位的人使用不同规格的器具，如此制定等级加以限制；对手工艺者和商人要加重租税，以此来让限制、贬低他们的地位。让百姓看到他们的行业没有什么好处，而且还因此受到处罚、困窘和贬低地位，于是就不得不回归农业生产，这样一来，土地都被开垦出来了，那么老百姓也就不会挨饿了。如果把这些道理都显示给大家看，就不会出现京城治理好了而天下却管理不好的现象了。

【赏析】

这篇文章以"风俗"为题，但所讲并非是社会约定成俗的民间文化传统，而是如何"移风易俗"。王安石针对当时不利于农业生产的社会现象，阐明了革除奢华世风，发展农业生产，抑制土地兼并，想办法使国家富强起来的政治主张。

文章中，王安石首先提出了上天、君王与百姓三者之间的关系，作为万民之主承继了上天的意志，主要是为了施予百姓恩惠，使天下百姓生活富裕安定，而这一切美好的到来在于天子能够端正风俗，使天下苍生和谐共处，供求均衡，形成和谐的社会风气，进而说明了风俗的重要性，而一旦风俗被破坏与改变，就会逐渐迁移百姓的思想，甚至会肆意枉为直接关系到国家的兴亡，这不可以不慎重。

接下来，采用正反两方面对举的艺术手法，分别从百姓的衣食住行娱乐、生活器具等方面，对比说明了贪婪的风俗形成、人的品行是否端正、崇尚欺压逼迫成了风尚、遵守法令被当作陋习、主张节义的百姓减少、兼

并土地、弃耕从商等现象的产生原因与危害性，强调说明了"君子应当用节俭的风俗治理国家"，而对于奢靡之风的兴起应该出台法律惩罚的手段加以制止，否则这种社会弊端发展到一定程度，后果不堪设想的观点。

最后以"坏崖破岩之水，源自涓涓；干云蔽日之木，起于青葱"这段生动而形象的比喻作为警示之语，说明了发现风俗弊病端倪之时，一定要及早制止，善于疏导以除后患，这样一来，也就不会出现只有京城繁华富裕，而山野沟壑有贫民冻死骨的鲜明对比了。

本文立意高远，义理明晰，行文畅达，首尾呼应。激昂的文字中处处流露出作为一个思想家"众人皆醉我独醒"的政治眼光。针对社会上奢靡之风的暗流涌动到风靡盛行，王安石振臂高呼，及时止损，由此可见其拳拳爱国之心，令人无比敬仰。

龙赋

【原文】

龙之为物，能合能散，能潜能见①，能弱能强，能微能章②。惟不可见③，所以莫知其乡④；惟不可畜⑤，所以异于牛羊。变而不可测，动而不可驯，则常出乎害人，而未始出乎害人⑥，夫此所以为仁。为仁无止，则常至乎丧己，而未始至乎丧己⑦，夫此所以为智。止则身安，曰惟知几⑧；动则物利⑨，曰惟知时。然则龙终不可见乎？曰：与为类者常见之⑩。

【注释】

①为：是，作为。能潜能见：即能隐能现。见：同"现"，显现。

②能微能章：能大能小。微：微小。章：古同"彰"，彰明，明显。

③惟：句首语气词。

④莫知：不知道。乡：指家乡居处。

⑤畜：畜养。

⑥未始：未曾，不曾。指尚未发生的事物。

⑦而未始至乎丧己：谓能全身而退。丧：丧失。

⑧知几：预先知晓事物的变化。唐人吴筠《览古》："达者贵量力，至人尚知几。"

⑨物利：对他物有利。

⑩与为类者：与龙是同类的动物。这里指和龙灵性类似的人。

【译文】

据说龙是传说中的一种神物，它能聚合祥云而来，也能瞬间散去，它能潜伏不显现，也能浮出让人看见，它能显得软弱也能显得强壮，它能变得很微小也能彰显出庞大。只是从来没有人看见过龙，所以不知道龙的仙乡在哪里；也因为龙灵动而不能畜养，所以跟牛羊不一样。龙能千变万化不可预测，龙能到处活动而又让人无法驯服，龙的本能特性可以到处出没伤害到人类，但是却从来没出现过伤害人类的事情，这也就是所说的仁慈。通常作为仁慈如果没有止尽，那么往往就会发展到伤害自身，但龙却能做到仁慈而又不曾伤害自身，这就是之所以被称作明智的原因。仁慈而又有止尽，能把握时机，能敏锐观察到有危险的征兆，然后果断退守来保自身平安，这就是常言所说的能预先知晓事物变化；活动时就有利于万物，能正确地审时度势，不失时机地出来做一番有利于天下万物的事业，这就是常言所说的洞悉时机而后为。然而，这样神奇的龙是终究无法见到的吗？回答说："和龙有着同样品性的人是经常可以见到的。"

【赏析】

本文是王安石创作的一篇短赋，大约创作于青年时期。此赋所写的是龙，是一篇为言志而赋龙的上乘佳作，这也是王安石自喻襟怀，托物达理的绝妙佳品。

龙作为既有图腾特征，又带有人为创造痕迹的神圣之物，具有诸多的象征意义；龙作为一种奇特、丰富而形象的神话动物，早已被世人所公认为中华民族具有标识性的神奇物种，被推崇为吉祥的符号，祥善的化身。本文以龙德喻人德，反映出王安石青年时期就已经对儒家思想和道德境界有着极其高雅的执着追求。当然，纵观王安石的一生，其中也隐含着他未来宦海沉浮的诸多神话。文章先说龙作为罕见的神奇物种变幻莫测的超自然形态，它能时而聚合，时而离散，时而潜藏，时而出现，令人说不清它能量的强弱、本领的大小，也道不尽它既幽微又显赫的神奇绝妙。最后对

龙的议论瞬间转接到人类品性之中戛然而止，妙笔生花。

这篇《龙赋》说龙而又意不在龙，而是在于表达人性。以"与为类者常见之"作结束语，慨然有味，颇有深意。

知人

【原文】

贪人廉①，淫人洁，佞人直，非终然也②，规有济焉尔③。

王莽拜侯④，让印不受，假僭皇命⑤，得玺而喜⑥，以廉济贪者也。晋王广求为冢嗣，管弦遏密⑦，尘埃被之⑧，陪宸未几，而声色丧邦⑨，以洁济淫者也。郑注开陈治道⑩，激昂颜辞，君民翕然⑪，倚以致平⑫，卒用奸败⑬，以直济佞者也。

呜呼！"知人则哲，惟帝其难之⑭"，古今一也。

【注释】

①贪人廉：贪婪的人，往往示人以清廉。

②佞（nìng）人直：奸佞的人，总是示人以正直。佞：善辩，巧言谄媚。非终然：并非始终如此（此指廉、洁、直）。

③规有济焉：伪装这样以求达到那样的目的。规：规划，引申为伪装。济：本指渡过河流。引申为达到目标。

④王莽：字巨君（前45—23年），西汉孝元皇后王政君侄子。魏郡元城人（河北大名县东）。元帝时官至大司马，执掌朝政。他独断专行，排除异己，策划宫廷政变，并最终篡汉自立，国号曰"新"。最后，王莽政权被农民起义军所推翻。《汉书》有传。拜侯：实指封公。王莽初封侯，为新都

侯，未见辞让。其后，被赐号为安汉公，竟不得已而受册。

⑤假僭（jiǎ jiàn）：假冒，僭越，指超越身份擅立名号。王莽先当假皇帝，然后暗中派人将刻有文字的两个匣子送进汉高祖庙中，文字假称汉高祖示意汉家皇位应传给王莽。王莽据此胁迫太后下令刘孺子让位，自己则由假皇帝变成了真皇帝。

⑥玺（xǐ）：传国玉玺，指皇帝专用的印玺，古代是最高权力的象征。

⑦遏密（è mì）：指帝王等死后停止演奏音乐，以表示对皇帝驾崩的哀痛。《尚书·禹典》："帝乃阻落，百姓如丧考妣。三载，四海遏密八音。"

⑧尘埃被之：尘埃盖满了管弦。这是杨广的伪装之举。

⑨陪扆（yǐ）：此指皇帝位。扆：皇帝座位之后的屏风。此引指帝位。未几：不久。杨广即位后，十三年隋亡（605—618年）。他在位时间只有十二年。丧邦（sàng bāng）：指亡国。

⑩郑注：绛州翼城（今属山西）人。唐文宗时，曾官至工部尚书充翰林侍讲学士。因参与策划诛杀宦官，事机败露，被杀。《旧唐书》有传。开陈：陈述，进言。

⑪颜辞：表情与言辞。翕（xī）然：一致称颂。

⑫致平：实现太平。

⑬卒（zú）：终了，最后。用：因为。奸：奸计，阴谋。

⑭哲：明智。帝：本指尧舜。这里引指宋之帝王。

【译文】

那些贪婪的人往往表现得很清廉，那些荒淫无度的人表现得很纯洁，那些巧言谄媚的人表现得很正直，但并不是自始至终都是这样的，有些人有计划地伪装成这样只是为了达到某种目的罢了。

王莽是西汉孝元皇后王政君的侄儿，元帝时官至大司马执掌朝政。他最初被封侯时，极力推让印绶而不接受赐封，可是后来却假称汉高祖显灵，发动宫廷政变，得到了传国玉玺并最终如愿篡夺汉室自立为皇帝，这就是利用假意的清廉来达到贪婪上位的目的。晋王杨广为了和他哥哥争夺太子之位，表现得不好声色，举丧期间甚至扯断琴弦，任凭琴上面布满了灰尘，可是当他继承了帝位以后不久，却荒淫无度，到处巡游作乐，最终被农民起义军推翻而亡国，这就是利用伪装纯洁来达到荒淫的目的。郑注开列陈述齐家治国平天下的道理和方法，表情和言辞无比激烈慷慨，国君和老百姓都异口同声地称赞他，以为他这样做能达到天下太平，可后来他最终因为奸计败露而被杀，这就是利用表面上的正直来达到邪恶的目的。

唉！《尚书·皋陶》中说："能真正了解人，就是明智的哲人，可就是尧、舜那样的帝王也不容易做到啊！"所以，从古到今都是一样的啊。

【赏析】

这是一篇论述"知人"的杂论文章，虽然短小却很精悍，力求立论简明扼要，在这强劲的"三论三证一叹"之中，结构严密，析理井然，慷慨激昂地力评今古，阐发"知人之难"的人生课题，令人耳目一新。

文章一开始就开门见山，直接从三方面揭示题旨：知人之难与难辨人之假相，阐明所谓"贪人廉，淫人洁，佞人直"的"双面性"表现，刻画出世间三种心怀叵测之人是如何以伪装谋得个人利益的。然而可悲的是，世人往往总是不辨其真伪，反而以其表面上的"廉、洁、直"而百般信赖、甚至委以重任，助长那些心怀叵测之人的羽翼快速丰满，而其结果必然是乱身、乱家、乱国、乱世。但王安石并没有赞美这样的现象能有多么长远的前景，而是如当头一棒，以有力的历史证据告诉那些"贪、淫、佞"者，那样也只能是当道猖獗一时，用不了多久就会原形毕露，烟消云散。

王安石作为一代杰出的文学家、思想家、改革家，眼光独到，思想超前，因此写出了很多有关人才、论人的著作。他竭力主张陶冶培养人才，然而，却又苦于知人识人之难。这篇短文告诉人们一个知人善用的道理：要想选用人才，必须先了解其人的内心；知人，不要被其外表所迷惑，要有知人之明；识人，要能辨人之真伪，不要被表象迷乱。所以说，《知人》一文能传诵至今，足见王安石政治改革家的敏锐和文学家的精妙绝伦之笔。

送胡叔才序

【原文】

叔才，铜陵大宗，世以赀名①。子弟豪者驰骋渔弋为己事②，谨者务多辟田以殖其家③。先时，邑之豪子弟有命儒者耗其千金之产④，卒无就。邑豪以为谚，莫肯命儒者，遇儒冠者皆指目远去，若将浼己然⑤，虽胡氏亦然。独叔才之父母不然，于叔才之幼，捐重币，逆良先生教之。既壮可以游，资而遣之，无所靳⑥。居数年，朋试于有司，不合而归。邑人之訾者半⑦，窃笑者半。其父母愈笃，不悔⑧，复资而遣之。

【注释】

①赀（zī）：同"资"，财物，钱财。

②驰骋（chí chěng）：意为纵马奔驰。形容自由地或随意地到处走动。渔弋（yú yì）：指捕鱼猎禽。

③辟（pì）田：开垦的田地。殖：兴生财利。

④邑（yì）：县，乡。

⑤浼（měi）：污染。

⑥靳（jìn）：吝惜，不肯给予。

⑦訾（zǐ）：小声议论，议论纷纷。

⑧笃（dǔ）：一心一意，坚信。

【译文】

胡叔才，本是铜陵胡氏大家族的子弟，胡氏大家族世世代代依靠众多的资财闻名于乡邻。胡氏大家族中的纨绔子弟将自由自在地纵马奔驰、捕鱼猎禽、花天酒地玩乐放荡自己当作主要的事情；而那些谨守规矩的人必须努力多开垦田地才能以此兴生财利来养活自己的家人。在这以前，乡里的富人家也曾让自己的子弟出外求学，但是耗费了千金的资财，最终还是没有成就。所以乡里那些富人家以此为借口，再也不肯出资让自己的子弟拜师学习了，甚至遇到读书的人，都是嘲讽中对他们指指点点，然后远远地避开，好像怕读书人污染了自己似的，即使是胡氏大家族的人，也是这样的情形。唯独胡叔才的父母不这样认为，在胡叔才很小的时候，他们就拿出重金，聘请良好的老师教他，等到胡叔才长大可以游学后，他的父母又出资让他外出求学，一点儿也不吝惜钱财。过了几年后，胡叔才和友人一同去参加考试，可惜的是，他没有考

中，就只好回来了。这时候同乡中有一半的人对他议论纷纷，还有一半人暗中嘲笑他。但是他的父母反而更加一心一意让他读书学习，一点儿也不后悔，随后又拿出钱财让胡叔才出去求学。

【原文】

叔才纯孝人也，悱然感父母所以教己之笃①，追四方才贤，学作文章，思显其身以及其亲。不数年遂能褒然为材进士②，复朋试于有司，不幸复诎于不己知③。不予愚而从之游，尝谓予言父母之思，而惭其邑人，不能归。予曰："归也。夫禄与位，庸者所待以为荣者也。彼贤者道弸于中④，而襮之以艺⑤，虽无禄与位，其荣者固在也。子之亲，矫群庸而置子于圣贤之途，可谓不贤乎？或訾或笑而终不悔，不贤者能之乎？今而舍道德而荣禄与位，殆不其然；然则子之所以荣亲而释惭者，亦多矣。昔之訾者窃笑者，固庸者尔，岂子所宜惭哉？姑持予言以归，为父母寿，其亦喜无量，于子何如？"因释然寤⑥，治装而归，予即书其所以为父母寿者送之云。

【注释】

①悱（fěi）然：想说而说不出的样子。

②褒（yòu）然：禾苗渐长的样子。比喻人的成长。

③诎（qū）：戛然而止，此指落第，没考中。

④弸（péng）：充满。

⑤襮（bó）：暴露，显露。

⑥寤（wù）：古同"悟"，理解，明白，醒悟。

【译文】

胡叔才是一个非常孝顺的人，他被父母一心一意教导自己的诚心而感动得说不出话来，于是到处追寻有才能的人，向他们学习写文章，一心想让自己显达，以及想让父母也跟着显耀。几年以后，他的学问成长得很快，有了参加进士考试的才能，他便又与友人一同去参加考试，不幸的是，又因考官没有赏识自己而再一次名落孙山。所幸他不因为我愚蠢而同我交游，曾经对我说起他父母望子成龙的想法，并说他没有考中进士而在乡亲面前感到不好意思，所以他现在不能回去。我对他说："回去吧。那俸禄和官位，是一般人追求并把它作为炫耀资本的。那些有才德的贤士，他们内心充满了'道'，并且显露在才艺上，虽然没有俸禄和官职，那荣耀依然存在啊。你的父母不同于那些平庸的人而让你走上追随圣贤的道路，能说他们不贤明吗？听到有人非议、有人嘲笑却始终不后悔，不是贤明的人能做到这样吗？现在如果舍弃对道德的追求而以富贵和官位为荣，大概就不是这样的结果了。这样看来，你用来让父母荣耀、解除心中惭愧的理由也就很多了。从前那些非议你的、嘲笑你的人，本来就是平庸的人，哪里值得你惭愧呢？你姑且带着我的话回去，告慰你的父母，他们也会非常高兴的，你对这件事怎么看呢？"胡叔才因此幡然醒悟，很快收拾行装回家去了。于是，我就写了这些话来告慰他父母并赠送给他。

【赏析】

这是王安石送给一位外出赶考落榜学子的一篇序文，意在劝勉他端正求学与考取功名显耀门庭的态度，同时也是在抨击当时的一种社会现象。

文章的开头，首先介绍了胡叔才的家世，富甲一方，而且在这些富家之间流传着不肯出资让自己的子弟拜师学习的现象，甚至如果遇到读书的人都像看到怪物一般指指点点，然后远远地避开。这表面看是在介绍他的家世，实则是在借此揭露当时"重钱利轻学识"的世风。接下来，王安石交代了胡叔才的家世，叙写了他从小就接受良好的教育，长大后出外求学，父母的态度与其他富家人截然不同，突出表现了他的父母不为世风所染，不惜重金资助他读书的可贵精神。可是胡叔才尽管好学，尽管"追四方才贤，学作文章"，但两次都名落孙山。这对胡叔才打击很大，因为他是一个孝顺的孩子，实在觉得没有颜面回家面对父母一心一意教导他的一片苦心，以及面对同乡里曾经嘲笑过他的人，于是将心里话对王安石讲了出来。王安石借劝说胡叔才回家与父母团聚的机会，阐述了求学以"道""艺"为本，而不应以"禄""位"为荣的道理，并且将这些劝慰的话语写出来，让胡叔才转告他的父母，当然，胡叔才也因此幡然醒悟，对于没有考中进士也释然了，很快收拾行装回家孝敬父母去了。

本文重点是揭示当时重钱利、轻学识的世风，语言深入浅出，结构清晰明了，令人幡然醒悟。这小文章中深蕴的大道理，可谓是语重心长。

信州兴造记

【原文】

晋陵张公治信之明年①，皇祐二年也，奸强帖柔②，隐诎发舒③，既政大行，民以宁息。夏六月乙亥，大水。公徙囚于高狱，命百隶戒，不恭有常诛。夜漏半④，水破城，灭府寺，苞民庐居。公趋谯门，坐其下⑤，敕吏士以桴收民⑥，鳏寡孤老癃与所徙之囚⑦，咸得不死。

丙子，水降。公从宾佐按行隐度，符县调富民水之所不至者夫钱户七百八十六，收佛寺之积材一千一百三十有二。不足，则前此公所命出粟以赒贫民者三十三人，自言曰："食新矣，赒可以已，愿输粟直以佐材费⑧。"七月甲午，募人城水之所入，垣郡府之缺，考监军之室，立司理之狱，营州之西北亢爽之墟⑨，以宅屯驻之师，除其故营，以时教士刺伐坐作之法，故所无也。作驿曰饶阳⑩，作宅曰回车。筑二亭于南门之外，左曰仁，右曰智，山水之所附也。梁四十有二，舟于两亭之间，以通车徒之道。筑一亭于州门之左，曰宴，月吉所以属宾也。凡为城垣九千尺，为屋八。以楹数之，得五百五十二。自七月九日，卒九月七日，为日五十二，为夫一万一千四百二十五。中家以下，见城郭室屋之完，而不知材之所出，见徒之合散，而不见役使之及己。凡故之所有必具，其所无也，乃今有之。故其经费卒不出县官之给。公所以救灾补败之政如此，其贤于世吏则远矣。

【注释】

①晋陵：郡名，在今江苏境内。

②奸强帖柔：奸恶豪强都折服而服帖柔顺。奸强：奸恶豪强。帖柔：服帖柔顺。

③隐诎（qū）：隐没之人与屈下之人。诎：同"屈"。冤屈。

④夜漏半：半夜。

⑤谯（qiáo）门：建有望楼的城门。坐：坚守。

⑥敕（chì）：官长告诫属下，长辈告诫子孙，汉晋时称敕。桴（fú）：以竹木编成的可以浮水载人的水上运输工具，大为筏，小为桴。

⑦鳏（guān）：老而无妻的人。癃（lóng）：手足不灵之病。

⑧赒（zhōu）：接济，救济。直：同"值"，价钱。

⑨亢（kàng）爽：高旷干爽；天高气爽。

⑩作驿（yì）曰饶（ráo）阳：建成的驿站叫作饶阳驿。

【译文】

晋陵人张公管理信州这个地方的第二年，也就是皇祐二年，奸邪和强横之辈都变得服帖柔顺了，隐逸者得到重新启用，蒙受冤屈的人得到舒展，从此后，所有政策得到了大力推行，使百姓得到安宁。那年夏天六月乙亥日，信州发了大洪水。张公把囚徒迁移到高处的监狱中，让百余名狱卒来看着，不恭顺的就按照规定惩罚。半夜里，洪水冲破了城墙，淹没了府衙，包围了百姓的房舍。张公赶快来到城门楼下面，坚守在那里指挥，让官吏和士兵用船去搜救灾民，那些孤男寡女、老弱病残之人和所迁移的囚徒，都能得救而没有被淹死。

丙子日，洪水降下去了。张公依从幕僚的意见暗中去查访猜度，从各县有钱而又没被水淹的人家那里征集金钱和人力一共七百八十六户，又收取佛寺中积累的木材一千一百三十二根。不够，则在此之前张公所命令调用粮食和钱赈济给了三十三个贫民，他自言自语地说："食物有新的了，赈济可以停止了，希望输送和粮食等同价值的金钱来补充材料的费用。"七月甲午，招募人员在洪水进入的地方筑城，在郡府的缺口处筑墙，修建了监军的居所，修建了监狱，在州西北地势旷爽的地方修建了军营，以便供给驻扎在这里的军队来住，去除了旧营，按时教给士兵们刺杀作战的方法，这是以前信州旧地所没有的。修建了驿站叫作饶阳驿，建了宅院叫"回车"。在南门外建了两座亭子，左面的叫仁亭，右面的叫智亭，是山水的依附。修建了桥梁，造了四十二艘船，可以在两亭之间自由行走，疏通了道路，便于车辆往来运输。在州门之左又筑了一座亭子，名字叫作"宴亭"，用于月吉日招待宾客。一共建了桥梁一个，修筑城墙九千尺，屋子八处，数一数楹一共五百五十二根。从七月九日到九月七日终止，一共五十二天，用民夫一万一千四百二十五人次。中等人家以下的，见到城郭和房舍的建立完工，却不知道材料是从哪里出的，见到工人的聚散，却没见官吏到自己家里派遣劳役。凡是旧有的都已具备，而旧时没有的，现在也都具有了。但是这笔经费没有出自官府的供给。张公用来救灾修补残败事务的政策如此好，他的贤能超过一般官吏太多了。

【原文】

今州县之灾相属①，民未病灾也，且有治灾之政出焉。施舍之不适，裒取之不中②，元奸宿豪舞手以乖民，而民始病。病极矣，吏乃始謷然自喜，民相与诽且笑之，而不知也。吏而不知为政，其重困民多如此。此予所以哀民，而闵吏之不学也③。由是而言，则为公之民，不幸而遇害灾，其亦庶乎无憾矣④。十月二十日，临川王某记。

【注释】

①相属（xiāng zhǔ）：是指相接连、相继的意思。

②裒（póu）取：聚敛索取。此指从百姓手中收取税赋。

③闵（mǐn）：同"悯"，可怜；昏昧，糊涂。

④庶（shù）乎：几乎。近似，差不多。

【译文】

如今州县的灾难一个接连一个，而信州里的百姓却没有因为灾难而生活痛苦，那是因为有治理灾难的政策出台的缘故。如果取舍不恰当，过度从百姓手中收取税赋就会出现不忠，巨奸世豪张牙舞爪地欺凌百姓，百姓就会开始埋怨。埋怨多了，官吏却依旧高傲自喜，百姓相互转告一同诽谤并嘲笑他们，官吏却不知道为什么。当官的不懂得为政之道，他们加重百姓困扰的情况多数都是这样的。这是我之所以为百姓哀伤，同时也可怜那些糊涂的官吏不求上进学习为官之道的原因了。由此来说，作了张公的子民，不幸遇到了灾难，也几乎没有什么可遗憾的了。十月二十日，临川王安石记。

【赏析】

本文是王安石在皇祐二年（1050年）所作的一篇记事文章。文中详细记述了遭遇洪灾之后，信州州城重建的经过，赞扬了知州张公治理有方，在重建的过程中，善于因势利导，发扬互助互救精神，不扰民、不害民、与百姓共患难的高尚德行操守。

文章第一段，首先介绍了晋陵人张公到信州赴任，刚到此地第二年就政通人和，奸淫掳盗之事消失，蒙冤之事得申，百姓生活得安宁，从而赞扬了张公政教方面的才能，以及施政善于采取"既政大行，民以宁息"的养民之道。接下来，一场突如其来的洪水灾害冲破了城墙，淹没了府衙，包围了百姓的房舍，但是张公没有坐视不理，而是亲临灾害现场坐镇指挥救援工作，使百姓的损失降到了最低，不论老幼病残、孤寡囚犯，都能保障生命的安全，从而体现出张公对百姓的仁爱，以及与百姓共患难的伟大担当。其中"夜漏半，水破城，灭府寺，包民庐居"等短句，描绘出洪水如猛兽般的凶猛之势，使读者产生一种急迫危险之感。行文既简略而又极具代表性，笔法可谓"简贵"之极。

然后围绕信州灾后重新兴建的始末展开细节描写。凶猛的洪水过后，张公在信州不仅仅是补救损毁的城邑设施，而且还兴建了一些建筑物加固了城池设防。诸如加固城墙、增设监军所、军营、驿站等硬件设施，还修建了桥梁、亭阁、道路等水陆交通需求。文中还特别强调了"中家以下"不知钱和木材的来源，而且也没有参加徭役，此处与前面记述的使"富户""佛寺"出钱和木材相呼应，因此，王安石赞许张公的吏政"公所以救灾补败之政如此，其贤于世吏则远也"。此处实借叙述张公的政绩，暗中表达了王安石所弘扬的"勤政爱民"的思想。

最后一段指出当今天下州县之灾接连不断，常常是民众尚未受灾，而为官者取舍不当，一些元恶豪门乘机欺凌百姓，以致使百姓遭受人为的灾害。而百姓受灾后，为官者反而盲目自大，自以为施德政于民了。文章至此从反面提出论点："吏不知为政，其重困民多如此。"也就是说，为吏者应当知道如何为政，才不至于害民而不自知。正如王安石所说"此予所以哀民，而闵吏之不学也"，道出了写此"记"实为"哀民"，并希望那些为官者要学习"为政"之道，真正做到施行人道、爱民如子。

度支郎中葛公墓志铭

【原文】

葛，公姓也。源，名也。宗圣，字也。处州之丽水，公所生也。明州之鄞①，后所迁也。贯，曾大考也②。遇，大考也。旺，累赠都官郎中，考也。进士，公所起也③。洪州左司理参军，吉州太和县主簿，江州德化县令，监兴国茶场，威武军节度推官，知广州四会县，著作佐郎、知开封府雍丘县④，秘书丞、知泉州同安县，太常博士、通判建州，屯田员外郎、知庆成军，都官员外郎、知南剑州，司封员外郎、祠部郎中、江浙荆湖福建广南提点银铜坑冶铸钱，度支郎中、荆湖北提点刑狱，此公之所阅官也⑤。

【注释】

①鄞（yín）：鄞县，古地名，在中国浙江省。

②大考：对已故的祖父称呼。

③起：起点，开始，兴起。

④雍（yōng）丘县：治所即今河南杞县。

⑤阅：经历，经过。

【译文】

葛，是葛公的姓。源，是葛公的名。宗圣，是葛公的字。处州的丽水，是他所出生的地方。明州的鄞县（今浙江宁波），是他后来所迁居的地方。葛贯，是他的曾祖父。葛遇，是他的祖父。葛旺，累赠为都官郎中，是他的父亲。进士，才是他走入仕途的起点。诸如洪州左司理参军，吉州太和县主簿，江州德化县县令，监兴国茶场，威武军节度推官，知广州四会县，著作佐郎、知开封府雍丘县，秘书丞、知泉州同安县，太常博士、通判建州，屯田员外郎、知庆成军，都官员外郎、知南剑州，司封员外郎、祠部郎中、江浙荆湖福建广南提点银铜坑冶铸钱，度支郎中、荆湖北提点刑狱，这些都是他所经历过的官职。

【原文】

州将之甥与异母兄殴人而甥杀之。州将胁公曰："两人者皆吾甥，而杀人者乃其兄也，我知之，彼大姓也，无为有司所误①。不然②，此狱也将必覆③。"公劾不为变④。此公之为司理参军也。州府徙吉水，行令事。他日令始至⑤，大猾吏辄诱民数百讼庭下，设变诈以动令⑥。如此数日，令厌事，则事常在吏矣。公至，立讼者两庑下⑦，取其状，视有如吏所为者，使自书所诉，不能书者，吏授之，往往不能如状，穷，辄曰："我不知为此，乃某吏教我所为也。"悉捕劾致之法，讼以故少，吏亦终不得其意。毛氏寡妇告其子，以恩义说之，不得，即使人微捕得之，与闲语者验其对，乃书寡妇告者也。穷治，具服为私谋诬其子孙⑧。距州溪水恶，而岁租几千万，硕舟善败，民以输为愁，公始议县置仓以受输，则官漕之亦便⑨。州不听，公论之不已。仓成，至今赖其利。此公之为主簿也。中贵人击驿吏取所给⑩，过家以言府，府不敢劾。公曰："中贵人何惮？为吾民而有陵之者⑪，吾亦耻之！"上书论其事，中贵人坐绌⑫。此公之为县于雍丘也。属吏常有隙于公，同进者因谗之。公察其旨，不听，以为举首⑬。此公之为州于南剑也。铸钱岁十六万，其所施置，后以为法程。此公之为银铜坑冶铸钱也。鄂州崇阳大姓⑭，与人妻谋而杀其夫，州受赇出之⑮。公使再劾，劾者又受赇，狱如初。而公终以为不直。其弟诉之转运使，虽他在事者亦莫不以为冤。复置之狱，卒得其奸赇状，论如法。此公之为提点刑狱也。

【注释】

①有司：古时官分职，各有专司。误：妨害，耽搁。

②不然：本意为"不是这样"，现多用于连词，表示转折，有"要不""否则"的意思。

③覆（fù）：是形声字。本义为翻转，倾覆。

④劾（hé）：这里指的是审理，判决。

⑤他日：指将来；来日，将来的某一天或某一时期。

⑥辄（zhé）：就。讼（sòng）：诉讼。在法庭上争辩是非曲直，打官司。

⑦两庑（wǔ）：此指府衙的东西两廊。

⑧微：这里是暗中的意思。穷治：彻底查办。具服：完全服罪。

⑨漕（cáo）：指通过水道运输粮食。

⑩中贵人：帝王所宠幸的近臣。驿吏（yì lì）：是指驿站的胥吏、官吏。

⑪惮（dàn）：害怕，担心，畏惧。陵：同"凌"，欺侮；侵犯。

⑫绌（chù）：古同"黜"，罢免，革除。

⑬举首：检举，告发。

⑭鄂（è）州：在湖北省境内。

⑮受赇（qiú）：接受贿赂。

【译文】

　　州将的外甥和自家的异母兄弟一起殴打他人，而且州将的外甥杀了那个人。州将威胁葛公说："那两个人都是我的外甥，而杀人的是他的异母兄弟，我知道这件事情，那些大姓家族的人，不会被有司的判决所妨害的。不然的话，这个案件也必将被翻转！"但葛公毅然坚持公平审理，不因为被威胁而改变判决。这是葛公任职司理参军之时的事。后来州府迁往吉水，将代行县令职事。某一天，县令刚到县衙，非常奸猾的官吏就诱导数百名百姓在庭下等着诉讼，而且还设计一些突发案件来劳累县令。像这样反复多日，县令开始厌烦处理案件之事，所以常常让官吏来处理案件。葛公到任以后，让前来诉讼的人分别站立在两廊下，收取他们的状纸，看到有像官吏所审判的案件，就让他们自己写申诉状纸重新前来申诉，不会写诉状的人，就让官吏教给他写，但往往不能像正规状纸一样工整清晰，对其彻底查办，他们就说："我不知道是这样，这是某个官吏教我这样做的。"葛公按照诉讼状内容全部逮捕审理，对其给以法律制裁，利用这种方法，诉讼的案件因此少了许多，官吏却始终不懂得其中的含义。有一个毛氏寡妇状告她的儿子，葛公先是用恩义说服他，说服不了，于是就暗中派人将其捕获归案，到案后让他和说闲话的人进行对质，验证他们的回答，于是他们就说是寡妇告诉的。最后对其彻底查办，他们完全服罪，原来都是因为个人私心作祟才谋划诬告她的子孙。距离本州的溪水太遥远，而每年上缴的税租有几千万，大船运输很失败，百姓为水上运输而发愁，葛公开始建议县里设置仓库来接受运输，那么官方漕运货物也就方便了。但知州不听从建议，葛公坚持他的观点而争论不休，最后仓库终于建成，一直到今日还在依赖它获得利益。这是葛公任职主簿时候的事迹。君王所宠幸的近臣抨击驿吏拿走了给养物资，驿吏上报给州府处理，州府不敢审理。葛公说："君王所宠幸的近臣有什么可怕的？身为本国的人却欺侮本国的人，我认为他才是可耻的人！"于是葛公上书皇帝理论这件事，君王所宠幸的近臣因此被定罪革除官职。这是葛公在雍丘做县令时候的事情。下属吏卒也常常对

葛公有意见而产生嫌隙，所以就串通同僚进谗言毁谤。葛公察觉到他的意图，不顺从，认为只是有意检举告发。这是葛公在南剑任知州时候的事情。每年铸钱十六万，实施放置后作为法则和程式。这是葛公为官银铜坑冶铸钱的时候。鄂州崇阳有一个大姓人氏，他与别人的妻子密谋而杀了她的丈夫，知州受贿以后就将杀人犯释放出狱了。葛公让别人再次审理这个案件，审理的人又受贿，案件和当初是同样的结果。但葛公始终认为审判不公平。他的弟弟起诉到转运使那里，尽管他在这件事情上没有人认为他冤枉。后来经过葛公审理后重新把他押回监狱，终于使他因奸邪贿赂之态被依法处置。这是葛公任职提点刑狱的时候所为。

【原文】

甲子四百三十五，公所享年也①。至和元年六月乙未，卒之年月日也。润州之丹徒县长乐乡显阳村，公所葬也。嘉祐元年十月壬申，葬之年月日也。乡邑孙氏，今祔以葬者②，公元配也③。万年县君范阳卢氏，公继配也。良肱、良佐、良嗣④，公子也。妻太常博士黄知良，曰金华县君，公女也。起进士，为越州余姚县尉，主公之丧而请铭以葬者，良嗣也。论次其所得于良嗣而为之铭者，临川王某也。

铭曰：士窾以养交兮⑤，弛官之不忌。维公之所至兮，乐职嗜事⑥。彼能显闻兮⑦，公则不晰⑧。不铭示后兮，孰劝为瘁⑨。

【注释】

①享年：一指敬辞，称死去的人活的岁数（多指老人）；二指享世（王朝统治的年代）。

②祔（fù）：泛指配享、附祭、合葬。

③元配：意思是第一次娶的妻子。也称"原配""正妻""嫡妻"（与

"嫡妻"相对）。

④良肱（gōng）、良佐（zuǒ）、良嗣（sì）：此三人都是葛公的儿子。

⑤窾（kuǎn）：法则；规矩。养交：亦作"养佼"。意思是豢养其私交以成朋党。兮（xī）：文言助词，相当于现代的"啊"或"呀"等。

⑥乐职：乐于职守。嗜（shì）：特别爱好。

⑦显闻：意思是显著而为世所闻名。

⑧晰：光亮，此处指显赫。

⑨孰（shú）：谁，哪个。表疑问。劝：勉励。瘁（cuì）：基本释义为过分劳累，鞠躬尽瘁。

【译文】

甲子四百三十五年，是葛公的享年纪念日。至和元年六月乙未日，是葛公去世的年月日。润州的丹徒县长乐乡显阳村，是安葬葛公的地方。嘉祐元年十月壬申日，是安葬葛公的年月日。葛公故乡的孙氏，如今已经挨着葛公合葬，她是葛公的元配夫人。万年县君范阳卢氏，是葛公的继室夫人。良肱、良臣、良嗣，他们是葛公的儿子。太常博士黄知良的妻子，名叫金华县君，是葛公的女儿。以进士身份开始进入仕途的，官为越州余姚县尉，操办葛公的丧事并请求作铭文来安葬葛公的，是葛公的儿子良嗣。按照良嗣论定编次而为葛公作铭文的人，是临川王安石。

铭文说：士大夫的规则是豢养其私交以成朋党啊，毫不顾忌松懈官职。葛公一生都能做到的啊，就是乐于职守特别喜欢做好事。德行显著本应该让世人都能知晓啊，而葛公却总是默默无闻。葛公不想作铭文昭示后人啊，试问谁能做到葛公这样自勉和鞠躬尽瘁？

【赏析】

在中国古代散文中，碑记铭文也占有很大一部分，也正因为这种纪念形式，留下了很多珍贵的历史资料。王安石这一生受托为别人写墓志铭近二百余篇，但先后为父子二人写墓志铭不多。

本文从葛源考中进士为官开始写起，一口气罗列出他所经历的二十多个官职，这其中应该还不包括曾经担任过的个别微小官职，可谓是仕宦阅历极其丰富了。葛源一生处理了多起疑难案件，为了使他在墓志铭中体现出饱满而形象的效果，王安石挑选了葛公在任职期间四种官职中的四个案例，详细描述了他的办案过程，进一步体现出他在办案过程中精心推究、秉公处理、不怕威胁、不为权贵所左右的为官操守与智慧。比如面对州将目无国法地威胁说："那两个人都是我的外甥，那些大姓家族的人，不会被有司的判决所妨害的。不然的话，这个案件也必将被翻转！"而葛公的态度则是"公劾不为变"；葛公在雍丘做小县令时候，面对皇上所宠幸的近臣抦击驿吏拿走给养物资的事，

州府大人都不敢审理此案，但葛公却义正言辞地说："君王所宠幸的近臣有什么可怕的？身为本国的人却欺侮本国的人，我认为他才是可耻的人！"于是葛公上书君王，直到那宠臣被定罪革除官职。可以说，葛公这一生，是清正廉洁而奉公执法的一生，从不姑息养奸，是值得称颂的一代贤臣，也不愧是当时著名的执法廉吏！

所以王安石在结尾八句铭文中对葛公这一生做了很好的总结，尤其末句"不铭示后兮，孰劝为瘁"，则深刻表达了他对死者的敬仰，对后来人的激励，更是对前世、当代，以及后世为官者良心的拷问，令人深思。

参考文献

[1] 王安石 . 王安石诗文选注 [M]. 上海：上海古籍出版社，1994.

[2] 肖文飒 . 唐诗宋词元曲 [M]. 北京：北京联合出版社，2014.

[3] 李杰 . 宋词三百首 [M]. 哈尔滨：哈尔滨出版社，2007.

[4] 张白山，高克勤 . 王安石及其作品选 [M] 上海：上海古籍出版社，1998.

[5] 康震 . 康震讲王安石 [M]. 北京：中华书局有限公司，2017.

[6] 中华古诗文萃编委会 . 中华古诗文萃（王安石卷）[M]. 北京：人民出版，2018.